聖人公爵様が
ラスボスだということを
私だけが知っている
～転生悪女は破滅回避を模索中～
1
しきみ彰
Illustration 桜花舞

リアム・クレスウェル
皇弟であり、公爵。能力の高さや慈悲深い行動から「聖人公爵」と慕われている。
シャル
白猫の神獣。300年以上を生きている。
グレイス・ターナー
日本人女性として生きた前世をもつ子爵令嬢。転生先が悪女だったため、破滅回避を模索中。

アリア・アボット
『亡国の聖花』のヒロイン。孤児のため、教会で生活している。
セオドア・アルボル・ブランシェット
ブランシェット帝国の皇帝。リアムの兄。

「……ほら、こんなふうに」

普段のようにからかう意図などない、真剣で、
かつ苦しそうな顔に、グレイスは目を奪われる。

そしてあと少しで唇同士が触れ合う――

そんな距離で、リアムは口を開いた。

聖人公爵様がラスボスだということを私だけが知っている

～転生悪女は破滅回避を模索中～

1

Presented by Aki Shikimi
しきみ彰
Illustration
桜花舞

CONTENTS

Only I Know that the Duke of Saints is the Final Boss.

Reincarnated Evil Woman Seeks to Avoid Doom.

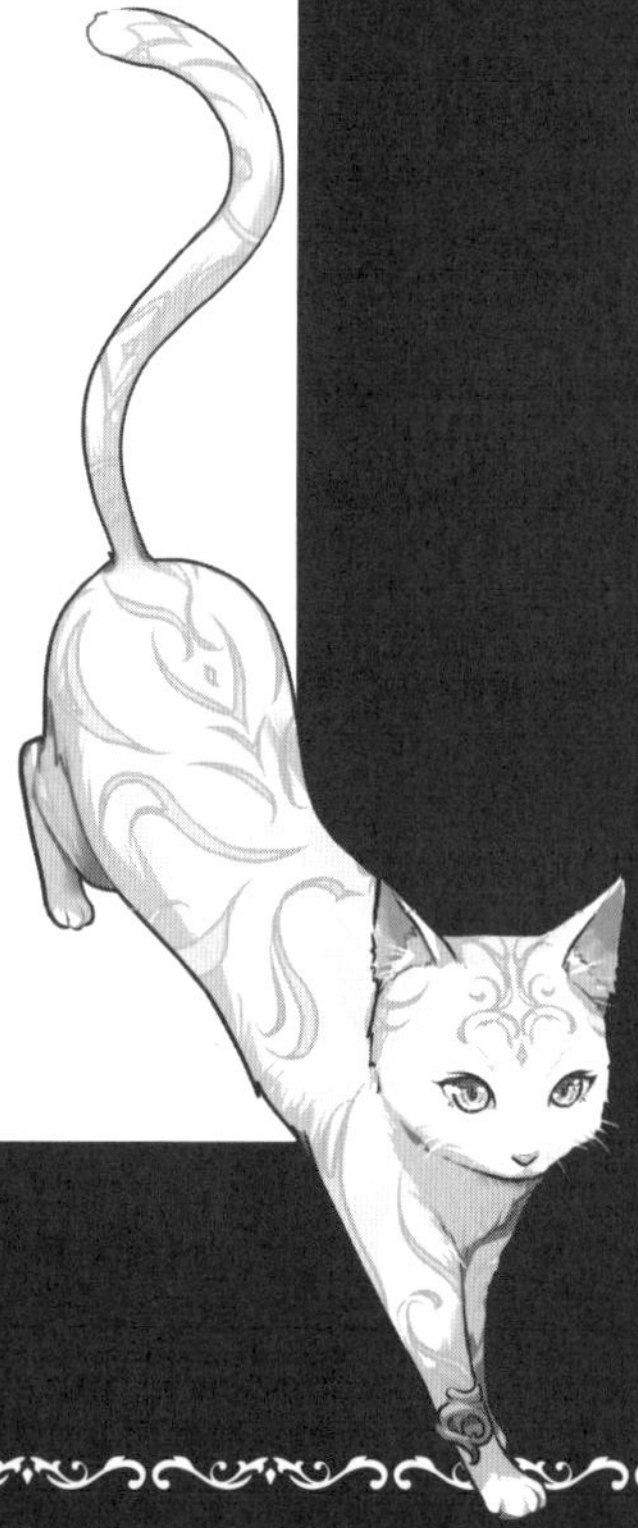

プロローグ

前世の記憶が戻ってから、二か月。

その後、社交界デビューを無事に果たした十八歳の夏から、二か月。

グレイス・ターナーはずっと、ある人物から逃げ続けてきた。

花、花、花。ひたすらに壁の花を演じ、目立たない。

そして殿方と極力話さない、関わらない、存在感を消す。

この三点を心がけ、今まで影のようにしてなんとか逃れてきたつもりだ。

それなのに。

その、避けに避け続けた行動が、逆に聖人公爵——リアム・クレスウェルの目に留まる理由になるなんて、一体誰が想像できただろうか。

そしてそれだけでなく……まさか他人に興味関心がない彼が、グレイスに興味を示すだなんて。

「それはつまり、わたしがあなたを好きになれば、あなたもわたしを好きになってくださる、ということでしょうか」

「それ、はっ！」

「でしたら、可能性はあるということですね。だってわたしは今、あなたのことがとても気になっていますから」

「……は、い？…………………はいっ⁉」

「あなたにも同じものを返していただけるよう、努力しますね」

宮廷の休憩室の一室にて。

想定外のことをうっとりするような笑みをたたえて言われたグレイスは、あまりの衝撃に内心絶叫する。

（どうして……どうしてこうなったの————⁉）

しかしその叫びは誰にも届かず。美しい星空に溶けて消えていったのだった——

一章

「グレイスもとうとう社交界デビューか。リアム・クレスウェル公爵閣下に挨拶に行くから、くれぐれも忘れるなよ」

グレイス・ターナーが〝それ〟を思い出したのは、朝食の席で兄が告げた言葉が原因だった。

『リアム・クレスウェル』。

その名前を聞いた瞬間、頭にがつんっと強い衝撃が走ったのだ。

まるで背後から殴られたかのような痛みに驚き、食事が喉を通らず、ふらふらになった。

かちゃん、と手にしていたフォークを落とすと、家族が一斉にこちらを振り向く。

「グレイスちゃん？」

「グレイス、どうしたんだい」

「顔が真っ青だぞ……」

「だ、だいじょうぶです、お母様、お父様、お兄様……」

その後、家族に心配されながらどうにか部屋のベッドに潜り込んだ。

そして数日にわたって高熱を出して寝込み、慌てた家族たちによる代わる代わるの看病を受けながら、グレイスは前世の記憶を思い出したのだった。

――グレイス・ターナー、もといグレイス・クレスウェルという女性が登場するのは、『亡国の聖花《せいか》』という小説だ。

この小説の主人公は、両親も友人も失い傷ついた心を持つ一人の少女である。

そんな不遇な少女が才能を見出《みいだ》されて駆け上がり、紆余曲折《うよきょくせつ》あって聖女と呼ばれるほどの新しい治療術式を生み出すまでが第一部。

そしてそんな彼女が皇太子に見出されて恋をし、最終的には国を滅ぼそうとしたラスボスをヒーローと共に倒して国を滅亡の危機から救う、というのが第二部だった。

そしてグレイスは、第二部から登場する悪女である。

役どころはよくあるもので、夫の甥《おい》である皇太子の恋人、主人公を虐げて虐《いじ》める、というもの。最終的には主人公を殺そうとする。もちろんその後、ヒーローである皇太子がそのことを知り、グレイスは断罪されることになる。

「なんてありふれた設定の存在だ」と、作中で出てきた当初は、読者たちに思われていた。

しかし彼女は、小説における中ボス程度の存在だった。

それも、ラスボスである夫にそそのかされ、献身の末に報われることなく死ぬ不憫《ふびん》な中ボスだ。

そしてグレイスを唆し、彼女を悪女に仕立て上げて裏で操っていたラスボスは――夫、リアム・クレスウェル。

巷《ちまた》で『聖人公爵』と呼ばれる、皇帝の弟だった。

「絶対に近づかないようにしなきゃ……」

あの高熱はなんだったのか。そう思ってしまうくらいしゃっきりした状態で目覚めたグレイスは、真っ先にそう思った。

それはなぜか。

思い出した末に、「自分程度が、〝あの〟リアム・クレスウェルに、太刀打ちできるわけがない」と強く感じたからだった。

（いやだって……普通に考えて、無理でしょ！）

相手は、ラスボスに相応《ふさわ》しい地位と経歴を持った皇弟様だ。臣下に下ったために公爵という地位を得ているが、それをひけらかすことなく慈善活動に従事している。

この時点でだいぶおかしいのに、人に好かれる能力がかなり高い。

皇族が持つ元々の性質はあるが、彼は仕草一つにも気を配って相手からどう見られるのか研究するタイプの人間だった。だから、よく人のことを見ているし、相手によって仕草ひとつひとつを変えて好感を得る、なんていう頭のおかしいことまでしているらしい。

何より、貴族たちの名前をすべて把握して顔も覚え、社交の場にはほぼ必ず出席する。グレイスのような弱小子爵家ですら把握しているのだから、手に負えない。

そして自分の立場を考え、決して利用されず、しかし相手のことはしっかり利用するという。

グレイス自身もそれくらい頭が回れば良かったが、土台無理な話だ。また、初対面のリアムよりも、グレイスを大切にしてくれる今世の家族を重要視するのは、ある意味当たり前だと思う。

それでも多少なりとも葛藤があるのは、その行く末に涙したファンの一人だったからだろう。

というより、この聖人公爵様のファンだった読者はかなり多い。人気投票では大抵三位以内にいた。ラスボスだと判明する前も、甥であるヒーローをひどく可愛《かわい》がり、時には叱りつけ、成長を促す……という、いわゆるところの師匠的な立ち位置を確保していたのだ。

そんな彼が、国を滅ぼすラスボスだったと判明したときのファンの反応はひどかった。

文字通りの阿鼻叫喚《あびきようかん》だ。ファンたちはＳＮＳで思いの丈を叫び、そしてあまりの衝撃に皆一様に口を閉ざす始末。完全に通夜状態だった。

前世のグレイスもしばらく放心状態で、あまりにも情緒が不安定すぎて友人に安否の心配をされたくらいである。

しかしその後、生い立ちが掘り下げられたことで、同情が集まり人気がより高まった。ファンたちは彼の境遇に悲しみ、同時にラスボスに至った経緯に涙したものだ。

（だけど……当事者になったからには、そんなぬるいことを言っていられない）

うっかり接触して小説同様に恋をし、リアムの婚約者になってしまったら最後だ。グレイスは彼の操り人形として献身的に尽くし、そして愛されることなく一生を終えることになる。

婚約者になるのは十九歳の宮廷舞踏会からなので残り一年くらい余裕があるが、どちらにしても死ぬのは嫌だ。

そして何より、リアムを気にしている暇がないくらい悪いことが、グレイス自身の身に起きている。正直言ってそちらの対処に注力したかった。

そういうわけで、グレイスはリアムとの関わりを徹底的に消し去ろうと決めたのだ。

（そのために、原作の知識を日記帳五冊も使って書き出すことになるとは思わなかったわ……）

その上、本編二十三巻＋リアムのスピンオフ三巻＝二十六巻だ。

それを覚えているうちに紙に書こうとすれば、相当な時間がかかる。

何度も心が折れかけたが、それでも自分の命、ひいては家族の命を守るためだと自分に言い聞かせ、何とか書き切った。

そしてその資料のおかげで、第一関門がなんなのかが判明する。

――それは、社交界デビューである。

社交界デビューというのはその名の通り、貴族の子どもたちが社交場に初めて顔を出す機会のことだ。いわば成人式のようなもので、これに出られない貴族の子どもたちは、今後公の場に顔を出せない決まりになっている。

今から一か月後、都で一番初めに開かれる夏の宮廷舞踏会。それが、今年社交界デビューを果たす男女が集う場だ。

高位貴族の場合、皇帝陛下と皇后殿下に直接御目通《おめどお》りすることが叶《かな》うが、グレイスは弱小子爵家なのでパーティーへの参加が社交界デビューのそれになる。

ターナー家がこの日にかける情熱はどの家よりも強いもので、両親は今までグレイスのためにコツコツとお金を貯《た》めていた。そのお金で仕立てたドレスも、すでに用意ができている。張り切っていることは確実だ。

そんな両親の気持ちを考えると、社交界デビューしたくない、とは口が裂けても言えない。

（けれど、社交界デビューをするとなると、リアム・クレスウェルと確実に遭遇するのよね……）

皇族の一員ということで、リアムはこういった皇族主催のパーティーに必ず参加している。

また、グレイスは兄のその台詞《せりふ》で前世の記憶を思い出したので、確実にいると断言できるだけの材料が出揃《でそろ》っていた。

そして小説内でも、この社交界デビューの際に会話をしたことがきっかけでグレイスはリアムの目に留まると書かれている。その後、数回パーティーで話をする機会があり、紆余曲折を経て翌年の夏、二人は婚約者になるのだ。

そして一年後、グレイスが二十歳の頃にめでたく結婚する。今のグレイス的にはまったくめでたくないが。

つまり、グレイスが取るべき行動はただ一つ。

リアムと挨拶以外の会話をしない、ということだ。

この辺りが大変もどかしいのだが。スピンオフでは二人の出会い方こそ書いてあるが、詳細な出会いのシーンは書かれていないのだ。

そう。小説ではこんな、さらっとした描写だった。

『グレイス・ターナーとリアムが知り合ったのは、グレイスが社交界デビューをしたとき。その翌年の夏の宮廷社交界にて再会し、二人は婚約者になった。』

……これが、途中退場する中ボスの悲しい扱いである。

せっかくなら、グレイス・ターナーのスピンオフも書いて欲しかった、とグレイスは内心泣いた。

（まあでも、まさか数多《あまた》いる令息令嬢の中から、私に最初から注目することはないでしょう）

こう言ってはなんだが、グレイスは整った顔立ちではあるものの、あまりパッとしない。

今のグレイスは、赤毛のウェービーヘアに青目という、前世からしてみればかなり派手な色をしているのだが、それでも中の上くらいだと思っていた。

理由は、ここがファンタジーな世界ということもあり、赤、青、緑、金……と、カラフルな髪色をした人間がたくさんいるからだ。

なので、顔も含めて相当整っていないと目立たない。

何よりきつめの吊り目《つりめ》というのが、なんとも言えず可愛げがない。女は愛嬌《あいきょう》、という文化の国で、この顔は大変なマイナスポイントだ。

自分で自己評価をしておきながら心を痛めたグレイスは、やさぐれた。

本来であれば別の貴族と婚約するのが確実なのだが、その方法が取れないのはこういった理由からだった。

（……いいわ。こんななんの旨味《うまみ》もない子爵令嬢に求婚してくる人間なんているわけもないし、他の方法で生き残る道を探してやるわ……）

もしくは、寿命間近な資産家のところに嫁いで、清い身のまま早々に未亡人になるのも良いかもしれない。とにかく、リアムと関わらないのであればなんでもいいのだ。

そこでふと、グレイスは思う。

（そういえば……小説内でリアム・クレスウェルがグレイスを婚約者に選んだ理由って、なんだったかしら？）

そう考え、小説内ではその辺りの記載はなかったな、と気づく。

なぜ確信を持って言えるのかというと、ファンの間でも物議を醸した部分だったからだ。

登場当初はリアムが黒幕だとほとんどの人が気づかなかったため、「恋愛結婚では？」という読者が大半を占めていたはず。

なぜかというと、リアムほどのハイスペック聖人が、婚約者の愚行を強く止めないのはおかしい、という結論に至ったからだ。

しかし中には、やたらディープな考察を淡々とブログにまとめてSNSに貼り付けているアカウントがあった。そのアカウントでは、別の考察もされていたように思う。確か、「リアムがグレイスを婚約者に選んだのは、政治的な理由があったからでは？」と記載されていたような気が。

なぜこんなことを覚えていたのかというと、このアカウントの別の考察が後にドンピシャで当たり、界隈《かいわい》がざわめいていたからだ。

しかし前世のグレイスは小耳に挟むだけで、実際に見に行ったことは一度しかない。それも、長すぎる文章にたじろいで最初のほうでやめてしまったのだ。

ただ、あれも見ておけば、今少しは役に立ったのかなーとは考えた。

(まあ、私にはもうどうでもいいことだけど)

なんせ、関わらない、という方針でいくのだ。とにかく避け続ければ、悲劇は避けられるはず。

何より、その後にリアムが罪を犯してラスボスへの第一歩を踏み出した理由が、グレイスと結婚しようとしたから、なのだ。

ならば最初から罪を犯す理由を失《な》くしてしまえば、リアムが闇堕《やみお》ちすることもなくなる。一石二鳥の良案だ。

そう考えつつ、グレイスは社交界デビューのために、家族と一緒に自領から帝都へと向かう馬車へ乗り込んだ。

＊

そうしてあっという間に時が経《た》ち、社交界デビュー当日になった。

本日の夜、若い貴族令息令嬢たちのためのパーティーが開催される。

朝からミラベルお母様と唯一のメイドの手によってドレスアップされたグレイスは、すでに疲労困憊《こんぱい》気味だ。

（パーティーへ向かう前から死にそうなの、どういうことよ……）

世のご令嬢方に、一体どれだけ体力があるのか。

それとも、魔力のおかげで疲れ知らずなのだろうか。

どれでも構わないが、できることならばそれを分けて欲しいとグレイスは思う。

しかしミラベルお母様は美しく飾り付けられたグレイスを見ると、その柔和な顔をさらに緩めて喜んだ。

「グレイスちゃん、とっても綺麗《きれい》よ！」

「……ありがとう、お母様。お母様が選んでくれたおかげだわ」

「ふふ。このレモンイエローとミントグリーンのサマードレスは、グレイスちゃんに似合うと思ったのよね。……本当に綺麗よ、グレイスちゃん」

ミラベルお母様はそう言って、噛《か》み締めるように微笑《ほほえ》む。そこには娘に対しての確かな情が溢《あふ》れていて、こそばゆい。

（前世の私は、あまり愛されてたとは言えなかったから……）

前世は両親共々、様々な理由で家庭を顧みず、家を空けていることが多かった。必然的に食事はスーパーの惣菜《そうざい》や弁当、外食になり、家族が揃う機会などほとんどなかったように思う。

だからか。今世の両親はとても愛情深くて、なんとなく眩《まぶ》しい。

前世よりも貧しく、食事を工夫したり金銭のやりくりをすることが多い生活だったが、それでも両親は愛をめいっぱい注いでくれた。

それは、今着ているドレスからも分かる。これは、グレイスが生まれたときからコツコツと貯めたお金で作られたものなのだ。

だから、前世の記憶を思い出してよかったとも思う。そのおかげで恋にうつつを抜かすことなく、破滅することなく、家族を大切にできそうだから。

胸の内側に浮かび上がった哀愁を振り払う意味で、グレイスは笑った。

「でもどうせならお母様みたいな、綺麗な金髪がよかったわ」

「またそんなこと言って。赤毛だって素敵な色よ？　あなたのお父様の色なんだから。わたしの大好きな色だわ」

「……ふふ。そうよね、ありがとう、お母様。私も、お母様とお父様が大好きよ」

自分への決意を固める意味でそう言えば、ミラベルお母様はグレイスと同じ青色をした瞳をやわらかく細めて「わたしもよ、グレイスちゃん」と言ってくれた。

宮廷は、グレイスが考えていたよりもずっと華やかで煌《きら》びやかで荘厳だった。

そびえ立つ白亜の城は大きく、馬車で進んだ道は舗装されており、整えられた庭には初夏が見頃の美しい花々が咲き乱れている。

（季節によって花を植え替えるって小説内で語ってたけど……この広さの庭を変えるの、本当に大変そう……）

庭師をたくさん雇っている理由も頷《うなず》ける広さと手間だ。爵位こそあるが中身が小庶民なので、馬車の中で変なところで感心してしまった。

そうやって窓から外を見つめていたら、同席者であり今回のパートナーでもあるケネスお兄様が声をかけてくる。

「ほらグレイス。行くぞ」

「あ、うん」

「馬車から降りるときに、転《こ》けるなよ」

「……子ども扱いしないで」

と言いつつ、グレイスは差し出された手を取る。

ケネスお兄様は、父親似のグレイスと違い母親に似たため、明るい金髪に青目をした青年だ。グレイスより歳《とし》は二つ上で、すでに社交界デビューは終えている。

社交界デビューの際は、社交界デビュー済みの近親者か婚約者が同伴するのが決まりなので、今回付き添ってくれたのだ。

父親が同伴者というのもなくはないが、年頃の貴族令嬢たちの間では古臭い……つまり、ダサいことだとされている。その気持ちは分からなくもない。

なのでグレイスも無難に、兄が同伴者になってくれたというわけだ。

ケネスお兄様にエスコートされながら、グレイスは周囲を注意深く観察する。

（ひとまず……会場に入る前に出会う、なんていうことにはならなそうね）

そんな鉄板出会いイベントのようなものは、物語のヒロインに起こればいいのだ。グレイスには必要ない。

そう内心毒づいたが、直《す》ぐにそれどころではなくなった。

大広間のあまりのきらびやかさと人の多さに、緊張感がこみ上げてくる。

それに、誰も彼も美しく着飾っていて生き生きと輝いている。皆、これからの未来に希望を持っている様子だった。

（生き残るために必死な私とは、別世界すぎるわ……）

特に令嬢たちは、社交界に出ることで嫁ぎ先を決める、という使命がある。それもあり、現段階でメラメラと燃えている少女たちが数人見受けられた。

絶対にリアムに近づかない、と真逆のことを考えているグレイスとは大違いだ。

色々な意味で虚《むな》しい気持ちになる。しかし当初の目的を忘れてはならない、と我に返った。すると、ケネスお兄様が首を傾《かし》げる。

「グレイス。どうかしたか？」

「どうもしません、お兄様」

「……いやでも、顔色が悪いぞ？」

「気のせいです、お兄様」

今はそれどころではないので、話しかけないで欲しい。

（そう、今はリアム・クレスウェルを探さないといけないのよ……！）

敵の場所を先に把握しておかなければ、上手に逃げることができない。

だからグレイスは、注意深く会場を見回す。

そしてそれは、さほど苦労せず探し出すことができた。令嬢たちの視線が集まっていたからだ。

しかし視線を集めているだけで近づく令嬢たちがいないのは、まだパーティーが始まっていないからだろうか。その分、リアムの姿をはっきりと捉えることができた。

その姿を見て、グレイスは思わず息を呑《の》む。

そこには、神が作ったと言っても過言ではないくらいの美しさを持つ男性がいたからだ。

まず目についたのは、その瞳だった。

紫水晶《アメシスト》を思わせる深い紫色の瞳は、皇族だけが持つとされる特別なものだ。同時に独特の色気を感じ、自然と目が吸い寄せられる。

その瞳を縁取るのは、髪と同じ白銀のまつげだ。

顔立ちもどこか中性的でありながら、しかし女性らしい曲線は少なくすらりとしていて、それがより造形美を生み出していた。

長く伸ばした白銀の髪は、菫色《すみれいろ》のリボンで一つにまとめられている。

身にまとうのは、純白の礼装だ。その上から左肩にぶら下げる形で薄紫色の外套《がいとう》を羽織っている。

全体的にすらりとした体格は完璧な造形をしていて、美しかった。

こんな二十四歳、果たしているのだろうか。いや、いないと断言する。

何もかも完璧な姿に、グレイスはぐっと唇を噛み締めた。

（な、生リアム・クレスウェル……イケメンすぎる……！）

表紙や挿絵ですら、その姿を見るたびに悶《もだ》えていたのに、それを肉眼で確認できるなんて誰が思うだろうか。

これでも一応、小説を長年リアルタイムで追い続けたファンなのだ。そして、一押しキャラはリアムだった。

つまり、顔だけなら好みも好み。……いや、認めよう。大好きです、と。

今この場に人がいなかったら、床に手をついて悶えていただろう。

微笑みをたたえ、誰にでも分け隔てなく優しくするその姿は、まさしく聖人だ。同じ人間とは思えない。

（……いや、待ちなさいグレイス・ターナー。見た目に騙《だま》されてどうする……！）

この男は、グレイスの恋心を利用した挙句、悪事に協力させたラスボスなのだ。恋などすれば、破滅どころか奈落へ一直線ルート。気をしっかり保たねば。

幸いというべきか、リアムに熱のこもった視線を向けているのはグレイスだけではない。というより、会場内のほぼ全員が何かしらの好意的な視線をリアムに向けていた。

それは、グレイスの兄もだ。

「相変わらず、クレスウェル卿《きょう》は見目麗しいな……」

そうぼそっと呟《つぶや》いたケネスお兄様に、グレイスは胡乱《うろん》な眼差《まなざ》しを向けた。

「……お兄様は、クレスウェル公爵閣下のことがお好きなの？」

「ば……人として尊敬しているだけだっ」

「へえ～」

「……お前がどう勘違いしているか知らないが、クレスウェル卿は本当に偉大な方だぞ。僕のような弱小貴族の後継者にも分け隔てなく話しかけてくれるし、色々とアドバイスをしてもくださるからな。そのおかげで、ターナー家の財務状況も少しはどうにかなりそうなんだぞ？　尊敬もそうだが、感謝するだろう」

それを聞いたグレイスは、ぴしりと固まった。

「……お兄様は、クレスウェル公爵閣下と面識があるの？」

「ああ。まあ僕だけじゃないがな」

「そ、そう……」

「だから、陛下からの開会の挨拶が終わったら、初めに挨拶をしに行くぞ」

「え」

「……お前が熱を出した日の朝に、言っただろう」

そういえば、そんな話をきっかけに前世の記憶を思い出したような。

（なるほど、お世話になったことがあったから、あんなことを言ったのね……）

それでもなお、グレイスが「会いたくない」というオーラを出すと、ケネスお兄様が胡乱な眼差しを向けてくる。

「それともお前は、この兄を恩知らずにしたいのか？」

「い、いえ……いえ……」

そんなことは断じてないが、だがしかし。

（フ、フラグが……出会いフラグが立ってしまうわ……）

避けられなさそうな展開に、グレイスは内心涙を流したのだった。

その後、皇帝陛下による開会宣言を経て、舞踏会は始まった。

皇后陛下は出産までもう少しということで、今回の舞踏会は大事をとって欠席している。

子どもは天からの恵みだが、皇族に関しては特にそういう認識が強いため、それにとやかく言う貴族はいないのだ。

なのでグレイスはケネスお兄様と一緒に、皇帝陛下に形式的な挨拶だけをした。

そしてお兄様の宣言通り、グレイスはリアムに挨拶をしに行くことになったのだ。なったのだが、むしろリアムのほうからこちらに来る。

「ケネス卿、久しぶりですね」

「お、お久しぶりです、クレスウェル卿」

「まあ、そのようにかしこまらないでください。……彼女が、卿が以前言っていた妹君ですか？」

「は、はい。ほら、グレイス。クレスウェル卿に挨拶を」

「………………はい、お兄様」

グレイスは微笑みを貼り付けたまま、スカートの裾をつまみ淑女の礼をする。

「お初にお目にかかります、クレスウェル公爵閣下。私はグレイスと申します」

「初めまして。グレイス嬢と呼んでも構いませんか？」

「……クレスウェル公爵閣下の、お好きなようにお呼びください」

グレイスは微笑みと共にそう言う。

（そう。好きに呼んで構わないので、なるべく早く解放してください……）

作中一推しキャラが目の前にいるだけでも耐えがたいのに、声を聞いていると本当に正気を失いそうだった。

（作中では『透き通る水を思わせる、静かだが確かに胸を波紋のように揺らす声』って形容されていたけれど、本当にその通りなのですが……？）

イメージ通り、いやイメージ以上に完璧なリアム・クレスウェルが目の前におり、頭がぐるぐるしてきた。

（いやいやいや待て待て待て。こうやって私がリアム・クレスウェルに惹《ひ》かれてしまうのは、ちゃんと理由があるからっ……小説内の設定に書いてあったから……だからこれは断じて、一目惚《ひとめぼ》れでは、ない……！）

そうやって自分に何度も言い聞かせていたら、ケネスお兄様とリアムのやりとりが終わり、彼が別の貴族令息令嬢たちのところへ向かう。

一連のくだりを笑顔と共に乗り切ったグレイスは、改めて決意した。

（今後同じようなことになるようなら……全力で逃げましょう）

社交界デビュー初日。

グレイスはリアムの危険性を身を以《もっ》て体験したのだった。

＊

だがしかし。

それから数回、友人を作る意味も込めて夜会に参加するたびにリアムがいて。

そしてそのたびに向こうから話しかけてくるのは、一体全体どういうことなのだろうか。

――社交界デビューの夜から一か月半。

どの夜会にもリアムがおりそのたびに理由をつけて逃げ続けてきたグレイスは、げっそりとした顔で帰宅した。

それを見た両親は、何事かと顔を曇らせる。

「グレイスちゃん、大丈夫？　とっても疲れているみたいだけれど……」

「だ、大丈夫です」

「そうは言うが……グレイス。二か月半前から、少し変だぞ？　何か悩みでもあるのかい」

「確かにそうね。前よりもおてんばじゃなくなったし……」

その言葉に、少なからずドキリとする。同時に、なんだか感慨深くなった。

（前世の両親だったら、私の変化になんてこれっぽっちも気づかなかったはずなのに……）

むしろ、熱を出したときでさえ心配なんてせず、迷惑そうな顔をしていたと思う。

『学校に連絡するのはわたしなのだから、迷惑かけないでちょうだい』

そう言い、連絡はしてくれたが薬すら用意してもらえず、重たい体を引きずりながらなんとか薬を飲み、水を飲んでひたすらに寝た日のことを思い出した。

そのときの、ぽっかり胸に穴が空いて苦しくなるような感覚は、今でも忘れられない。

あれが『孤独』というものだったのだと気づいたのは、今世になってからだった。

だから娘である自分のことをよく見ているのだな、と感じ、より嬉《うれ》しくなる。

そして。

(もう二度と、あの孤独を味わいたくはない)

――だから、この温かな家族を失うわけにはいかないのだ。

「お友だちができたほうがグレイスちゃんのためになると思っているけれど、気乗りしないなら無理しないでいいのよ?」

「すまないな、グレイス。我が家が貧乏なばかりに……」

「い、いえ! お母様の仰《おっしゃ》る通り、お友だちを作るのは大事なことですから……! 大丈夫です、頑張ります!」

実際、弱小貴族が交友関係を広げるのには、こういった社交場に参加するのが一番である。だから、ミラベルお母様の配慮は何一つ間違っていないのだ。

しかし同時に、そんな家族に隠し事をしていることを思い出し、リアムの件とは別の意味でぎくりとしてしまう。それに気づかれる前に、グレイスは「疲れたので、もうお休みしますね」と言ってそそくさと二階の私室に向かった。

扉を閉めた瞬間、グレイスは寝間着に着替えてからベッドにダイブする。

（神様は、本当に意地悪だわ）

内心そう呟き、グレイスは自身の手を見つめ、ぎゅっと握り締めた。

試しに魔術を使ってみようと意識を集中させるが、前世の記憶が戻る前のような手ごたえはない。

「やっぱり無理か……」

グレイスは溜息《ためいき》をこぼした。

——前世を思い出したことで、グレイスの身には一つ変化が訪れた。

それは、魔力がなくなったこと。魔術が使えなくなったこと。

そして——魔力も魔術も受け付けない体になってしまったことだ。

初めて気づいたのは、記憶を思い出して数日寝込み、回復した日の夜だ。魔術でろうそくに火を灯《とも》して、小説の設定を書き込もうとしたときだった。

普段であれば火魔術を使って火を灯すことができるはずのそれが、できなかったのだ。

それから色々と実験をした結果、魔術に関係するすべてを受け付けなくなっていることを確認したのだった。

唯一の利点を挙げるのなら、魔術そのものを受けないので、もしもの際は魔術攻撃を防げる点だろうか。まあそれも物理攻撃は無理なので、逆に治癒魔術を受け付けないことになる。総合的に見ればマイナスだろう。

つまり今のグレイスは、この国の人間ならば大なり小なり使える魔術が使えない。

また魔術というのは、貴族であれば使えて当たり前とされていた。むしろ庶民よりも強力な魔術が使えるからこそ、貴族は貴族という立場でいられるのだ。自領を守る力になるのだから。

なのでこれは、万年貧困のターナー家にとって、青天《せいてん》の霹靂《へきれき》。予想だにしない事態だ。

もし医学を使って治るのだとしても、莫大《ばくだい》なお金が必要になる。そしてただでさえ貴族社会で肩身の狭い思いをしている両親は、このことが公になれば非難されることだろう。

そしてグレイスも。家族に知られれば、今までのような愛情はもらえないかもしれない。

（……それは、とても怖いわ）

特に今のグレイスには、前世の。あの苦しかった頃の記憶がある。

物があっても、困窮していなくとも。愛して欲しい人たちに愛してもらえない飢えだけは満たされない。

それを、彼女は痛いくらい知っていた。

だけれど、何事もなく領地に帰ってしまえば、いつかはばれることだ。グレイスは兄ほど魔術を使える人間ではなかったがそれでも。農作業で土を耕したり水をまいたりするときに、魔術を使っていたのだから。

グレイスは思わずため息をこぼした。

「……しっかりしなさい、私。そんなことよりも、今一番大切なのは、リアム・クレスウェルの婚約者にならないようにすることでしょう」

これだけは、絶対に取ってはいけない選択だ。

それにグレイスが問題を起こせば、少なからずターナー家にも迷惑がかかることになる。つまりリアムと結婚するということは、家族もろとも破滅する可能性を秘めたフラグなのだ。

（そんなこと、絶対にさせない。私の居場所は私が守る）

一度目をつむり、開く。そうすることで、自分の中にある不安に蓋をした。

気持ちを切り替えたグレイスは、仰《あお》向《む》けに寝転がりながら今後の予定を確認する。

（ええっと……決まっているのは、来週に茶会が二回、再来週に夜会が一回ね。茶会にはご令嬢たちしか参加しないから、私が気をつけるべきなのは再来週の夜会のみ）

そしてそれがきっと、リアムに会う最後の機会となるだろう。

なのでこれさえ乗り切れば、グレイスの死亡フラグはへし折れるはず。

そう考えると、落ち込んでいた気持ちが盛り返してきた気がした。

「よおし！　再来週！　頑張るわ!!」

『グレイスちゃん！　もう夜遅いのだから、おとなしく寝なさい!!』

「……ごめんなさい、お母様！　寝ます！」

振り上げた拳を下ろしたグレイスはそう叫んでから、寝る支度を整え、いそいそとベッドにもぐ

り込んだのだった。

＊

次の次の週のとある夜。

グレイスは予定通り、今季最後に出席する宮廷の夜会に参加していた。

これが終われば、ターナー家は自領に引っ込む予定だ。

社交界というのは基本、夏と冬の二季に開かれるものだ。期間は大体三か月ほどで、夏の社交界のほうが社交界デビューが開催されることもあり重要だとされている。

参加する期間は各々自由だが、お金もあり高位の貴族たちは大抵、期間いっぱいまでいて社交の場に参加したり、自ら主催するのが当たり前とされていた。それが、家格を見せつけるための術《すべ》だからだ。

もちろん、ターナー家にそんな、金銭的な余裕はない。

しかしそれでもこうして時間を取っているのは、グレイスに友人関係を構築して欲しいから。そしてケネスお兄様にも、友人たちと交流する機会を持って欲しいからだ。

特に貴族令嬢は、爵位が高いか魔力量が高くない限り、魔術学園に通う機会を与えられない。最優先されるのは家を継ぐ長男だからだ。

なのでターナー家も、ケネスお兄様は魔術学園に通ったが、グレイスは自領にある教会で魔術の使い方を習った。魔力というのは、このブランシェット帝国で崇《あが》められている夫婦神の片割れ・母神が生み出したものだからだ。

それもあり、教会では基礎的な魔術知識を習える集会が定期的に開かれている。

（孤児でも才能さえあれば、教会の支援を受けて魔術学園に通えるのよね～）

そういった経緯で魔術学園に入学し、才能を開花させ。そして飛び級をし、弱冠十六歳で卒業。宮廷魔術師として働き皇太子と恋に落ち、このブランシェット帝国の闇に切り込んでいくのが、『亡国の聖花』のヒロイン、アリアだ。

（となると、ヒロインは今、十歳か……え、十歳のアリアちゃん？　会いたい）

その歳となると、ちょうど教会に保護されているはずだ。くだんの教会に行けばその姿を見ることが叶うのでは？　というファン心理がこみ上げてくる。

もちろん、そんな危険極まりないことはしない。これはあくまで現実逃避なのだ。

（一分一秒でも早く、この夜会が終わって欲しい……）

そう、グレイスは端の端で壁とカーテンに同化しながら思った。

なぜこんなところにいるのかというと、リアムの気配を感じたからだ。なので先に挨拶だけして、話しかけられる前に脱兎《だっと》のごとく逃げ、こうして息をひそめているというわけである。

（本当に無理……絶対に無理……）

最初のうちはただの勘違い、思い過ごしかと思っていたが、リアムは明らかにグレイスを特別視していた。というのも、どんな会場にいても一番初めに話しかけてこようとするのだ。

そう、敢《あ》えて、だ。敢えてくるのだ。

それをされて、自意識過剰では？　と言うような人間がいるなら見てみたいものだ。

現に、数回参加した茶会では令嬢たちからの尋問を受けている。

そのたびに何もないと言い続けてはいるが、これ以上は厳しくなってきた。

だからグレイスは一刻も早く、この夜会の終わりを願っているのだ。

（体調不良でもないのに、弱小貴族が早々に帰れるわけがないわ……せめてもう少しいないと、今でさえ目立っているのにさらに目立ってしまう……）

小心者が過ぎるが、事実弱小貴族なのだ。悪目立ちをすると、友人すら消えてしまう。グレイス個人としてはぼっちでも構わないが、両親のことを考えるともう少し社交性を獲得したいところだ。

そう思っていたのだが。

遠くにいるはずのリアムと目が合ったような気がして、グレイスはぞわりと背筋を震わせた。

（え、待って？　この距離で、気づい、た……？）

いやいやそんなことはない、落ち着け。

そう自分に言い聞かせたが、リアムはどうしてか会話を切り上げて確かにこちらへ向かってくる。

グレイスは内心、絶叫した。

そして身を隠せそうな場所を探し、人の間をすり抜ける。

（どこかいい場所……そ、そうだ、小説内でアリアが皇太子殿下との密会場所に使っていた、二階のテラス！　あそこならもしかしたら……！）

リアムが今いる場所から二階の様子は角度的に分からないこともあり、恐らくそこが一番身を隠す場所にはいいだろう。

グレイスは、気配を殺しながらも二階へ続く階段を全力で上った。

一応テラスを確認してみたが、場所があまり目立たないこともあり先客はいないようだ。これ幸いと、グレイスはテラスに出た。

夏のからっとした涼しい風が頰を撫《な》で、グレイスは手すりに手を置きながら詰めていた息を吐き出した。

（さすが、小説内で主人公カップルの密会場所にされていたところだわ……ひと気が皆無）

あとは、リアムが来ないことを神様に祈るばかりだ。

まあこんなところまで、わざわざグレイスを追ってくるわけはないが。

ないが！

「グレイス嬢」

そう、高をくくっていたのがいけなかったのだろうか。幻聴が聞こえてきた。

思わずびくつき、動けないでいると、死刑宣告のようにこつりこつりと、靴音が聞こえてくる。

グレイスが振り返るのと、リアムが歩みを止めるのはほぼ同じタイミングだった。

彼は夜闇の中でも分かるほど神々しい笑みを浮かべたまま、首を傾げる。

「グレイス嬢。あなたはなぜ、わたしのことをこんなにも避け続けるのですか？」

（それは……ラスボス予定のあなたから逃げて、自分の死亡フラグをへし折るためですよ――!!）

内心そう叫んでしまったが、まさかこれをそのままリアムに伝えるわけにはいかない。

なのでグレイスは、俯《うつむ》いた。

「そ、それはその……大変恐れ多いからと申しますか……た、他意はないのです。もしお気に障ったのであれば、申し訳ございません」

そう言い、ドレスの裾を摑《つか》んで頭を下げる。実際、恐れ多くはあるのだ。それに、グレイスの場合死亡フラグがついてくるだけで。

よって、どちらかといえば彼に対しての恐怖心のほうが強いのだが、似たようなものである。

なので嘘《うそ》は決してついていない。なぜここまで用心深くしているかというと、リアムはその観察力をもって嘘さえ見抜ける、という公式設定があるからだ。

（ほんと、設定盛りすぎなのもどうかと思うわ！）

内心そう毒づくと、リアムが顎に手を当てた。

「そうでしたか。それは大変申し訳ありませんでした」

「え、あ、クレスウェル公爵閣下が謝られることでは……」

「いえ、そのような女性を追い立てるようなことをしてしまったのは事実ですから」

そう言い、リアムは姿勢を正す。

「ですがグレイス嬢。わたしはあなたと少し話がしたかっただけなのです」

「……と申しますと、なんでしょう……？」

「はい。わたしは、あなたに結婚を申し入れたかったのです」

（…………は？）

グレイスの思考が、とうとう停止した。

（けっこん？　いや、待って……小説より一年早いのに、なんで!?）

グレイスが逃げ続けているからだろうか。

いや、関わらないようにしているだけだ。それだけでまさかこんなことになるなんて。

（それともこれ、もしかして確定フラグってやつなの？　そんな理不尽、ある!?）

そう思い混乱していたグレイスは、思わず後ろに下がってしまった。恐らくだが、無意識のうちに恐怖心というものがあったのだと思う。

しかしそれが、大きな間違いだった。

「グレイス嬢っ！」

リアムが珍しく、その顔に驚きをにじませて手を伸ばしてきた。

（え？）

グレイスが事態を正確に把握するより先に、体が不安定な形でのけ反り、そして宙に浮いた。

自分が手すりを乗り越え、テラスから落ちかかっていることに気づいたのはその後だ。

そして、リアムが魔術を使うのを見たのも。

（やば、い）

落ちかかっていること。

そして、リアムが何かしらの魔術を使ってそれを止めようとしていること。

その両方に、グレイスは顔を青ざめさせた。

しかし時すでに遅し。リアムが放ったなんらかの魔術は、グレイスにかかる前に弾《はじ》かれる。

そしてそれが逆に、グレイスの落下を助長してしまった。

宙に身を投げ出されたグレイスは、思わず遠い目をする。

（ああ……短い命だったわ……）

そう、完全に諦めていたのだが。

気づいたらガシッと抱えられ。グレイスは庭園に着地していた。

「……え？」

思わず素っ頓狂な声を上げると、グレイスを横抱きにして難なく着地したリアムが、ほっとした顔をしている。

「……場所を変えて、話しましょうか」

グレイスはそのまま、リアムの腕の中で借りてきた猫のようにおとなしくする他なかった。

リアムが向かった先は、宮廷の休憩室だった。

たくさんある部屋の中、奥まったところにある一室に滑り込んだリアムは、きっちり鍵を閉めて中へ進む。

リアムはその部屋のソファにグレイスを下ろすと、自身も向かい側の席に腰かけた。

それまで完全に放心状態だったグレイスは、そこにきてようやく死にかけたこと、そしてその前に求婚されたことを思い出しだらだらと冷や汗をかいた。

そして、リアムに魔術を弾いてしまったことがばれたことも。

（すごい……絶対にバレてはいけない相手に、とんでもない秘密がバレてしまった……）

いやでもあれだけで、グレイスが魔力や魔術を使えないこと、そして体質的に弾いてしまうことまでは分からないはず。ない、はず。

（あれ、この下り、ついさっきもやったような……）

それはどうやら、グレイスの気のせいではなかったらしい。

「先ほどは、驚かせてしまい申し訳ありませんでした」

「い、いえ……私も過剰に反応してしまいましたし、助けてくださったのはクレスウェル公爵閣下です。ありがとうございます」

「……つかぬことを伺《うかが》いますが、グレイス嬢はもしかして、魔術が使えないのでしょうか」

躊躇《ためら》いながらも、リアムはそう言った。

思わずぎくりとすると、彼はさらに続ける。

「先ほど、魔術を弾いていましたね。グレイス嬢の表情から察するに、あれは意図的に起こしたものではありませんでした。つまり、体質的に魔術を弾いた、ということになります。そうなると、そもそも魔術も使えない可能性が高いかなと。魔術が使えるのに魔術を弾くなんて矛盾は、存在しませんから」

（たったあの一度きりでそこまでの推測をするのは、本当にどうかと思うのですが）

しかしここまできっちりと言い当てられてしまったのなら、口をつぐんでいるのは逆に危うい。

それはなぜか。グレイスだけでなく、ターナー家そのものが秘匿した罪に問われるからだ。

貴族というのはそういう存在なのだ。

「……これは、四か月ほど前に発症した後天的なものです。それ以前は、普通に魔術を使えていました」

グレイスはそう、声を絞り出した。

「その後、色々と試してみましたが、魔力、魔術共々使えないこと。そして今回のように、どちらもを弾くことが分かりました。家族には、伝えていません」

「なぜですか」

「……我が家が貧乏だからです。もし治療できるものだったとしても、その治療費を払えるほどの余裕はありません。それに……」

「それに？」

「……家族が私のことをどんな目で見るのか。それが分からず不安で、ですから隠しました」

そう言えば、リアムは首を傾げた。

「……血の繋《つな》がった家族ですから、見捨てられることはないのでは？」

心底分からない、といった顔でそう言われ、むっとする。

（それは、あなたはそうかもしれないけれど……！）

リアム・クレスウェルという人間は、血の繋がった存在を何より重要視している。それは、彼のスピンオフで幾度となく語られていたものだ。

リアムは家族をこよなく愛し、だからこそ兄を皇太子にするために裏で尽力した。

両親亡き後、リアムを操り人形にして彼を即位させようとする人間が出てきたときも、徹底的に拒み厳罰に処した。

そして今も。皇位に興味がないことを示すために、位の高く歴史のある貴族や、勢いのある新興貴族に近づかないようにしている。

隣国に嫁いだ妹のことも大切に思っていて。そして兄の子どもたちのことも可愛がっているのはそのためだ。

同時にそれが、リアムが今まで悪事を働かなかった理由でもある。

皇族として、また兄である皇帝が『民のため』の君主であろうとしたため。

完全に闇堕ちするまで、リアムはその理念を貫き続けようとした。

それが、彼にとっての〝絶対〟で〝唯一〟だったから。

だからリアムには、家族を嫌うという考えすら分からないのだろう。

そう思い、色々な意味で虚しくなった。

「……これは、私個人の問題です。気になさらないでください」

思わずそう突き放したような言い方をしてしまえば、リアムが困った顔をする。

「わたしは、あなたを娶《めと》りたいのです。ですから関係ない話ではないかと」

「……でしたら私を娶らなければよいのではありませんか。貴族令嬢として、私は不適合だと思います」

「いえ、あなた以上の適任者がいないのです」

突き放し続けても食いついてくるリアムに、グレイスは怪訝《けげん》な顔をする。

「適任者？　どういうことでしょう」

「……これは、わたしの都合なのですが。わたしは今、結婚適齢期です」

「……確かにそうですね」

「はい。ですが、権力、地位、金銭がある貴族令嬢を娶ることはできません。そうなれば、わたしを次期皇帝に擁立させようとする輩《やから》が必ず現れますから」

確信を持った言葉に、グレイスは口を開く。

「それはつまり、今もそういった方々に絡まれている……ということでしょうか」

「その通りです。その筆頭が、わたしの伯父ですね」

（そうですね！　その伯父上が、あなたが闇堕ちする原因ですからね！　そして敢えて詳しく聞かなかった部分を言ってくるのは、本当にどうかと思うわ!?）

そう思ったが、リアムがわざとグレイスに情報を流したのであろうことくらいは分かる。つまり彼は本気で、グレイスの逃げ道を塞ごうとしているのだ。こういうことは、事情に踏み込みすぎればすぎるほど抜け出せなくなるものだから。

相手のほうが圧倒的に上手であることは分かっていたが、ここまで圧倒的だと抵抗することすら馬鹿馬鹿しく思えてくる。

それに、リアムがグレイスを選んだ理由が分かり、納得する部分も多い。

（その観点からいくと、確かにターナー家は適任よね……）

なんせ、万年金欠。貧乏極まりない。商家の人間のほうがもっといい暮らしをしている。

その上どの派閥にも属していない弱小貴族だ。なので派閥の筆頭家門からちょっかいをかけられることもない。

なるほど。確かにグレイスは、この上なく適任だ。

……まあそれはリアム側の事情であって、グレイスには何も関係ないのだが。

「それに、わたしの会話を冷静に聞いてくださることも大変好ましいです。これは体質なので仕方ないのですが……周囲の方はどうしても、わたしと話をするとそれを必要以上に解釈してしまうようなので……」

（知っています……）

小説の中でも重要な設定の一つなので。

それは皇族の血に由来することらしいが、皇族血統というのは体質的に人に好かれやすいらしい。いわばフェロモンのようなものを発している、と書いてあった。

リアムは力が強いせいかそれが特に強く、なのでどんなに息をひそめていても周囲の人間が彼を表舞台に立たせようとしてしまうのだ。

それが好意からくるものなのだから、有難迷惑ここに極まれり、だ。

（そして小説内の私も、そのフェロモンにやられた人間の一人ですよ！）

しかしこうして話をしていても、リアムの言葉すべてを好意的に捉えられないので、安心した。

きっと恐らく、前世の記憶を思い出したおかげなのだろう。魔術が使えなくなったのは痛いが、弱小貴族令嬢が運命から逃れるための代償と考えれば、当たり前かもしれない。

そう一人で胸を撫で下ろしていると、リアムは首を傾げた。

「というわけで、いかがでしょうか」

「……いかが、というのは……結婚のことでしょうか……」

「はい」

答えは決まっている。もちろん「いいえ」だ。

が、それを言う前に、リアムは微笑みと共に告げた。

「わたしと結婚をすれば、グレイス嬢の体質を治すための援助をお約束します」

「……それ、は、」

「また、ご家族が不自由なく生活できるよう、金銭援助もしましょう」

「っ、」

「他にも希望があるのであれば、わたしにできることをします」

(それって……なんでもするって言っているようなものなんだけど……)

リアムは、兄である皇帝から土地をもらっている。その上、皇帝がこっそりリアム名義の鉱山も用意しているので、潤沢な資金があるのだ。

リアムは必要以上の贅沢《ぜいたく》はしないので、そのほとんどを領民や慈善活動のために使っているが、それでもあまりある資金だったはず。

グレイスは、贅沢には興味がない。しかしそれでも、この体質と付き合っていく上でやってみたいことはあって。

そのためには、お金が必要になる。そして、人脈や権力も。

そしてそれは、ターナー家にいたままでは絶対に手に入らないものだ。

だが、上手《うま》い話には必ず裏がある。グレイスはキッとリアムを睨《にら》みつけた。

「もしその話をお受けしたら、私はクレスウェル公爵閣下に何を返せばよいのでしょう」

「大したことではありません。婚約者として……そして妻として。それ相応の義務を果たしていただきたいだけです」

つまり、グレイスは否《いや》が応《おう》でも社交界に出なければならない、ということだ。

それも、周囲からの好奇と敵意の視線を一身に浴びることが確定している中で、だ。

それもあり思わず眉をひそめていると、リアムが首を傾げた。

「ですが、これを受け入れていただけないというのであれば……わたしも公爵ですので、あなたの体質のことを陛下に報告しなければならないでしょう」

「ッ！　やめて！」

「……申し訳ありません。わたしにも立場というものがありますから、いたしかねます」

（柔らかい言い方しているつもりだろうけど、それって脅しだからね……）

つまり、グレイスに選択権はないのだ。

（やっぱり、絶対にへし折れない回収確定フラグじゃない！）

グレイスは、内心絶叫した。

同時に、前世で考察をしていたあのアカウントの存在を思い出し、歯ぎしりする。

（あの考察サイトに書かれていた通り……リアムがグレイス《私》を求めた理由って、政治的なものじゃない！）

もし叶うのであれば、今からでもあの考察を一から十まで舐《な》めるように見たい。

しかしそれは、叶わない願いだった。

だが素直に頷くのが悔しくて、最後の悪あがきも兼ねて言葉を絞り出す。

「……分かり、ました。そのお話、お受けいたします」

「ご快諾いただけて嬉しいです」

「ですが。これだけは言わせていただきます」

キッと。グレイスはリアムを睨みつけた。

「私が、あなたを好きになることは絶対にありません。あなたが、私を好きになることが絶対にないように」

これが小説の内容通りに進むのであれば、それは絶対だ。リアムがグレイスを愛することはない。

（なら私だって、愛してやるもんか！）

そういった決意を込めた言葉だったのだが、リアムは不思議そうな顔をするだけで特に効いていないようだった。むしろ、予想外のことを言い出す。

「それはつまり、わたしがあなたを好きになれば、あなたもわたしを好きになってくださる、ということでしょうか」

「それ、はっ！」

「でしたら、可能性はあるということですね。だってわたしは今、あなたのことがとても気になっていますから」

「……は、い？…………はいっ!?」

「あなたにも同じものを返していただけるよう、努力しますね」

（はい？…………は、い……？）

婚約する時期も含めて、すでに小説の内容とは変わってきている気がするのだが、これは一体全体どういうことなのだろうか。

（どうして……どうしてこうなったの——————!?）

神様、どうか教えてください。

二章

「……全部夢だったらよかったのに」

リアムから求婚された翌日の朝。

昨日、帰ってすぐ死んだように眠ったグレイスが起きて最初にした行動は、昨夜のやりとりが現実だったことを頭を抱えながら受け入れることだった。

しかし、現実は非情だ。昨夜交わした契約書が部屋のテーブルに鎮座しているのだから、目を逸《そ》らしたくてもできない。

溜息《ためいき》を洩《も》らしながら、グレイスはインクと羽根ペンを用意してから椅子に腰かける。

それから六冊目の日記帳を開いた彼女は、『リアムとの婚約を避ける。』と書かれていた部分に二重線を引いてから、新たな方針を記載した。

『リアムのラスボス化フラグをことごとくへし折る。』

これが、グレイスが生き残るための唯一の道だ。

そのためにまずやらなければならないことは。

（家族の説得よ！）

翌日の午後。ターナー家のタウンハウスに、リアム・クレスウェルがお忍びで来訪した。

予想だにしていなかった大物の訪問に、ターナー家内部は蜂の巣をつついたような大騒ぎになる。

だがこれは作戦の一つだった。

（ごめんなさい、お父様、お母様、お兄様！　でも、これが最善なの……！）

こんな状態なら、とてもではないが冷静な判断などできないだろう。

それを利用すれば、多少の違和感なら勢いで押し通せるはず。

そう。これからするのは、グレイスとリアムが互いに一目《ひとめ》惚《ぼ》れし、このまま結婚を前提に婚約。

お互いに離れたくないから同棲《どうせい》をしたい……という突拍子もない話なのだ。

もちろん、ほとんどが嘘《うそ》である。

だが本当のことを言えば、なおのこと家族に心配をかける。

そう思ったグレイスは、「この体質とその赤裸々な理由を伏せた状態で、家族を説得してください」という無茶ぶりを振って、リアムに作戦を考えてもらったわけだ。

そんな突拍子もない要求にも動じず、ものの数分でこの作戦を考えたリアムを見たとき、グレイスがこの世の無常さを感じたのはまた別の話である。

それでも、グレイスは不安だった。

なんせ、兄も言っていたがリアムは高嶺《たかね》の花《はな》だ。令嬢たちから言い寄られることはあっても、彼のほうから言い寄ることはない。そのため、相思相愛だと言ったとしても、疑われてしまうのでは？　とグレイスは思っていた。

（家族は、上手《うま》く騙《だま》されてくれるかしら……）

そう思いながら、グレイスはリアムが待つ客間へ家族たちと向かったのだが。

「――お話は、分かりました。娘のことを、どうかよろしくお願いいたします……！」

リアムの説明を聞き終えるや否や、感極まりながら頭を下げたジョゼフお父様の姿を見て、グレイスは複雑な心境になってしまった。

（え……？　そ、そんなあっさり、了承してしまうの、お父様……）

我が父ながら、聖なる水とかべらぼうに高い怪しい壺《つぼ》とかを買わされそうで怖いと感じてしまう。

しかしジョゼフお父様だけでなく、ミラベルお母様やケネスお兄様までもが良かったという顔をしていて、ひどい疎外感を覚える。

「そう……グレイスちゃんに、そんなにも愛する人ができるなんて……そしてそれがクレスウェル公爵閣下だなんて……！　神よ、この幸運に感謝いたしますっ……！」

「クレスウェル卿《きょう》であれば、安心して妹をお任せできます……どうぞよろしくお願いします」

「……え、いや、あの……はい……」

（他にも、目の前でイチャイチャする作戦とかあったんだけど……まったく必要なさそうね……？）

その点に関しては安心したが、やはり釈然としない心持ちには変わりない。これがリアムの人徳なのだろうか。

「ああ、グレイス嬢の荷物に関しても、ご安心ください。こちらですべて、引っ越しの人員も準備もさせていただきますから」

「本当ですか！　ありがとうございます！」

「こちらこそ、お嬢さんを今まで育ててくださりありがとうございます。おかげでこうして、わたしたちが結ばれることになりました」

（勝手に話が進んでいる。そして、リアムは一体どういう心境でその言葉を言っているのかしら）

本気なのか嘘なのか、さっぱり分からない。

しかし家族に説明をしなくて済んだこともあり、グレイスは詰めていた息を吐き出したのだった。

＊

両親と兄は金銭事情と領地管理の関係もあり、グレイスを置いて早々に領地へ戻ってしまった。

婚約発表の際には、また戻ってきてくれるらしい。

こちらの自主性を尊重する放任主義な両親だとは思っていたが、ここまでさくさく話が進むことに色々な意味で複雑な気持ちになった。が、魔力が使えないことを知られずに済んだことにはほっとする。

そんな調子で、数日後にクレスウェル家のタウンハウスに引っ越してきたグレイスは、その規模の大きさに遠い目をした。

（庭から屋敷までの距離が、すごくある……何より屋敷自体が我が家の十倍はあるわ……）

公爵で皇弟なのだから当たり前といったら当たり前なのだが、ここまでの差を見せつけられると引いてしまうのが人の心というものだ。

しかも今日からここで住むのだと考えると、場違い感を如実に感じてしまう。

その上、玄関で主人の来訪を待ち受けていた使用人の数もすごかった。

「おかえりなさいませ、旦那様。いらっしゃいませ、お嬢様」

「ただいま、みんな」

「よ、よろしくお願いします……」

そんな腰の低さと共に、無事屋敷の中に入ったグレイスは、客間のソファに座りようやく詰めていた息を吐き出した。

使用人たちもリアムが下がらせたので、今は二人きりだ。

「お疲れ様です、グレイス」

「いえ。こちらの要望を呑《の》んでくださり、ありがとうございます」

「いや、わたしとしても、あなたと同棲したいと考えていましたから。むしろわたしとしては、グレイスがわたしの要望を呑んだことのほうが意外でした」

そう。体質と、婚約した本当の理由を伏せて欲しいと言い出したのはグレイスだったが、同棲を希望してきたのはリアムのほうだった。しかしそれに文句を言わずこうしてやってきたのは、グレイスにとってもそのほうが利益があることだったからだ。

(だって、婚約発表があるからもうしばらく首都にいるのだとしても、それが終わればいずれ領地に帰らなきゃいけないのだし)

そうすれば自《おの》ずと、グレイスが魔術を使えないことが家族に知られてしまう。こんなのはただの現実逃避で、問題の先送りだということは分かっているが、それでも。今は向き合う勇気を持てないのだ。

話した後の反応が分からず恐ろしいというのもあるが、自分のことで手いっぱいでもある。

(だって、婚約フラグですら折れなかったのに、リアム・クレスウェルラスボス化フラグでもある闇堕《やみお》ちフラグをへし折らなきゃいけないのよ……？　本腰を入れて臨まないとやばいに決まってるじゃない……)

そして、グレイスが同棲することを呑んだ理由がもう一つ。

――そのラスボス化フラグを立ててくる人物が、グレイスを暗殺しようとしてくるからである。

前者の理由は伏せて、グレイスは後者のほうをリアムに話すことにした。

「求婚してきた際に、クレスウェル公爵閣下が仰《おつしや》ったではありませんか。クレスウェル公爵閣下の周りには未《いま》だに、閣下を皇帝に擁立したがる方々がいると」

「ああ、そうでしたね」

「そして私と閣下が婚約を公表すれば間違いなく、私は命を狙われます。家族が巻き込まれること は避けたいですし、私としても閣下と同棲したほうが身の安全を確保できる。そう考えたからこそ、閣下の希望を呑みました」

そう言えば、リアムが嬉《うれ》しそうに微笑《ほほえ》む。

「わたしも、そういった理由でグレイスをわたしのそばにおきたかったのです。……もちろん、あなたと離れがたかったのもありますがね」

本気なのか冗談なのか分からない言葉に、グレイスは顔を引きつらせた。

「……あの。あくまで契約結婚をする関係なのですから、そういった冗談を仰らなくともよいのですよ」

「……冗談？　嘘をついたことはありますが。生まれてこの方、冗談を言ったことはありませんよ」

「では、どういうおつもりで……」

「ですから、本心です。言ったではありませんか。わたしは今、あなたのことがとても気になっていると」

「確かに仰っていましたが……」

「それに、グレイスは言いましたよね。わたしがあなたを好きになれば、あなたもわたしを好きになってくださる、と」

「……いえ、それに関しては認めていませんよ!?」

「おや、ばれましたか」

さらりと事実を曲解して取られそうになり、グレイスは頭を押さえたくなった。

それでもあまり強く出られないのは、そう取られてもおかしくない発言をしてしまったからだ。

(こんなことになるんだったら、はっきりと「あなたを好きになることはありません」って言うべきだったわ……)

まあそれを言ったところで、現状が変わるのかと言われたら分からない。分からないので、試しに聞いてみた。

「……あの。私がもし『閣下を好きになることはない』と言い切っていたら、どうされましたか」

「わたしは契約結婚であろうと良好な関係を築きたい人間ですので、好きになっていただけるよう最善を尽くす、とお伝えしたかと思います」

(言ってること、結局変わらないじゃない)

むしろ、前より言葉の圧が強めだった気がするのだが、グレイスの気のせいだろうか。

(もういいわ……なんだか疲れてきた)

ここまで小説通りに進んでいる以上、道中でおかしな点があれ、進む先は変わらないのだ。つまり、リアムがグレイスを愛することはないのである。

だって、本当に愛していたのであれば。

『グレイス。彼女が、僕と甥《おい》の仲を引き裂こうとするのです……彼には僕が必要なのに』

小説内のグレイスに、アリアのことを遠回しに邪魔だと言わなかったはずだし。

アリアをいじめて宮廷から追い出そうとするグレイスを諫《いさ》めたはずだ。皇太子の教育をしていた際は、そうしていたのだから。

そして――

『グレイス。どうか僕のために、あの女を殺してください』

本当に愛してくれたのであれば、グレイスにこんなこと、絶対に言わなかった。

リアムが何かを直接的に指示したのはこのときだけだったのを考えても、リアムがグレイスを捨て駒としか見ていなかったことは明白。

(だから、絶対に好きにはならない)

グレイスのためにも。――そして、リアム自身のためにも。

グレイスは、恋に落ちるわけにはいかないのだ。好きになっても正気を保っていられる保証は、どこにもないのだから。

「……好きにはなりません。これは、お互いの利益のための契約結婚ですから」

なのでグレイスは改めて、そう告げた。リアムへの牽制《けんせい》のため、というよりも、自分に対しての戒めの意味で吐き出した言葉だ。

するとリアムは少し考える素振りを見せた後、にこりと微笑む。

「分かりました」

「……本当に？」

「はい。ですが、わたしたちは、表面上一目惚れをしてこの短期間で婚約にまで至った、言わばラブラブカップルです。呼び方だけは改めませんか？」

「……呼び方、ですか……」

「ラブラブカップル」という部分には敢《あ》えて触れずに、グレイスは唸《うな》った。

（まあ確かに、今のままはまずいか……）

グレイスはリアムを「クレスウェル公爵閣下」と呼んでいる。これは、あまりにも他人行儀だ。

「……でしたら……リアム様……で構いませんか？」

「様付けはなさらなくてもいいのですよ」

「いえ、これでいきます」

「ではわたしは、グレイスと呼びますね。まあ、もう呼んでいましたが」

（知っています。知っていて、敢えて触れなかったんです……）

とりあえず後は、態度でどうにかすればいいだろう。

イチャイチャカップル、上等じゃないか。家族共々、生き残るためならなんでもやってやる。前世から取り繕うことは慣れているので、演技力自体には自信があるのだ。

（あ、そうだ。忘れていたわ）

グレイスは、無事に引っ越しが終わったらお願いしようと思っていたことを口にする。

「あの。身を守るために二つほど、お願いしたいことがあるのですが」

「おや。なんでしょうか」

「はい。一つ目は、護衛をつけていただきたいのです」

「分かりました、用意しましょう。それで、二つ目は？」

「二つ目は、神術《しんじゅつ》を学ばせてください」

「……神術、ですか」

「はい」

「理由をお伺いしても？」

「魔術以外で自己防衛できる力が、それだけだからです」

神術というのはその名の通り、神の力を行使することだ。浄化や防御、加護を分け与える、といった後方支援系の能力がメインだが、魔術と違い魔力がなくとも使える。夫婦神の片割れ、父神の加護を受けていれば、だが。

そしてこの父神の加護は一般的に、このブランシェット帝国で生まれた人間なら受けているものだ。なので相応の手続きをして訓練を積めば、誰でも使えるようになるのである。

（……もちろん、才能は必要だけれど）

魔術の才能もなかった身で神術が扱えるのかと聞かれると疑問符を浮かべてしまうが、しかし方法があるのならやってみるべきだとグレイスは思う。少なくとも、護衛任せにするよりは生存率は上がるはずなのだ。

(そうよ。こちとら、命がかかってんのよ！　やるしかないでしょうが!?)

と、誰にもぶつけられない怒りを心中で叫んでいると、リアムが頷《うなず》く。

「分かりました。愛する婚約者のためですから、どちらも叶《かな》えましょう」

「……あの。その言い回し、恥ずかしくありませんか……？」

「神術のほうは少し時間をいただきますが、護衛はすぐにご用意できます。わたしが外出するまでに少し時間がありますから、一緒に見に行きましょうか。わたしのグレイス」

「……ハイ」

リアムにやめる気がないことを悟ったグレイスは、指摘するのを諦めた。

(そう、必要ないのにこんなことを言うのは、私をからかっているだけよ。飽きたらやめるはずだわ。……だから、いちいち反応するな、私の心臓)

そう自分に言い聞かせ、グレイスは差し出された手を渋々取ったのだった。

リアムが連れて行ってくれたのは、屋敷の裏手だった。

何があるのかと思えば、小さいながらもちゃんとした温室がある。

（温室って……花？）

花と護衛の関係性がまったく分からず首を傾《かし》げていたが、中に入って直《す》ぐにその理由を察した。

温室には植物だけでなく、大小様々な動物たちがいたからだ。

それも、よくよく見ると普通とはどこか違う。体の一部になんらかの模様が刻まれていて、それが淡く発光しているのだ。

グレイスは思わず、ぱあっと表情を明るくする。

（これはもしかしなくても……神獣では!?）

神獣というのはその名の通り、夫婦神によって特別に創造されたとされる動物たちのことだ。神術が使え、思念を直接伝えることができるため会話が可能。何より高位の神獣は魔力も持っているため、魔術も使えるらしい。

気に入った人間を見つけると契約を交わしてくれることもあり、そういった人間は神獣使いとして宮廷、教会問わず重宝されるのだとか。

しかし普段は、警戒心が強く選《え》り好みをするため、人にはあまりなつかないしこんな人の多い場所には現れない。

だからか、よりテンションが上がってしまう。

（す、すごい……右を見ても左を見ても、神獣しかいない……！）

何より、グレイスは前世も今世も動物が大好きだった。自領で飼っている動物の世話は、グレイスが中心になってやっているくらいだ。

なので、テンションが否《いや》が応《おう》でも上がってしまう。

リアムがいるからか、グレイスという部外者がいても隠れるような様子もないので、その姿をしっかり確認することができた。

しかしそれをリアムに知られたくはない。なんというか、自分の弱点を見られたような気がして大変癪《しゃく》だからだ。

なので、努めて平静を装いつつ、グレイスは口を開いた。

「あの、どうしてここには、こんなにも神獣がいるのでしょうか」

「ああ。どうやらわたしの気が清浄で心地好《よ》いらしく、住み着いているのですよ」

「……住み着いて、いる……？」

「宮廷にも似たような温室がありますよ」

（え、このもふもふパラダイスが、年中無休で味わえる、と……？）

いや、いけない。正気を失うところだった。

こほんと一つ咳払《せきばら》いをしたグレイスは、首を傾げた。

「では、リアム様が契約しているわけではないのですか？」

「契約している神獣もいますが、大半は野生ですね。ただ、宮廷側も温室に神獣が住むことを推奨しています」

「……なぜですか？」

「密輪をしようとする人間が、少なからずいるからです。ですので皇族が使用する施設には、保護の目的で必ず温室を設置しています。……わたしたち皇族が放つ神力は、神獣たちにとっても心地好いようなので」

これにはちゃんと理由がある。

皇族は皆、夫婦神の子孫たちだからだ。

それもあり、そこにいるだけで大気中の邪気を神力に変えるという浄化能力があるらしい。それが、フェロモンのようなもの、の正体だ。

代わりに神力を使うことができないのだが、その分魔力を上手く扱えることが多いため、魔術師として頭角を現すことが多い。リアムもその口だ。

つまり、天然の空気清浄機、みたいなものである。

帝国民が皇族に好意的なのも、一緒にいると神力によって心が清められるからだ。特に善性が強い人間ほど、その力を強く受けやすいとかなんとか。

呼吸をしているだけで酸化していくのと同じように、この世界の人は多かれ少なかれ、悪性を吸って生きているのだ。

ただその反面、悪性が強い人間には効かず、場合によっては都合の良い存在として利用しようとしてくるらしい。

だから、皇族は幼少期から人の善悪を見抜けるよう、徹底的に教育を施される。

その教育すべてを習得し、使いこなしている人こそ、リアム・クレスウェル、というわけだ。

（そういえばこの設定が出たとき、リアムが「フェロモン垂れ流し男」「人間ホイホイ」とか言われてたわね……）

なんてことを思い出していると、リアムがグレイスの手を取り、中へ進む。

温室は手入れが行き届いており、マーガレット、ラベンダー、パンジーといった夏の花々が生き生きと咲き誇っていた。

どうやら区画ごとに季節の花を植えているらしく、何も植えられていない場所や葉だけが覗《のぞ》く場所もあったが、それを含めてよい庭だと思う。

「手入れの行き届いた、美しいお庭ですね」

特に他意もなくそう呟《つぶや》けば、リアムが笑う。

「外の庭のほうが美しいと思いますよ。そちらは庭師が手入れをしたものですから。今は夏薔薇《ばら》が見事です」

「いえ、神獣たちが住み着きたくなる理由が分かります。綺麗《きれい》な空気に愛情いっぱい育てられた草花……それに暖かい陽光。私にすら分かるのですから、神獣たちにはより強く感じられているでしょうね」

そこまで言ってから、グレイスは「ん？」と首を傾げた。

（うん？　その言い方だと、まるでここだけは庭師が手入れをしていない、みたいな……）

そしてここにいる神獣たちがリアム目的で住み着いている、ということを考えると、ここの手入れをしているのが誰か自ずと分かる。

リアム自身だ。

手入れをした本人の目の前で温室をべた褒めしてしまった、という事実に気づき、グレイスは唇をわななかせる。

顔から火が出そうなくらい、熱い。きっとグレイスの顔は、髪色に負けないくらい赤くなっているだろう。

かといってつながった手をほどこうとすればぎゅうっと握られてしまい、逃げようにも逃げられなかった。

ちらりとリアムのほうを仰ぎ見れば、彼は今までにないくらい嬉しそうな顔をしている。

それが社交場でよく浮かべている、慈愛に満ちた微笑とも。

美しいが何を考えているか分からない笑みとも違っていて、羞恥心がより刺激される。

（私が、リアムにとっての特別なんじゃないかって勘違いしちゃうから、そういうのはやめて……！）

「……見ないでください」

「はい。……ふ、ふふっ」

「……～～～～ッッッ!!　笑わないで!　くださいッ!!」

羞恥心のあまり大きな声を出してしまうと、リアムとばっちり目が合う。

「……庭、褒めてくださりありがとうございます」

「あ……」

「皇族の義務として始めたものではありましたが、わたしの唯一の息抜きなのです。それをこうして褒めていただけるとなんだかくすぐったいですが……それ以上に嬉しいですね」

面と向かって喜ばれ、とうとう何も言えなくなってしまったときだ。

――たしっと。グレイスの足を何か、柔らかく小さいものが叩《たた》く感触があった。

『ちょっとあんた!　あたしのリアムと、何イチャイチャしてんのよ!』

「……え?」

下を見れば、そこには。

美しい毛並みをした、青色の瞳の猫がいた。

たし、たし、たし、と。

白猫が、グレイスの足を踏みつけている。しかし爪を立ててくるわけでもなく、全体重をかけてきているわけでもないのでさほど痛くない。

むしろ、その可愛《かわい》らしさに、グレイスは内心悲鳴を上げた。

（か、か、かわいい――――!!）

何より、白ということもあってそこはかとない高貴さを感じた。グレイスの屋敷でもねずみ捕りのために猫を飼っているが、あの猫は黒、茶、白の縞《しま》模様だったたし、どちらかというと野性味が強いのだ。

しかしこちらは白。体に青色の文様が描かれているからなのか、高貴さで満ち満ちている。ソファの真ん中に座っていても、まったく違和感がない立派なお猫様だった。

（まあそうでなくても、我々人間はお猫様のしもべなんですけれどね）

というのが、現代日本から転生をしてきたグレイスの意見である。

それもあり、にこにこしながら白いお猫様を見つめていると、たしたし攻撃がより強くなる。

『ちょっと！　何にこにこしてるのよ、あなた！　あたしのリアムから離れなさいよッ！』

「わあ。お声も大変お美しいのですね～」

『ちょっ、何言っているのあなた!?』

思わず本音を呟いてしまったら、毛を逆立てながら後退されてしまった。少し落ち込んでいると、リアムがそんなお猫様を抱える。

「ああ、いました。彼女に、グレイスの護衛を頼もうと思うのです」

『え』

「えっ」

お猫様と一緒に固まっていると、リアムは微笑みと共に続ける。

「彼女の名前はシャル。治癒と防御を得意とする神獣です。神術だけでなく、魔術も使える高位の神獣ですよ」

「それはとても素晴らしいですね！」

「はい。ああ、ただ、真名と呼ばれる本当の名は別にあります。わたしは知っていますが、契約者以外が知るのはあまり良くありませんので、いずれシャル本人から聞いてください」

「あ、はい」

（真名の件に関しては、存じ上げております）

神獣が人間に真名を教えるということは、契約を結ぶというのと同義である。

また不用意に真名を教えると魂を握られてしまうため、無理やり従わされたり、消滅の危機があるという。

これもまた、『亡国の聖花《せいか》』内の知識だ。

「契約外の神獣の中で一番、わたしになついてくれているのです」

「あ……は、い」

なので、契約外なのに神獣の真名を知っていること自体がおかしいのだが、グレイスの認識がおかしいのだろうか。

しかしそれを口にするわけにもいかず黙っていると、リアムがお猫様――シャルに向かって語り掛ける。

「シャル。あなたにグレイスの護衛をお願いしたいのです。どうでしょうか?」

『いやよ! こんな、どこの馬の骨かも分からない田舎娘!』

シャルはそう言って、つんっとそっぽを向いてしまう。

そんなシャルの姿を見たリアムは、とても悲しそうな顔をした。

「そのようなこと、言わないでください。グレイスはわたしの伴侶なのです」

『……え? えっ!?』

「正確には、伴侶になる予定の女性ですが……大切な方なのです。そんな女性を守ってもらうならば、あなたのような契約せずとも強く美しい神獣がよいと思ったのですが……」

『そ、それ、はっ!』

「残念です。無理強いをするつもりはありませんから、他の神獣にお願いする他ありませんね……」

リアムがそう言って悲しそうな顔をするのを見て、シャルがぶるぶると震えている。

それを見たグレイスは、ああ……と思った。

(私は今、一人の雌猫《女性》が悪い男に嵌《は》められる瞬間を目の当たりにしているわ……)

あれが自分に向けられなくてよかったな、と、グレイスは他人事《ひとごと》のように思った。向けられていたら確実に、プライドと罪悪感と褒められたことへの羞恥心と喜びでメンタルをぐちゃぐちゃにされていたはずだ。

実際、シャルは今そんな気持ちだと思う。

そして結局、シャルはまんまとリアムの策略に乗ってしまった。

『〜〜〜〜っ！　分かった！　分かったわよ！　この田舎娘の護衛をすればいいんでしょう⁉』

「本当ですか、シャル！　引き受けてくださり、とっても嬉しいです！」

『ふ、ふん！　当たり前じゃない！　リアムのお願いだものね』

「はい！　でしたら、わたしの愛《いと》しいグレイスをよろしくお願いします」

『い、いとし……！』

（すごい……悪い男の見本だわ……教本に載せられるレベルの手口だわ……）

リアムの発言に一喜一憂しているシャルを見ながら、グレイスはそう思った。

同時に、若者の情操教育に心底悪そうだな、と遠い目をする。

人間だけでなく神獣まで落とすとは。これからは「人間ホイホイ」などではなく、「全方位ホイホイ」と呼ばなければならない。

そう思っていると、たまらなくなったのか。シャルがリアムの腕からするりと抜け出す。

そして太く膨らんだ尻尾を左右に振って「怒っています」サインを出しながら、叫んだ。

『何してるのよ、田舎娘！　行くわよ！』

「はーい。……それではリアム様。護衛の神獣様と親睦を深めて参ります」

「いってらっしゃい、グレイス。わたしも責務を全うするために、少しの間外出しようと思います。夕食までには帰りますから、一緒に食べましょうね」

『あたしの前でイチャイチャしてんじゃないわよ!?』

「ははは。分かりました。では夕食のときに、また」

なんていう混沌《こんとん》極まりない会話をしつつ。

グレイスは尻尾を左右に振りながら先へ行ってしまったシャルを追いかけたのだった。


「シャル様ー!　お待ちください!」

『……あんた。田舎娘のくせに、立場を理解してるじゃない。そうよ、あたしのことはシャル様とお呼びなさい!』

「はい、シャル様」

『いい返事だわ。それから、あんたはあたしのしもべよ!　リアムに言われたから仕方なく……仕方なく守ってあげるけど、自分の立ち位置を勘違いしてもらったら困るわ。よく覚えておきなさい』

「はい、シャル様」

（言われる前から、すでにしもべ認識でした、シャル様）

なんていう言葉を呑み込みつつ、グレイスは「ここに座りなさい」と言わんばかりに前足をたしたししているシャルの近くで正座した。

瞬間、ものすごく微妙な顔をされる。

（動物って意外と表情豊かよね）

恐らく、グレイスがここまで素直に座るとは思っていなかったのだろう。しかも正座。完全にシャルのことを上に見ている証《あかし》である。

グレイスを「田舎娘」呼ばわりしたり、しもべだと言ったりして下に見ている風が強いシャルだったが、どことなく憎めない雰囲気なのはここだ。

こう、悪女になり切れない悪女、といった雰囲気が強いのだ。

（かわいいわ、シャル様……）

なぜだろうか。この可愛らしさ、とても既視感があるのだが。

と和んでいると、尻尾をたしんたしんと石畳に叩きつけながら、シャルが言った。

『ふ、ふん。しもべとしての心得はちゃんとしているわね、いい心がけだわ』

「はい、シャル様。お御足《みあし》が汚れてしまいますから、よろしければ私がお抱えしましょうか？」

『あら、気が利くじゃない。いいわ、抱えなさい』

「はい、シャル様。失礼いたしますね」

そう言い、グレイスはシャルを抱えた。そして副次的にその毛並みの良さを堪能する。

（思っていた以上に、さらさらすべすべ……ものすごく撫《な》でくり回したい……）

が、最初から無遠慮に触ってしまえば、お猫様は心を開いてはくださらないのである。

なのでここはぐっと我慢し、シャルの言う通りにする。

正直、抱えているだけで幸福だ。ぬくいし癒される。今までの苦労が、お猫様を抱えていることで浄化される気がした。

グレイスがシャルの存在を堪能していると、シャルの機嫌がよくなったのか、こちらを見てくる。

『そういえばあんた、どうして護衛が必要なのよ』

「はい。理由は二つあるのですが、一つ目は私、魔術が使えないのです」

『へえ。……は？』

「四か月前くらいに、唐突に使えなくなったのですよ～」

『呑気《のんき》な田舎娘ね!?』

（シャル様、ツッコミが鋭くて会話のテンポが楽しいわ）

こう、どことなく既視感を覚えるのはどうしてだろうか。そう思わず首をひねっていると、呆《あき》れた目を向けられた。

『それで。もう一つの理由を言いなさいよ』

「はい。二つ目は、私が命を狙われる予定だからです」

『……命を狙われる予定？』

「はい」

グレイスは、シャルが退屈にならない程度に噛《か》み砕いて、簡潔に理由を説明した。

するとシャルはふうんと鼻を鳴らす。

『人間って面倒臭い生き物よね』

「ですよね～」

『……あんた、呑気すぎない？』

「ははははは。これでも結構必死に生きたいと思っています」

（一度死んで生まれ変わっているのよ。この世界でくらい長生きしたいじゃない……）

何より、痛いのも裏切られて絶望するのも、誰かが死ぬのも嫌だ。

この世界にきてから、生きるためにねずみや虫といった人間に害がある生き物を殺すことも増えたが、未だにできればやりたくないと思っている。心臓がきゅうっとなるからだ。

それが人間になれば、一生記憶にこびりついて苛《さいな》まれる自信がある。

だから、できればリアムが誰かを害するところも。グレイス自身がそんなことをしなければならない事態に遭遇するのも、嫌なのだ。

なので、リアム闇堕ちラスボス化フラグを立ててくる伯父の排除は絶対だ。

この男に関してはどんなに避けようとしても絶対に邪魔をしてくるので、グレイスが婚約者になることで手を出してくるこのタイミングで退場してもらうのが最適解である。

ただ、ここで重要になってくるのは、リアムの存在だ。

（リアム・クレスウェルは、家族に関することが特大級の地雷）

リアムの闇堕ちラスボス化を防ぐのであれば、彼らを利用して第一関門である伯父を捕まえるのは絶対に駄目だ。その場ではなんとかなったとしても、生き続けていくにあたって障害になる可能性が高くなる。

しかしリアムにとってグレイスは、まだただの婚約者——現状では婚約者候補でしかないので、リアムの地雷ではない。

つまりグレイスは今回、自分が生き残るために自分を餌にして、伯父を捕まえようと考えていた。

本末転倒では？　という声が聞こえる気がするが、設定と小説通りのストーリーは知っていても考察は得意ではないグレイスができることなど、たかが知れている。なので命を張るくらいでないと、リアムの闇堕ちラスボス化フラグはへし折れないと思うのだ。

（婚約フラグはへし折れなかったしね……）

もちろんグレイスも、勝算がない状態で我が身を犠牲にするようなことをするつもりはない。

（けれど私には今、シャル様がいる！）

人間の護衛なんかよりグレイスの側《そば》にいやすいし、よっぽど頼りになる。また彼女ならば、魔術と神術が使えるのだ。物理攻撃を防げないグレイスの弱点を上手くカバーしてくれるはず。

よって、グレイスが今後の作戦の成功確率を上げるには、シャルといかに仲良くできるかにかかっている。

（うなれ！　私の、前世から今までで培われた動物懐柔術……！）

グレイスはそう、拳を握り締めたのだった。

*

その一方でリアム・クレスウェルは、一度教会に寄って大司教に会い、グレイスの件を相談してから、再び馬車へ乗り込んだ。

屋敷を出た頃は午前中だったが、その頃には昼を過ぎている。時刻としては、帝国の中流階級までの間で広まっている、午後の紅茶時間《アフタヌーンティー》辺りだろう。

かといって食にこだわりも執着もないリアムは、遅めの昼食を取らずにそのまま真っ直ぐと、馬車を宮廷へと走らせた。ただ表立ってきているわけではないため、馬車は家の紋章をつけていないものを。また魔術で姿を変え、ぱっと見は宮廷の魔術師を装っている。

――できる限り早く帰って、グレイスに会いたいですしね。

楽しい、面白い、興味深い。

それが、リアム・クレスウェルがグレイス・ターナーに対して抱いた感情だった。

なんせ、リアムはそういう体質ゆえに、否が応でも人を惹《ひ》きつけてしまうからだ。だから誰しも、最初はリアムと関係を持とうとしてくる。

しかしグレイスには、それがなかったのだ。

むしろ、なんだか気まずそうにして視線を逸らし、なるべく早くリアムから離れようとしていた。

その後何度同じ場に居合わせても、まるで脱兎《だっと》のように音もなく逃げていくのを見て、グレイスがわざわざリアムを避けていることを悟ったのだ。

それを感じ取ったときの、ぞわりと背筋が震える感覚。逃げる者を無意識に追いたくなる捕食者的心理。

これを、人は好奇心と呼ぶのだろう。

グレイスが元々婚約者候補に入っていたのは事実だが、彼女に決めた理由はそこだった。

だからリアムは久方ぶりに自身の心に従ってグレイスに近づき、無理やり求婚を迫ったのだ。

——それなのにまさか、あんなふうに強気に返されるとは思ってもいませんでしたが。

『ですが。これだけは言わせていただきます。私が、あなたを好きになることは絶対にありません。あなたが、私を好きになることが絶対にないように』

その一言が、リアムの好奇心をさらに刺激したことを教えたら、グレイスは一体どんな顔をするのだろう。

――先ほど、庭で恥ずかしそうにする姿も可愛らしかったですし……もっと色々な顔が見てみたいものですね。

何より、心のこもった褒め言葉を聞いたのは久々だったためか、妙に胸が弾んでいる。

しかし従者が宮廷に到着したことを告げたために、少しだけ高揚していた気分がすうっと引いていくのが分かった。

ここから先は、戦場だ。決して心安らぐときなどありはしない。

そう自分に言い聞かせながら。馬車を降りたリアムは、宮廷にある図書館へ向かった。

別に図書館自体に用があるわけではない。彼の目的地は、その奥にある隠し部屋だった。

隠し部屋の扉を閉めた後、リアムはようやく詰めていた息を吐き出す。

それとほぼ同時に、リアムは誰かに抱き締められた。

「リアム！　久しぶりだな！」

聞き馴染《なじ》みがある声を聞き、リアムは知らず知らずのうちに頬を緩めた。

それはいつもの慈愛にあふれた笑みでも、美しい造形品のような微笑みでもなく、どことなく少年を彷彿《ほうふつ》とさせる無邪気な笑みだ。

「……お久しぶりです、兄上」

抱き締めてきたのは、リアムの兄でありこのブランシェット帝国の皇帝――セオドア・アルボル・ブランシェットだった。

リアム同様、銀髪に紫色の瞳をしているが、リアムの瞳よりも幾分色が薄く、赤みが強い。一般的に洋蘭《オーキッド》色と呼ばれる部類の色だった。

その上髪も短めにしているからか、リアムが中性的で儚《はかな》げなのに対して、セオドアはどちらかというと男性的で活発に見える。リアムよりも体を鍛えているのがそれをより引き立てていた。

性格も見た目同様、セオドアのほうが明るく朗らかで、リアムのほうが大人しく控えめだ。しかし絆《きずな》はどの家の家族よりも強い。

リアムが今まで、自分の中にある闇と戦い続けられたのも。

本当ならばどうでもいいと思っている帝国民に対して、献身を続けられているのも。

セオドアを含めた〝家族〟という存在があったからだ。

その家族の中でもセオドアは、リアムにとって特別だった。

一回り年齢が離れていたからか、早熟なリアムの気持ちを誰よりも理解して、その上で尊重してくれたからだ。

自身が他者と明らかに違う、非道徳的で倫理観が欠如した思考を持っていると気づいたときも相談し、否定するのではなく受け入れてくれたのも、セオドアと今は亡き父だった。

だから、宮廷から離れるということは、リアムにとって断腸の思いだったのだ。

しかし自分の存在がセオドアの邪魔にしかならないこと。力になるためにはリアムが積極的に行動するよりも、適度に行事に参加しつつ息をひそめているほうがいいということに気づき、セオドアが即位すると同時に臣下に下ったのだ。

だから今こうして会いに来ているのも、実を言うとあまりよいことではない。リアムが皇族と関わるだけで、周囲はどうしてかリアムが皇位に興味があると捉えてくるからだ。

その危険性を承知の上で、こうしてこっそり兄に会いに来たのはもちろん、グレイスの存在を彼に伝えるためだった。

しばし久方ぶりの会話を楽しんだリアムは、一口紅茶を含み口を湿らせてから、言った。

「それで、兄上。わたしの婚約相手についてなのですが」

「！　な、なんだ。とうとう、とうとうか!?」

「……兄上、どうか落ち着いてください。紅茶がこぼれそうです」

「す、すまん。……だが！　あのリアムがだぞ!?　感動するなというほうが難しいだろう……っ!?」

まだどんな人物なのか話していないのにこうも感動されると、いささか困惑してしまう。しかしそれは同時に、セオドアがそれだけリアムのことを気にかけてくれていた、ということでもあり、頬が自然と緩んだ。

そんな兄に、リアムはグレイスの話をする。

「名前はグレイス・ターナー。今年社交界デビューを果たした、十八歳の少女です」

「ほうほう。選んだ理由は？」

「ターナー家はどこの派閥にも属しておらず、また権力にも興味がなく、自領を維持するのでいっぱいいっぱいといった財政状況でした。わたしが皇位に興味がないことを示すのに一番向いていたのが、彼女だったのです」

そう言えば、今までワクワクした表情をしていたセオドアの様子が落ち込んでいく。

「……リアム。お前がわたしのため、また皇族としての責務を果たすために献身し続けてくれているのは、分かっている。だが生涯の伴侶まで、そんな理由で決めなくていいんだ」

「……兄上」

「欲を出していいんだ。だってお前は今まで、わたしたちのために我慢をし続けてきたんだからな」

そう言われ、リアムはあいまいに微笑んだ。

――別に、そのようなものは望んでいないのですが。

リアムの望みはただ一つ。このまま、皇族としてその生をまっとうすることだった。

だから、伴侶選びなど打算的で構わない。グレイスに弱みがあることも、リアムにとっては都合がよかった。彼女の抱える秘密はそれだけ、重要度が高いからだ。

重要度が高いということは、リアムが秘密を守りさえすれば、グレイスのほうもリアムを裏切らない可能性が高い、ということでもある。

すると、どうやらリアムの表情から伴侶選びに関してまったく興味がないことを悟ったらしい。

セオドアが表情を曇らせる。

「あのな、リアム。お前はこういった話題を徹底して避けてきているが……わたしたち皇族は無意識のうちに、我々が持つ血の影響を受けない人間を、伴侶に選ぶものなんだ」

「そうなのですね」

「他人事みたいに言うな。これは国を守るために浄化装置としての役割を果たしている我々に与えられた、夫婦神からの救いであり贈り物なんだぞ？」

心配してくれている兄に対して、リアムは笑みを浮かべて話を元に戻した。

「婚約発表前に、何度か二人で夜会に出ようと思っています」

リアムがセオドアの言うことを聞く気がないと分かったらしい。彼は溜息をつきながらも、「いいんじゃないか？」と賛成してくれた。

「リアムのことだからもうどの夜会に出るかは考えているのだろう？」

「はい。最初は仮面舞踏会にしようかと」

「……なるほど。確かに、存在を匂わせるにはうってつけだな」

「はい。ただ、伯父上の件で少しの間、場を騒がせてしまうかと思います、それだけはご容赦いただければと」

「……伯父上か。確かにあの方は、わたしにとっても悩みの種だな……身内のことに悩むより、今は巷《ちまた》で流行《はや》っていると言われている正体不明の依存性の高い薬の件に集中したいんだが」

リアムは苦笑する。それは、彼自身にとっても同じだったからだ。

現在『これさえ飲めば神様に会える！』という名目で売られている薬が流行っている。

初めのうちは庶民だけの間で広まっていたのだが、一部の貴族の間でも売られているということで、リアムの耳に届いたのだ。

リアムも調べているが、売り手はかなり巧妙に隠しているらしく、全容は摑《つか》めない。ただかなり依存性が高く、精神的に問題が起きている人間も増えているようだった。

そしてそういった人間たちは、皆一様にこう口にし続けている――『母神様にお会いできた』と。

神が関係する問題であれば、皇族の評判に影響を及ぼす可能性が高い。

また、神が関係することで悪評が広がるのはまずい。

ということもあり、宮廷としては今、この件を注視しているのだった。

それなのにまさか身内の件でここまで煩わされるとは。

リアムは、今は亡き美しくも優しく、強《したた》かな母に思いを馳《は》せながら、口を開いた。

「母上が生きていれば、きっと仰ったでしょうね。早々に、縁を切っておけばよかったと」

「だろうな。だがしかし、母上がお亡くなりになるのを見計らっていたのだろう。それまでは大人しくしていたから」

「そうでしたね」

リアムとグレイスの結婚を絶対に邪魔してくる人間は、表面上では伯父ただ一人だった。

それは、皇族が親類には甘いことが原因だ。

同時に周囲の貴族たちもそれを知っているため、伯父を矢面に立たせてリアムに取り入り、彼を傀儡《かいらい》にしてこの国を牛耳ろうと画策している者もいる。

なので表面上はリアムの邪魔はしないが、伯父がいる限りは裏で様々な工作をしてくる貴族たちは少なからずいるだろう。

そういうこともあり、リアムはその伯父さえなんとかすれば、周りはもう何も言えないことを知っていた。

それが分かっていてなぜこうも手が出せないのかというと、未だに「皇帝を害する」という決定的な行動や言葉をリアムに告げていないからだ。

それさえあれば反逆罪で捕まえられるのだが、後ろに黒幕《ブレーン》がいるのか。リアムの周りをうろつき、暇さえあれば結婚相手を見繕ってくるだけだ。そのたびに丁重にお断りしているが、いい加減鬱陶しいのも事実だった。

ただ、リアムがグレイスと結婚しようとしていることが分かれば、絶対に妨害してくるだろう。

臣下に下ったとはいえ、リアムは皇族であり、公爵だ。それ相応の手順を踏まなければ、結婚できない。

まず、婚約発表。それを経て正式な婚約者になり、一年かけて結婚の準備。その後、結婚式を挙げる。これが通例だ。

しかし仮面舞踏会でグレイスを連れて出席すれば、きっとそれを聞きつけた伯父が反対しにやってくるはずだ。

リアムはそれを、伯父を排除する絶好の機会だと考えている。

なのでリアムがこれからするべきことは、婚約発表の準備。そして伯父をどのようにして抑え込むか、だった。

仮面舞踏会、婚約発表、グレイスの神術と治療の件、と今抱えている問題を思い出し、どのようにして効率よく回すかと考えていると、セオドアが笑う。

リアムは首を傾げた。

「どうかされましたか、兄上」

「いや、きっと色々な策を考えているんだろうな、と思っただけさ。そして、伯父上を含めた、貴族たちの見る目のなさがおかしくてな。お前が皇帝になれば、操るどころか自分たちが操られて、破滅していくだけなんだがな」

「……無能のように見えているのであれば、わたしの望んだ通りですから」

リアムはそう言い、薄く笑みを浮かべた。

——思えば、周囲から甘く見られるのは、わたしのこの態度も理由の一つなのかもしれませんね。

リアムは、事なかれ主義だ。事前に得ておいた対象の情報をもとに仕草や言葉遣いを意識して、自分が望むほうへと相手を誘導すること。それを最も得意としている。

それもあり、ぱっと見はあまり恐ろしく見えないのだ。むしろ意図してやっているのだが、それに気づいているのはきっと、兄であるセオドアくらいだろう。

――いえ。そういえばグレイスも、そのことに気づいているふうでしたね。

少なくとも、彼女がリアムを侮ったことはない。むしろ「これくらいならばできて当然」といった態度で自身の家族を説得する策を出してくれとまで言ってきていた。

そういった点を含めても、グレイスはとても興味深い存在だと思う。

そのことに気づき、漏れそうになる笑みをこらえながら。

リアムはしばし、セオドアと情報共有をしていたのだった。

＊

場所は戻り、クレスウェル邸・グレイスの私室にて。

グレイスはお猫様――ことシャルをソファの上で盛大にもてなしていた。

『ちょっと、しもべ』

「はい、シャル様。こちら、よく冷えたお水です」

『ありがとう。……しもべ』

「はい、シャル様。ブラッシングさせていただきますね」

『ありがとう。いいしもべだわ、お前！』

「お褒めの言葉ありがとうございます」

という感じに、名前を呼ばれただけで、シャルが何を求めているのか分かる程度には打ち解けた。

最初のうちはシャルから「なんで何も言ってないのに分かるのこの人間……」という顔をされていたが、今ではこの通りだ。

それに、一般的なお猫様よりも表情豊かで態度もすべて表に出るのだから、何を考えているかなんて分かるに決まっている。

そんな経緯もありすっかりほだされたシャルは、グレイスのことを大なり小なり認めてくれたようだった。

挙句、ほだされすぎたのか愚痴まで言い出す。

『リアムは……リアムはいい男なのよ……あたしのことを〝彼女〟って言って人間扱いしてくれるし、心から褒めてくれるし……』

「そうでしたね」

『そう、そうよ！　けど！　そんなあたしと結婚するなんてことは！　これっぽっちも考えていないのよぉぉおおおお！』

（そうですね……もし考えてくれているのなら、私の護衛なんか頼みませんからね……）

ぐうの音も出ない正論である。

ただ、当事者でもあるグレイスが変に共感をすると逆にシャルからの反感を買うので、そのまま黙ってブラッシングを続ける。

そうこうしているうちにも、シャルの愚痴は白熱していく。

『でも！　あのリアムからのお願いよ！　滅多にお願いなんかしてこないリアムから！　しかもあれだけ褒められたら、あたしのプライドにかけてやらないなんて言えないじゃない！』

「仰る通りです」

『けれど、そんなひどい男だって分かっていても尽くしたくなっちゃうの……罪深い男……！』

（本当に罪深いですね）

しかもあれを、息を吸うのと同じレベルで狙って行なっているというのだから、恐ろしいことこの上ない。グレイスにはとても真似《まね》できそうになかった。

同時に、グレイスは自身が抱いていた違和感の正体に辿《たど》り着く。

（あ、分かったわ。シャル様、婚約者の王子に尽くしているのに、肝心の王子は別の女を好きになって婚約破棄される悪役令嬢に似ているんだわ）

ずっと感じていた違和感の正体に気づき、グレイスはすっきりした。どこかで見たことがあると思っていたのだ。

そしてグレイスに対しての嫌がらせが嫌がらせになっていない点も、大変ポンコツ悪役令嬢みがあってよいと思う。

（残念なのは、ヒロインの立ち位置が私という点かしら……）

まったく絵にならなくて、ときめいていたはずの心がしぼんでいくのが分かった。やはり、こういったロマンスは自分が関わらないほうが楽しいようだ。

頭の中に浮かんだ妄想をぱっぱと振り払いながら、グレイスはふう、と息を吐いた。

（ロマンスとか言っている場合じゃないわ。私がやらなきゃならないのは、リアム・クレスウェルの伯父を退場させることなんだから！）

そんなふうに思っていたからだろうか。

ぴくりと、今まで嘆きつつもリアムの良さを語っていたシャルが、ぴくりと耳を震わせて怪訝《けげん》そうな顔をした。

『やだ。またあの人間が来てるわ』

「あの人間、ですか？」

『そうよ。リアムの親類だかなんだか。事あるごとにやってきては、リアムに小言を言って帰るの！　リアムが優しいから相手をしてあげているだけなのに！　お前みたいな低俗な人間が、そんなことをしていい相手じゃないのよ！　リアムは！』

グレイスと初めて相対したときよりも刺々《とげとげ》しい声から、シャルがリアムの伯父のことを嫌っているということがありありと伝わってくる。同時に、それだけのことをしてきたことも分かった。

しかしシャルのその発言を聞き、グレイスはガタッと立ち上がる。

（飛んで火にいる夏の虫！　最高のタイミングでやってきてくれたわね！）

グレイスがへし折るべきフラグを立ててくる男と、すぐ会えるとは。今日はツイている。

しかもリアムが不在のときにやってくるとは、ちょうどいい。

そう思ったグレイスは、いそいそと準備を始める。シャルが『しもべ、どうしたのよ？』と言うのに対し、グレイスはぐっと親指を立てた拳を見せつけた。

「決まっています、シャル様。リアム様のご親族の方ですから」

『だから？』

「ちょっと喧嘩《けんか》、売ってきます！」

『……いや、なんでよ!?』


身支度を整えたグレイスは、シャルを腕に抱えながら、その伯父がいるとされる玄関ホールにまでやってきた。

玄関ホールは吹き抜けになっており、そのまま二階へと続く階段が二つ、カーブを描いた設計で造られている。

そしてグレイスに与えられた私室は、二階にあった。

二階から玄関ホールをこっそり覗き込めば、本当にいる。どうやら、クレスウェル家の執事長が玄関で引き留めている様子だった。

「主人はご不在ですので、本日はお引き取りください」

「わたしはリアムの伯父だぞ。中で待たせてもらう」

「大変申し訳ございません。ご不在の際は、何人たりとも人を入れるなと主人から言い含められておりますので」

執事長に食って掛かっているのは、白金色《プラチナブロンド》の髪に金色の瞳をした五十代ほどの男性だった。

若い頃は美麗だっただろうな、と分かる見た目をしているが、どうにも遊び人《プレイボーイ》らしさが抜けない感じで、信用しにくい見た目をしている。

何より、視線や態度、言葉のトーンから、彼のことを見下していることがありありと分かった。

この男こそ、リアムが闇堕ちラスボス化するフラグを立てた挙句、リアムに殺される三下悪役——こと、リアムの母親の兄、ケイレブ・デヴィート伯爵だ。

断固としてケイレブを中へ入れようとしない執事長の姿勢に、グレイスは内心拍手を送った。リアムの人柄もあるのだろうか。大変主人想《おも》いな上、忠誠心に厚い執事長だと思う。

(まあ当たり前よね。主人がいない上に厄介者な伯父だもの)

一度中へ入れてしまえば最後。何がなんでも居座り続けそうな雰囲気をひしひしと感じた。

しかも、これだけ言われているのにまだ粘る。

「わたしが会いに来たのは、リアムではなく婚約者候補の令嬢だ。この屋敷にいるはずであろう?」

「申し訳ございません。お答えいたしかねます。どうぞ、お引き取りください」

（…………あら？　リアムじゃなく、私に会いに来たみたいね？）

今日、この屋敷に来たばかりのグレイスの存在をどのようにして知ったのか、とか、色々と気になることはある。

ただいずれにせよ、グレイスがやらなければならないのは、ケイレブに喧嘩を吹っかけることだ。

グレイスは一度、大きく深呼吸をした。そして頭の中で嫌味な悪女を想像する。

（私がなりたい悪女は、リアムに愛されていることをいいことに各所に喧嘩を売るのに、いざというときは被害者面をする女よ……そう、前世でよく見た、何もしていない悪役令嬢に罪を着せる、物語のヒロインみたいに！）

その後、大抵断罪されてしまうためあまりいいイメージではないが、グレイスが想像できる悪女の中で今の状況に相応《ふさわ》しいのは、あれである。

なんせグレイスはこれから、ケイレブに殺される努力をするからだ。

笑みを張り付けたグレイスは、たまたまここを通りかかったふうを装い、片手にシャルを抱えつつ階段の手すりに手をかけた。

「……あら？　今、私に会いにいらしたと聞こえた気がするのですが……」

そう声を上げれば、玄関ホールにいた執事長とケイレブが一斉にこちらを見上げてくる。

一瞬ケイレブが苦々しい顔をしたのを、グレイスは見逃さなかった。

彼は直ぐに笑みを浮かべると、執事長を押しのけこちらへと歩いてくる。

「これはこれは。初めまして」

「初めまして、紳士様。どちら様でしょうか？」

無知を装ってそう問えば、ぴきりと表情が固まる。「わたしを知らないなんて」という声が今にも聞こえてきそうだ。

（ですが申し訳ありません。私、ついこの間、社交界デビューを果たしたばかりの小娘ですから～）

しかも、田舎者の名ばかりな貴族令嬢である。知るはずがないだろう。

その一方で、ケイレブはグレイスのことを知っているふうだった。

（だから、どこまでを知ってここに来たのかを知りたいのよね）

敵を見極めるために必要なのは、まず情報収集だ。

ということでそんな感じで煽《あお》ってみたのだったが、効果はてきめんだったらしい。家格、権力共々格下、その上、歳下《としした》から邪険に扱われたケイレブは、唇をわななかせた。

それでも、最後の理性でもってなんとか怒りをこらえている。

「……わたしの名を聞く前に、自分の名を名乗るのが礼儀というものではないのか？」

「あら、先ほど私に会いに来たとのことでしたので、もう知っておられるものかと思っておりました。違いましたか？」

「……もちろん、知っているさ。ターナー子爵家の令嬢だろう？」

「はい、そうです！　グレイス・ターナーと申しますわ、紳士様」

階段から下りて、シャルを抱えたまま片手のみでスカートを持ち上げたグレイスは、にっこりと微笑んだ。

「ほら、こっちが名乗ったのだから、そっちも早く名乗りなさいよ」といった体である。

片手間に淑女の礼を取った上にそんな態度を取れば、まあ怒るだろう。

その証拠に、ケイレブの顔が真っ赤に染まった。

「貴様……！　貧乏貴族の分際で、調子に乗るな！！」

そう言い、ケイレブが手を出そうとしてくる。もちろん執事長が止めてくれたが、それよりも先に前に出たのはシャルだった。

グレイスの腕から躍り出た彼女は、執事長の肩に乗ったかと思うとさらに跳躍し、ケイレブの顔を踏み潰す。

「ぐえっ!?」

まるで潰されたカエルのような声を上げて後ろに倒れたケイレブ。

その一方でシャルはしゅたっと音もなく床に着地すると、ツンとした態度で吐き捨てる。

『ならお前は、人間の分際であたしの守護下にある人間に手を出す愚か者ね』

「な、は、話す猫……し、神獣!?」

『そうよ。お前よりあたしのほうが格上なんだから、グレイスがあたしを抱えたまま礼をするなんて当然じゃない』

「そ、それ、は……っ」

はたから見れば、白猫にたじろぐ人間という、面白おかしく大変滑稽な光景なのだが、この帝国では普通の光景でもあった。

それほど、神の存在が人々の中に根付いているのだ。

だからその神が自ら作り上げた創造物である神獣は、神と同じように丁重に扱わねばならない存在である。

まあだからといって、グレイス並みに恭しく扱う人間は珍しいが。確かいたとしても、教会に所属している人間が多かったはず。

そう考えると、ケイレブもかなりかしこまった態度でシャルに接しているので、意外と信仰心が厚いのかもしれない。

(なら、リアムに対してもそれ相応の態度を取れよって話だけれどね)

『それで、お前は誰なの？』

「わ、わたしは……ケイレブ・デヴィート、と申します。伯爵位を賜っております……」

『へえ、そう。まああたしには、人間が決めた位なんてどうでもいいものだけれどね』

そう言い、シャルはふんっと鼻を鳴らしてからグレイスのほうに歩いてくる。

圧倒的なしてやった感があり、普段のグレイスであれば内心笑っていたところなのだが、今は正直それどころではなかった。

（…………え、今、シャル様が私のことを名前で呼んでくれなかった!?）

そう。なんと、シャルがグレイスの名前を呼んでくれたのだ。ついさっきまで「田舎娘」呼ばわりだったのに、一体どういうことだろう。今手元にスマートフォンがあるなら、全力で撮影したい。

しかし残念なことに、手元にそんな撮影媒体はなかった。

というわけで、脳内できっちり記録しておくことにする。そして、今日という日を記念日にするのだ。

すると、シャルがグレイスの足元まで戻ってきた。

その視線からすべてを察したグレイスは、直ぐ様膝をつくとシャルを恭しく抱える。

『察しのいい人間は嫌いじゃないわよ』

「ありがとうございます。もったいないお言葉です」

ケイレブから憎しみのこもった視線を向けられた気がしたが、そんなこと今は気にならない。

（だってシャル様が、私を名前で呼んでくださったから！）

ただ、心を開くまでが大変早かったので、ますますポンコツ悪役令嬢感が増したな、と内心思った。ツンデレの称号まで付与された気がするが、可愛いのでオールオッケーである。

シャルが「疲れたわ」なんて言い出したこともあり、グレイスはにっこりと微笑んで会釈した。

「それでは、デヴィート卿。シャル様がお疲れのようなので、私はこの辺りで失礼いたしますね」

「な、」

「あ、このお屋敷の主人はリアム様ですから、今後はぜひリアム様の許可を取ってからいらしてくださいませ！　私、リアム様の婚約者候補……いえ、婚約者ですので！」

最後まできっちり喧嘩を売ってから、グレイスは執事に労《ねぎら》いの言葉をかける。

（さて。問題は、リアムにどう言い訳するか、よね）

これだけ盛大に喧嘩を売ったのだから、彼の耳に入ることは必至。

そしてリアムに言い訳をするのであれば、不必要な嘘をつくのだけはだめだ。ラスボス様の懐の中に入り込んだのだから、そんなことで死亡確率を上げたくはない。

（少しでも使えるところを見せたら、私の今後の扱いもよくなるかしら……）

そう思いながら。

グレイスは意気揚々と、玄関ホールの階段を上ったのだった。

その日の夕食時。

食堂に足を運んだグレイスが最初に目にしたのは、今までにないくらいいい笑みを浮かべたリアム・クレスウェルの姿だった。

執事に椅子を引かれ、そこに腰かけながら、グレイスは思う。

（わあ。お怒りだわ……）

恐らくだが、執事長経由でグレイスのやりすぎな行動が伝わったのだろう。

その予想通り、リアムが口にしたのはケイレブとの一件についてだった。

「グレイス。執事長のロイドから聞きました」

「はい」

「伯父と、ひと悶着《もんちゃく》起こしたそうですね」

（ひと悶着どころか、火にガソリンを注ぎました。おかげさまで大爆発でした）

なんてことは言わず、グレイスは首を傾げる。

「ああ、あの方が、以前仰っていたリアム様の伯父様だったのですね。存じ上げませんでした」

ちなみに、この言葉は本当である。

グレイスは状況と態度から彼がケイレブなのだろうなと確信しただけで、実際のケイレブの姿を見たことはなかった。だって小説内でもスピンオフ内でも、容姿に関しての言及はこれっぽっちもなかったからだ。名前だけちょこっと出たくらいである。

スピンオフでもさらっと。本編では存在すらほぼほぼ出てこなかった。まあ、グレイスよりも格下の悪役の扱いなど、そんなものである。

なのでしれっとした顔でそう言ったのだが、どうやらリアムには通用しなかったらしい。ため息をつかれてしまった。

「……あなたがそのような愚かな行動をする方だとは思っていません。むしろ、慎重で頭の回転が速い女性だと思っています」

「お褒めに与《あずか》り大変光栄です。リアム様に褒められるなんて、今日はとても良い日ですね！」

「……それで誤魔化されると思いますか」

誤魔化されてくれればいいのに、とグレイスは内心舌打ちをした。

しかも、核心を突かれてしまう。

「伯父の顔を見たことはないのは事実のようですが、分かった上で行動を起こしましたよね？」

「私がどうしてそんなことをするのでしょう。あの方が私に危害を加えてくる可能性が、一番高いのですよね？　なら、いい印象を与えておくほうがよいかと思いますが」

「わたしも、その理由が知りたいですね。ねえ、グレイス？」

(敢えて嘘をつかないよう、質問に質問を返しているというのに、この男は)

質問にさらなる質問をかけられた上に、すべてを悟ったような感じを出されてしまえば、グレイスがしらばっくれるのももう限界だろう。

また、これくらいのやりとりならできるということをリアムに示す意味で話をしていたので、元から長々と続けるつもりはなかったというのもある。

が、ただ負けるつもりはさらさらないが。

そう。何も、馬鹿正直に「相手が早くボロを出すように、喧嘩を売りました」なんて怒られることを自分から言う必要はないのだ。

グレイスはぺこりと頭を下げた。

そして、もう一つ用意してあった理由を口にする。

「……危ないことをして、申し訳ありません。ただ、気になることがありまして。その情報を知りたくて、あのようなことをしたのです」

「……なんでしょう」

「私がお屋敷に越してきたのは、今日です。それなのにどうして、デヴィート卿はその情報を知っていたのでしょう？」

そう言えば、リアムが表情を曇らせた。

「……その点は、わたしも気になっていました」

「はい。もしかして、このお屋敷を監視されているのでしょうか？」

（そうだったら最高に気持ち悪いわ）

ストーカー行為は大概にするべきだ。そう思ったのだが、リアムは首を横に振った。

「そのようなものがあれば、神獣たちが気づきます。神獣たちは魔術の気配も神術の気配も分かりますから。また、この屋敷の使用人たちが情報を漏らした場合も同様の理由で、神獣たちが気づきます。耳が良いですから」

「なるほど」

神獣、セキュリティー能力が高すぎるのでは？　とグレイスは思った。一家に一体欲しい。

同時に、ものすごい犯罪抑止力である。この屋敷の人間がグレイスに対しても丁寧な態度を取るのは、どうやらすでに選別済みだからだったようだ。

しかしそうなると、選択肢が途端に減る。グレイスは首をひねった。

「デヴィート卿は、私の名前も知っているようでした。なので次に考えられる可能性は、引っ越し準備中に知られた……という感じなのですが」

「そのようなミスを、わたしがすると思いますか？」

「イイエ」

他の人間であれば「この自信家なんなの」と言っていたが、相手はリアム・クレスウェルだ。そうですよね、としか言いようがない。

だって自意識過剰でもなんでもなく、事実なのだから、逆にこれくらいの自信がないと困るというものである。

（なら……本当に、何？）

そう、グレイスがぐるぐると考えを巡らせていると、リアムが苦笑する。

「どうやらグレイスは、私が想像していたよりもはるかに、勇敢な女性なのですね」

「勇敢、ですか？」

「ええ。今回の接触は、危険を承知の上での行動だったとお見受けしました。何より、機転が利くようですね」

「そうでしょうか？」

「そうです。普通の女性ならば、わざわざリスクを冒してまで情報を得ようとはしませんから」

面白い。

言外でそう言われたような気がして、グレイスはぞわりと背筋を震わせた。

（私がリアムにとって使える存在だと思わせたかったのはあるけれど、こういうたぐいの興味を引きたかったわけじゃ……）

いや、家族以外に対しての興味がかけらもないリアムから認められたのだから、喜ぶべきなのだろうか。思わずぐるぐると考えてしまう。ただ生き残りたいだけなのに、蟻地獄《ありじごく》に吸い込まれていっているような気がするのは気のせいだろうか。

そう思い、冷や汗をかいていると、リアムがふむ、と口元に手を当てる。

「あなたであれば、見せても構わないかもしれませんね……」

（何を……？）

口に出してはいなかったのだが、どうやら顔に出ていたらしい。リアムはにこりと微笑む。

「夕食後、我が家の図書室に来てください。そこでお話しします」

嫌な予感がした。

しかし、どうやら拒否権はないらしい。

内心涙を流しながら食べた夕食はとても豪華だったのだが、この後の展開が気になりすぎてろくに味が分からなくなってしまったのだった。

＊

夕食後。

執事に案内されてやってきた図書室には、すでにリアムがいた。

「いらっしゃい、グレイス」

「し、失礼します……」

そう断り入室すれば、そこにはおびただしい量の本棚が並んでいる。棚には様々な書籍がこれでもかと詰まっており、グレイスは思わず感嘆の声を漏らしてしまった。

（すごい量……）

一般でも出回り始めたとはいえ、未だに紙は貴重品だ。必然的に書籍の値段も高くなる。それをこれだけ揃《そろ》えられるというのは、それだけの富を保有しているという証でもあった。そのため博識な貴族は、骨董品《こっとうひん》や美術品よりも書籍集めをするのだとか。そのため、図書室は利用しないとき以外は鍵がかかっているのが常だ。

リアムの場合、そんな見栄《みえ》のためでなく純粋に知識を得るために購入したのだろうが、それにしても圧巻だった。

するとリアムがくすくすと笑う。

「書籍、お好きですか？」

「え？　あ、その……すごい量だなと思いまして」

「グレイスであれば、読んでも構いませんよ」

「え」

「あなたはわたしの婚約者ですから」

そう言い、にこりと微笑まれたので、グレイスはありがたく「お願いします」と言っておく。こんなに書籍に触れられる機会などないのだから、折角のチャンスはものにするべきだ。

するとリアムはあっけらかんと「なら、執事に新しい鍵を手配させます」と言う。

「そうです、本題に入る前に、神術についてのことなのですが」

「はい」

「こちらは、十五日後から始められるように手配しました」

「ありがとうございます」

昨日の今日だろうに、ここまで対応が早いとは。思わず感心してしまう。

そんなふうに前置きをしてから、リアムは本題に入った。

「グレイスにお渡ししたいのは、こちらです」

そう言い渡されたのは、分厚い冊子だった。

「その冊子には、今度出席する仮面舞踏会に参加する貴族の名前と、彼らの個人情報、また会場についての情報が書かれています。覚えてください」

「……あの、そもそも仮面舞踏会とは……」

「決まっているではありませんか。わたしたちの関係を知らせる前準備として、二人で参加するのですよ」

（なるほど。いわゆる匂わせというやつ……）

問題は、そのためにこの冊子を読まなければならない、といった点である。

「つかぬことをお聞きしますが、その仮面舞踏会が開かれるのはいつでしょう……？」

「二週間後です。グレイスがこれをどのように活用してくれるのか、今から楽しみですね」

満面の笑みを浮かべるリアムと、分厚い冊子。その両方を見比べ、グレイスは思った。

（やっぱり、下手に使えるところなんて見せなければよかった――！）

そう心の中で絶叫しつつ。

グレイスはただ一言「承知しました」とだけ答えたのであった。

三章

リアムから仮面舞踏会に関係する情報が書かれた冊子をもらった三日後の昼。

午前中にシャルの世話をしつつ名簿すべてに目を通したグレイスは、そっと冊子を閉じた。

そして、思う。

（リアム・クレスウェル、やっぱりこわい）

この冊子には、これでもかというくらいの個人情報が記されていた。

相手の好みや訪れた場所、趣味といった情報から、他の貴族との相関図まで書かれている。また
リアムがペンで描いたのであろうモノクロの人物画も貼り付けられており、会ったことがない相手でも瞬時に把握できる仕様になっていた。

絵の出来も相当よく、グレイスは最初、写真かと思ってしまった。

それもあり、覚えるのが言うほど難しくなかったのはなんと言うべきか。学園の教師にでもなったほうがいいのではないか？　教えるのが上手《うま》そうだ。

また会場の見取り図なども揃《そろ》っており、普通ならば知らないような隠し通路に関しての記載もあった。リアムがどのような経緯でこの情報を得たかに関しては、ちょっと知りたくなった。

これらすべてがリアムが見聞きしたことで形成されていると考えると、その話術、記憶力、聴力

といった諸々《もろもろ》の能力値の高さに対して、畏敬の念を感じざるを得ない。

しかしグレイスが感じた恐ろしさは、そこではない。

（問題は……これらの情報を踏まえた上で、その人がどんなことを望んでいるのか、またどんなことが起きるか……そしてそのときの対処法案といった未来のことまで含めて推測していることよ）

まるでチェス盤に乗る人間たちを動かすプレイヤーのように。

リアムは、先の先まで俯瞰《ふかん》した立場で読んでいる。

グレイスにも分かりやすいくらい噛《か》み砕いて記されたそれは、金銭などで価値を推し量れないくらいの価値があった。

（小説内で、リアムが兄のために奮闘している下りは書かれていたけれど……これを見ちゃうと、それが事実だったことがよく分かるわ）

この冊子は言わば、未来予想図のようなものだ。いっそのこと、攻略本と言ってもいいかもしれない。

ただざっと見た感じ、相手から得られる情報量でその精度が大きく左右されている印象を受けた。

なんだかんだと伯父であるケイレブに関しての未来予想が少ないのは、彼が自分の話をするのではなく、相手が話すように強要するタイプだからだろう。そう考えると、リアムとケイレブの相性はあまり良くないと言える。

またグレイスのように、あまり社交の場に出ない貴族の情報に関しても、少ないように見えた。

つまりリアムが持つ情報は、彼が参加した社交の場で得られた情報が主だということだろう。

（小説内で諜報《ちょうほう》組織を持ち始めたのは確か、ケイレブを殺して闇堕《やみお》ちしてからだったし……目立たないように、最大限の配慮をしているんでしょうね）

今の時間軸において、リアムは自身を弱く見せることで相手から情報を多く得ようとしている。そうなると、なんらかの組織を保有しているというのは、あまりよろしくないのだろう。もしもばれたときに、兄である皇帝陛下にかかる迷惑に関しても考えているのかもしれない。

まあそんなもの必要がないくらい、リアムが持っている情報の価値は高いのだが。

（自分の短所を長所で大きくカバーする辺りが、さすがラスボス様だわ……）

ただそんなリアムと四日ほど一緒に生活して、思うところが出てきた。

それは――リアムの生活態度だ。

昼食を終えたグレイスは口元をナプキンで拭ってから、リアムが彼女につけてくれた専属メイドに向かって口を開いた。

「ねえ、エブリン」

「はい、なんでしょう？」

「リアム様って……いつもあんなにストイックな生活をされているのかしら……？」

瞬間、エブリンの愛らしい顔が固まる。そして苦笑した。

「……はい。ご主人様はいつもあのような生活をなさっています」

エブリンは敢《あ》えて言葉を濁すために『あのような』と言ったが、グレイスからしてみたらリアムの生活は、修道者も真っ青になるくらいストイックだった。

なんせ、リアムはほとんど、食事を口にしないのだ。

グレイスの分はちゃんとした食事なのに、リアムのものはいつも細かく刻んだ野菜と少しの肉を入れて煮込んだ麦粥《むぎがゆ》だった。とてもではないが質素すぎて、公爵が普段から食べる食事ではない。

また、大抵夜遅くまで起きていて、社交の場があれば迷わず出席している。

つまり、ほぼ寝ていない。

健康で文化的な最低限度の生活というものを知っていますか？　と思わず問いかけたくなるような生活だった。これと比べたらターナー家のほうが、まだ人間らしい生活をしている。

「その……わたくしどもからもお体を大切にしてくださいとお伝えしてはいるのですが、笑って流されるばかりでして……料理も、料理長がどうにか説得をして野菜と肉を入れるのを許可していただいたくらいなのです。ですから、本当に心配で……」

すると、それを聞いていた執事長のロイドが、エブリンに叱責した。

「エブリン。ご主人様が決められたことに、一使用人が意見するとは何事ですか。しかもそれを婚約者となるグレイス様に話すなど」

「も、申し訳ありません。執事長……」

それを見たグレイスは、まあまあと言いながらたしなめた。

「私のほうから聞いたのだもの。エブリンは悪くないわ、ロイド。それに、ロイドとてリアム様の無茶ぶりを気にしていないわけ、ないわよね？」

「それは……仰《おっしゃ》る通りですが……」

しかし執事長としての立場があるからだろう。ロイドはそれきり口をつぐんでしまう。

グレイスは、ふむと顎に手を当てた。

（スピンオフに書かれていたから、知ってはいたけれど……さすがに私も、どうかと思うのよね）

リアムが自身のことを顧みないのは、自身の存在を認めていないから。

睡眠時間が極端に少ないのは、寝ることで自身の心の闇がより深くなると思っているからだった。

だから極力質素に生活しているし、無茶ばかりするし、死に急ぐような生活を続けている。

むしろ、早く死にたいとすら思っていた。

それも、皇族の中でも力が強いせいで無理だったのだが。

（でも、闇堕ちを防ぐには逆効果じゃない？）

精神は肉体に引っ張られるものだ。だから健康的な生活が何より大事だということを、グレイスは前世の知識から知っていた。

そしてリアムの闇堕ちを防ぐために行動すると決めた以上、これらの改善は必須事項である。

（それに、リアムの生活態度を改めさせれば、きっと使用人やシャル様からの好感度も稼げるわ）

一応、リアムが認めた婚約者候補ということもあり、皆親切にしてくれるのだが、どことなくぎこちない感じは否めないのが現状だった。

グレイスとて、心休める場所は欲しい。せめて屋敷の中では楽しく過ごしたいと思うのだ。

そしてそのためには、使用人たちに認めてもらえる行動を取らなければならない。

（よし、決めた。午後のお茶の時間《アフタヌーンティー》のときに、リアムのところに行きましょう）

「ねえ、ロイド。ちょっと頼みがあるのだけれど」

そう言い、これからして欲しい内容を告げると、ロイドとエブリンは目を丸くして困った顔をしたのだった。


午後三時。お茶の時間だ。

普段であれば冊子を暗記しつつシャルのお世話をしてたわむれているところなのだが、今日はリアムのところに訪問、もとい強制侵入することにする。

「失礼します。リアム様、入りますね〜」

そんな感じで、リアムからの許可を取る前にカートを押しながら入室すれば、目を丸くした様子のリアムと目が合う。

（あ。なんかとっても愉快な気持ち）

これまで割とリアムに振り回されてきたからか、今度は彼を振り回すことができたかと思うと胸がすくのを感じた。

「リアム様、お茶の時間にしましょう」

そんな気持ちを抱えたまま満面の笑みで言うと、リアムは眉をハの字にする。

「すみません、やることが立て込んでいまして……」

「知っていますか、リアム様。人の集中力というのは、長くは続かないのです」

リアムの言葉にかぶせるように、グレイスは告げた。そして休憩用のスペースで勝手にお茶の準備を進めながら、言葉を続ける。

「いくらリアム様が優秀な方だとしても、効率よく作業をなさるのであれば、休息は重要です」

「それは……」

「それに、脳は一番の大食いなんですよ。甘い物は、そんな脳を癒すには一番いい食べ物なのです。ですので、ぜひ」

正しくは、脳を動かすためのエネルギーとなるのはブドウ糖だけで、また上手に摂取するには他にも色々と必要だとかいうが、今必要なのはそこではなく休息の部分だ。なので適当にそれっぽいことを言ってみた。

(それに、リアムは断らないだろうし)

まずリアムは、大変不本意だが……少なからず、グレイスに興味があるようだった。それはつまり、グレイスが意味深長な発言をすればそれだけ、彼の興味関心を引くことができる。

好奇心旺盛なほうではないリアムが唯一、心惹《ひ》かれる存在なのが自分だというのは、なんとも言えず渋い気持ちになるが、今回はそれを利用させてもらうことにした。

また今回は、効率というのを前面に押し出して話を持ち出している。リアムのような身を削ってまで仕事に没入するタイプは、この言葉にめっぽう弱いはず。

(だって、幼い頃の私がそうだったから)

今思えば、記憶などなかったが前世に大分引っ張られていたのだと思う。何かに追われるように、生き急いでいた人生だった。

そしてそんなグレイスを上手に止めてくれたのは、今の家族である。だから、自分の寿命を削るように生きる人間の止め方について、ある程度把握していたのだ。

その予感は的中し、リアムは少し躊躇《ためら》いながらも、休憩スペースまで移動してくれた。

(よし。第一段階は無事にクリアね)

あとは、リアムの反応を見つつ、根比べをしていくだけである。

「今日のお菓子は、桃のコンポートにバニラアイスを添えたものだそうですよ。ストレートティーと一緒にいただきましょう」

「……分かりました」

スプーンですくって一口含むと、桃のみずみずしさの後にバニラアイスの濃厚な甘さがやってきて、しみじみと美味《おい》しく感じる。

クレスウェル邸に来てから食べられるようになった貴重なスイーツを味わいながら、グレイスはそっと口を開いた。

「今日は暑いですから、冷たいものが美味しいですね」

「そうですね」

「桃も、みずみずしくて美味しいです」

「ええ」

「これを作った方は、とても丁寧なお仕事をなさっていますね」

リアムが「どういう意図でこの話をしているのか」と訝《いぶか》しむような目つきをしていたが、グレイスとしてはただ「リアムのことをこんなにも心配している人間が、そばにいる」という事実を伝えたかっただけである。

(実際、私はリアムと一緒に食べるお菓子を作って欲しいと頼んだだけで、メニューを決めたのは料理長だもの)

そして、どうしてこれを選んだのかは、グレイスにだって分かった。

桃を選んだのは、元からあまり食べないリアムでも食べやすい旬のものだったから。

バニラアイスにしたのは、少しでも暑い気候の中、元気に過ごしてもらいたかったから。

アイスに使われている卵は滋養にいいものなので、栄養が偏りがちなリアムにはうってつけだろう。またアイスはすぐに食べなければ溶けてしまう。それもあり、グレイスはそれを「一時でいいから手を止めて休息をして欲しい」という料理長なりの願いなのだと考えた。

栄養云々《うんぬん》についてはリアムも分からないかもしれないが、アイスなんていうすぐに食べないといけないものを出してきた意図くらいは、彼にも分かるのではないだろうか。

（リアム。あなたのこと、こんなにも心配してくれている人たちが、そばにいるわ）

リアムにとってはそれすら、自身の体質からくる偽りに見えるかもしれないけれど。

でもこの小さな器の中には、それだけでは収まらないくらいのものが詰め込まれていると、グレイスは思う。

ただこれを、リアム本人に言うつもりはない。こういうことは自分で気づかなければ意味がないからだ。

それに、グレイスが一から説明したところで、リアムのような人間がそれを受け入れるとは思えない。だからグレイスにできることは、リアムにほんの少しヒントを与えること。

そして、グレイスにできることはもう一つある。

先にお菓子を食べ終えていたグレイスは、リアムが食べ終えたのを確認すると、すっと立ち上がり彼のとなりに腰かけた。

そして満面の笑みを浮かべて、提案する。

「と、いうわけで。リアム様、これからお昼寝しましょう」

「…………………………は、い？」

たっぷりと間を空けてから、リアムは珍しく顔を引きつらせた。

どうやら、グレイスの言動がまったく理解できないらしい。

本日二度目となるしてやった感を感じつつも、グレイスはにっこり微笑《ほほえ》む。

「適度な休息は、仕事の効率を高めることにも繋《つな》がるんですよ。特に十分から二十分ほどの短い仮眠は、仕事のパフォーマンスを劇的に向上させるんだそうです」

「そんな情報、一体どこから……」

（前世の知識からです）

なんてことは言わずに、グレイスはぽんぽんとソファを叩《たた》く。

「ほら、せっかくですし、騙《だま》されたと思ってやってみませんか？」

「……もし断ったら？」

「了承していただけるまで、この押し問答を続けます」

それを聞いたリアムは、困った顔をする。

「……まさかグレイスが、こんな無駄なことをする方だとは思いませんでした」

「この世に無駄なものなんてありませんよ。失敗だって成功のための糧になりますから。それに経験を積めば積むほど、まさかのときに対応できるようになりますし」

「……もしかしてお渡しした冊子をすべて、暗記されたとか」

「すべてに目は通しましたが、暗記まではまだですね」

（というか、遠回しに「暇なんですか？」って言ってくるのやめてよ……）

それに気づかないほど愚かではない。また暇ではないが、どちらも大切なことだからこその強硬手段である。

そしてどうやら、グレイスが一歩も引く気がないことを悟ったのだろう。リアムは困った顔をしたまま、グレイスの提案を受け入れた。

「そこまで仰るのであれば」

そう言い、リアムは勝手に、グレイスの膝に頭を乗せたのだった。

（…………え？）

予想外の行動に、グレイスの思考が止まる。

その一方でリアムは、ほんの少し悪戯《いたずら》っぽい顔を見せてから目を閉じた。どうやらグレイスをからかえると思っての行動だったようだ。

その芸術品と見間違えるほどの美しさに、グレイスは口元に手を当ててなんとか悲鳴をこらえた。

（く……自分の顔の良さを把握しているイケメンは、やっぱり害悪……！）

この態度から察するに、グレイスをからかいたいだけで寝てはいないのかもしれないが、まあ目を閉じるだけでもある程度、人間の脳は休まると聞く。なのでこれは決して、無駄ではないだろう。

だから、なんだか負けたような気がするのは気のせいだ。グレイスは自分にそう言い聞かせた。

（あとは、リアム自身が効果を実感してくれさえすれば……改善に向かうと思うのだけれど）

そして体が休まれば、精神の摩耗も少しは落ち着くはず。

眠ると悪夢を見るという点から寝ないのであれば、もしものときはグレイスが起こせばいいのだ。

何より、苦しいときにそばに誰かいるというのは、とても心強い。心細さが軽減されるからだ。

（これが少しでも、リアムの闇堕ち防止になりますように）

そんなことを思いながら。

グレイスはできる限り毎日、リアムに無理やり休憩を取らせよう、と心に誓ったのだった。

＊

「失礼します、リアム様。今日のお菓子はスコーンです。いちじくのジャムも、料理長が手作りなさったそうですよ」

「失礼します、リアム様。今日のお菓子はレモンシャーベットです。ますます暑くなりましたから、このさっぱりとした甘さと冷たさはきっとちょうどいいでしょうね」

「失礼します、リアム様。今日のお菓子はチェリーパイです。焼きたてですので、バニラアイスを添えていただきましょう！　絶対に美味しいですよ！」

グレイスがリアムの執務室でお茶会を開くようになってから、三日が経《た》った。

彼女は、毎日飽きもせずやってきては、リアムと一緒に菓子を食べてから無理やり仮眠を取らせ、そして颯爽《さつそう》と去っていく。

初めのうちはわけの分からない行動に首をひねるばかりだったが、次第にそれも気にならない程度に、リアムは茶会の時間を楽しみにするようになっていた。

リアム・クレスウェルにとって食事というのは、生きるために必要な義務のようなものだった。

そのため、料理の善《よ》し悪《あ》しこそ分かる程度に舌は肥えていたが、どうしてか美味しいとは感じられなかった。だからこそ必要最低限の量だけ取り、責務に没頭していたのだ。

だが、どういうわけだろうか。グレイスと共に食べる食事は、不思議と味を感じられる。何より、美味しい。

どういう原理か気になり、試しに一人で同じものを食べてみたが、以前と変わらない無機質な味がするばかりだった。

つまりグレイスと共に食したときだけ、味を感じられる。

それはリアムのささやかな楽しみになった。

何より。

――グレイスの膝の上で寝ているときだけは、不思議と悪夢を見ません。

リアムは、眠ることを何より嫌っていた。

それは、漆黒の沼に足を取られて、引きずり込まれる夢を見るからだ。

しかしグレイスの膝の上で目をつむっていると、気づいたら時間が過ぎている。

初日にぐっすり眠ってしまったときは、何が起きたのか分からず呆然《ぼうぜん》としてしまったものだ。だが回数を重ねていくうちに、そのたった十分ほどの睡眠が、ひどく心地好《よ》いものだということを悟り、虜《とりこ》になった。

大胆なグレイスをからかう意味を込めて始めたのに、今ではそんなことすら忘れてしまった。

カートを押しながら立ち去ったグレイスを見送ってから、リアムは軽く頭を振る。

——やっぱり、頭が幾分かすっきりしていますね。

今までもやのようなものがかかっていた意識が、妙にはっきりもしている。これならばいつも以上に素早く、かつ効率よく仕事を行なえそうだった。

くしくもグレイスの言う通りになってしまった現状に、リアムは人知れず笑みを浮かべる。

それはいつも張り付けている作った笑みではなく、家族にのみ見せるような気の抜けた、少年のような笑みだった。

「本当に……グレイスは大変、面白い方ですね」

ますます目が離せなくなる。

——仮面舞踏会では、一体どんなことをしてくださるのでしょう。

そう思うと、普段は楽しさなどみじんも感じたことがない舞踏会が、少しだけ楽しみになってきたような、気がしたのだった。

＊

リアムの闇堕ちを防ぐべく日々奮闘を始めてから、一週間と三日。

仮面舞踏会に、リアムと一緒に参加する日になった。

午後五時頃から準備を始めたグレイスは、メイドの手によってすっかり見違えた自分を姿見で見て、ほう、と感嘆の息を漏らした。

（馬子にも衣装ってやつかしら）

赤と黒を基調としたドレスは、何かあったときのために、とリアムが事前に仕立ててくれていたうちの一つだ。

その上でグレイスは、蝶々《ちょうちょう》に見立てた青い仮面をつけることになっている。

なぜ敢えて青の仮面なのかというと、赤と青を混ぜ合わせると紫になるからだ。

紫は、皇家の色である。

つまりこの二つの色を使ったコーディネートは、自分が『皇族の婚約者候補になりましたよ』と周囲に知らしめるためのものなのである。

（怖いわね、貴族社会……）

それはさておき、ドレスも美しいが、それに合わせたネックレスやピアス、髪型や髪飾り、化粧なども素晴らしい。

エブリンを筆頭としたメイドたちが小一時間かけて体を磨き上げ、飾り付けてくれたのだ。本当にありがたいなと思った。

(何より、最近はだいぶ打ち解けてきた気がするし)

これもリアム効果だろうか。彼がお茶の時間で出した菓子を完食したのを見たとき、使用人たちは皆衝撃を受けていた。

料理長に至っては号泣していたので、リアムがどれほど頑《かたく》なだったのかがよく分かる。

それもあり、エブリンたちはかなりノリノリでグレイスの準備を手伝ってくれたのだった。

「グレイス様、とっても綺麗《きれい》です！」

「そう？　エブリンたちが頑張ってくれたおかげよ。ありがとう」

「そんな……わたくしどもの方こそ、リアム様をお救いくださりありがとうございます……！」

大袈裟《おおげさ》に聞こえるが、使用人たちからしてみたらそれくらい気を揉《も》んでいたことだったようだ。

その一方で、逆にそれが気に入らない人……もとい、猫もいて。

その証拠に、今まで自分専用のベッドであるかごの中で丸まっていた白猫ことシャルが、いつの間にかグレイスの肩に乗っている。

本来であればかなり重たいはずなのだが重さを感じないのは、彼女が普通の生き物でないことを示していた。

『あら、マシな見た目になったじゃない』

「シャル様」

『ほら、早く行くわよ！』

そう言い、たしたしとグレイスの肩を叩くシャルに、グレイスは苦笑した。

（昨日からずっとこの調子なのよね……）

どうやら、四度もリアムと一緒に菓子を食べたことが、シャル的には許せなかったらしい。

それでも今回こうしてグレイスのことを誘っているのは、仮面舞踏会にシャルもグレイスの護衛としてついてくるためだ。

神獣というのは周囲から自分を見えなくすることもできるらしく、これくらいの暗躍は簡単なんだとか。

ステルス機能付きの護衛って、最強すぎでは？　と思わず思ってしまったが、高位の神獣だからこそなせる技なのだそうだ。つまり、シャルがすごいのである。

そんなふうに高飛車でリアム大好き故に不機嫌なシャルだが、護衛はちゃんとしてくれる辺りが本当に可愛《かわい》いなと思う。

根が真面目なのだろうか。しかしそれを指摘すればシャルがさらに拗《す》ねてしまうと思ったため、口をつぐんでおくことにした。

そうしてエントランスホールへと向かえば、そこにはすでにリアムがいた。

「お待たせしました、リアム様」

「いえ、私もつい先ほど来たところです。いつも美しいですが、今日はより一層輝いていますね」

「……リアム様ほどではありませんよ」

実際、黒に銀の飾りをつけ、ほんの少し紫の差し色をした礼装を身にまとったリアムは、普段より色気が増していて眩《まぶ》しい。

（あと、ものすごく悪役感が増している気がする……）

仮面舞踏会は必ず黒を入れるのが決まりらしいので致し方ないのだが、それにしたって普段と雰囲気が変わっていてミステリアス感が強く、背筋が思わずゾクゾクとしてしまったのは内緒だ。

（それにしても……憂鬱だわ）

この一週間で丸暗記をするという、学生時代を彷彿《ほうふつ》とさせるようなことをしたグレイスだったが、正直言って全員を覚え切れてはいない。

しかしリアムがグレイスにそこまでのものを求めているとは考えにくいので、気楽にいくことにした。

それに不思議と、今まで社交界に対して抱いていた不安感や緊張感はなく、むしろ「なんとかなるんじゃ？」みたいな安心感や無敵感のほうが強くて、逆に首を傾《かし》げてしまう。

（……ハッ、分かった。私が今まで感じていたストレスの元凶が、リアムだったからだわ……！）

そんなリアムが一応、味方の立ち位置についたのだから、グレイスが胃を痛める要素がなくなった、ということだろう。

そんなこともあり、グレイスは比較的気楽に仮面舞踏会が開かれる会場に向かったのだった。

＊

仮面舞踏会。

それは一見すると匿名で参加できる舞踏会のように思われているが、どうやら違うらしい。

その証拠に、リアムは皇族だけしか着ることができない紫色をささやかながらも身にまとうし、グレイスはそんな彼の婚約者候補だということを周囲に知らしめるドレスを着ていくからだ。

それ以外でも、参加者、特に上位の貴族たちは割と分かりやすく持ち物などから誰なのか把握できるそうだ。

グレイスがリアムから参加者名簿を渡されたのは、そういうわけである。

なら、一体なぜ〝仮面〟をつけて参加するのか。どういう意図があるのか。

その理由は、二つある。

一つ目は、一般的な舞踏会や夜会のように、高位の貴族に挨拶をして回らないこと。むしろ仮面舞踏会でこれを行なうのは、タブーとされているそうだ。

そして二つ目。暗黙の了解として、この舞踏会で起きたことは口外してはならないということ。

『人の口に戸は立てられない』とは言うが、仮面舞踏会で起きたことに関しては基本的に、口にしたほうが非を負う形になるという。

そのため、この場を密会場所に使う人も多いんだとか。

リアムがグレイスの顔見せに仮面舞踏会を選んだのは、そういう意味でもおあつらえ向きだと判断したからだろう。

（ほんと、すごい匂わせ……）

同時に、この仮面舞踏会を機に、リアムの周辺が大きく動くであろうことは容易に想像できる。

リアムが一番狙っているのはきっと、伯父周辺の動きだろう。今まで大した咎《とが》がなかったこと、また先代皇后の兄という立場もあり許してきたが、今回の件でケイレブが噛み付けば、そのときは逆にリアムが息の根を止めるはず。

（ただケイレブだけを止めたとしても、きっとトカゲの尻尾切りだわ）

グレイスがクレスウェル邸に越してきて早々、ケイレブは姿を現した。このことを軽く見てはいけないとグレイスは思っている。

そしてリアムはなおのこと、ケイレブの裏に誰が潜んでいるのかを気にしているはず。

つまりグレイスは、そんなケイレブの裏に潜む黒幕を炙《あぶ》り出すための、囮《おとり》に過ぎないのだ。

（改めて実感すると、なんだか虚《むな》しい気持ちになるわね……）

どちらにせよ、利用されていることに変わりはない。

しかしそれでも落ち着いていられているのは、リアムがまだ闇堕ちしていないということ。グレイスがリアムの虜になっていないということ。

そして、グレイスもリアムのことを利用していることにあった。

利害一致の上での協力関係なのであれば、まだマシだ。少なくとも、現状は。

それでも、これからの展開は慎重に見極めていかなければならないが。

そう思いながら馬車に揺られていると、会場に到着する。

仮面を装着したグレイスは、リアムにエスコートされながら馬車から降りた。

会場は、宮廷ほどの大規模ではないがとても煌《きら》びやかだ。

それもあり、思わずぼーっとしていると、リアムがいきなり顔を覗《のぞ》き込んできた。

「グレイス？」

「ひっ!? い、いきなりはやめてください……」

「それはすみませんでした。ですが、心ここに在らず、といった様子でしたので」

そう言うと、リアムはぎゅっとグレイスの手を握ってくる。

「今回は本当に、わたしに婚約者候補の女性がいることを匂わせることが目的です。ですので、お試しの場だと思ってあまり緊張しないでくださいね」

「ありがとうございます」

「それに……わたし以外に目移りするような余裕は、与えませんから」

そう言い、リアムが恭しく手の甲に口付けをしてくる。

あまりにも自然、かつ美しい動作に、グレイスは自分の頭が真っ白になるのを感じた。

（こ、この男は本当に……！）

今の言葉と所作に、心が完全に奪われてしまった。

このままだとまずいことは分かっているのだが、それでも目が離せなくなってしまう。頭の中でジリジリと警鐘が鳴り響くのを感じ、冷や汗を流していると、とんっと肩にわずかな重みを感じた。

『ちょっと？　あたしがいること、忘れてない？』

シャルが、いかにも不機嫌だと分かる声を出しながら、二人の間に割って入る。

そのおかげでなんとか現実に戻ってこられたグレイスは、このときばかりはシャルに感謝した。

（シャル様、ありがとうございます……！　家に帰ったら、もうなんでもしますね……！）

人間は猫のしもべ。それが神獣ともなれば、しもべどころか奴隷だ。何言ってるのか分からなくなってきた。

盛大に混乱しながら、グレイスは改めて、リアム・クレスウェルは危険だと実感する。

ちょっと今まで、調子に乗って近づきすぎてしまったかもしれない。

（この仮面舞踏会が終わったら、私も神術を学ぶことになるから、会う機会が減るだろうし……いい機会だわ、ちょっと距離を空けましょう）

じゃないと、小説の二の舞だ。それだけは避けなくては。

そう自分に言い聞かせつつ、グレイスはリアムにエスコートされながら、会場に入ったのだった。


会場に入った瞬間、驚くほどの視線がグレイスのことを射抜いた。

一瞬だけだが、今まで話していたものたちが一斉に口をつぐんだことで、場に静寂が走る。

流れるのは、楽団による演奏だけだ。

しかしそれもほんの少し。すぐに人々のざわめきが戻り、グレイスはほっと肩の力を抜いた。

（まあ、一目見て分かるくらい特徴的な格好をしてきたし……注目を浴びるのは当たり前よね）

今も、チラチラと視線が向けられていることが分かる。

しかし当のリアムは、その視線に動じた様子もない。慣れているというか、そもそも気にしていない雰囲気だった。

（この人のとなりに立つっていうことは、この視線を一身に浴び続けるってことなのよね）

それはなかなかに、難題だ。

思わずため息をつきそうになるのをぐっとこらえ、グレイスはリアムの誘導に身を任せた。

そもそも、ダンスの練習もしていない辺り、グレイスが上手に何かをこなすのを見たいわけではない。本当に、リアムに婚約者候補がいるということを知らしめるためのものだ。

だからといって、油断はできない。何より、ここでリアムに使えないと思われたら、良くない気がする。

（といっても……今の時間軸は小説に出てこないシーンのほうが多いから、私の知識が言うほど役に立たないのよね……）

なら、せいぜい周りからの視線を浴びて、弱そうな餌を演じることくらいだろうか。

あと妙にフラグを引き寄せやすいところがあるが、これはおそらく長所には当たらないであろう。

多分、きっと。

そんなことを考えていると、いつの間にかリアムが会場の中央――ダンスをするスペースにやってきていたことを知る。

（え）

「あ、あの……踊るのですか？」

「舞踏会ですからね。一曲くらいは踊っておかないと、怪しまれます。それに、目立つのが一番の目標ですから」

本当にそのつもりなら、一度くらいレッスンをするタイミングを設けて欲しかったと切に思う。

（だって私の今までのパートナーなんて、お父様かお兄様よ!?）

大抵、父と兄はグレイスに甘いので、ダンスが上達したのかどうかの指標になりにくいのだ。

グレイスが思わず顔を引き攣《つ》らせていると、リアムは仮面の下で微笑んだ。

「大丈夫です。わたしに身を任せてください」

（そんなこと言われても……！）

そう思い、内心大焦りしていたのだが。

あまりにも踊りやすいリードをされてしまい、思わず無言になる。

（社交ダンスは、男性パートナーの力量次第で変わるっていう話は聞いてたけど……まさかここまでとは思わないじゃない）

体が自然に動く感覚、とでも言えばいいのだろうか。とにかく、気づいたら勝手に動いている。

リードするのが上手いとかそういうレベルなのかと思わず首を傾げてしまうが、リアムがここまで自信を持って「身を任せろ」と言える理由が分かり、感心してしまった。

しかしここ一週間で、リアムがどれだけむちゃくちゃなことをしているか知ったせいか、遠く感じるよりも先にふとした疑問が浮かんでしまう。

（この人は一体どれくらい……家族のために尽くせる人なのかしら）

身につけたこの技術も、家族のためだろう。

何もかも、家族のため。

想像よりもずっと自分のことを顧みない生き方をしているこの人のことが、なんだかより気になってしまって。

グレイスは、妙な気持ちになってしまった。

母性なんて持ち合わせていないはずなのだが、彼の孤独をより強く感じてしまい、なんだか余計に世話を焼きたい気持ちが湧き上がってきてしまう。

前世の記憶を思い出してしまったからだろうか。孤独への恐怖心が、より強くなった気がする。

それがたとえ他人の〝孤独〟であったとしても、妙に耐えがたい気持ちにさせられるのだ。

（けどそれは、私の死亡フラグをへし折ることにも繋がるから、悪いことではない。悪いことではない、はず……）

だから決して、絆《ほだ》されたとか、そういうわけではないはずなのだ。

そう自分に言い聞かせ、グレイスは社交ダンス特有の距離の近さからくる動悸《どうき》に、なんとか耐えていた。

そうして無事にダンスを乗り切ったとき、どこかへ行っていたシャルがしゃなりしゃなりと歩きながら、グレイスの肩に戻ってくる。

『ちょっと、小娘』

「どうかしましたか、シャル様」

『散歩してたら、あの失礼な男を見かけたんだけど』

誰のことかと思い、小声で詳しく聞いてみたら、どうやらケイレブのことのようだ。

（参加者名簿にも名前が載ってたし、いること自体は不自然じゃないわね）

リアムも、ケイレブを煽《あお》る意味で今日の仮面舞踏会にグレイスを参加させているはず。

なのでひとまずシャルを宥《なだ》めようと口を開く前に、シャルは言葉を続けた。

『しかも、怪しい男と話してたわよ』

（なんですって？）

怪しい男と話す。つまり、密談だ。

現場を押さえるなんていうことはできなくても、話を盗み聞きして、相手が誰なのか見当をつけるくらいはできるはず。

「リアム様。私、お花摘みに行って参ります」

「……分かりました。わたしはしばらく会場にいますから、戻ってきてくださいね」

「はい」

リアムはどうやら、他の夫人や女性たちと踊って使えそうな情報を集めるつもりのようだ。

そうでなかったとしても、周りの女性たちがにじり寄ってきているようだし。

何よりその女性たちをいなせる自信がないグレイスとしては、避けたい状況だった。

（時間を潰す意味でも、ケイレブを捜しましょう）

「シャル様。案内お願いできますか？」

『……仕方ないわね。別にこれは小娘のためじゃなく、リアムのためだから』

わあ、お手本みたいなツンデレ猫。

しかしそれは決して口には出さず、そっと胸の内側にしまい込んでおいた。

先行していたシャル曰《いわ》く、ケイレブは人目のつかない庭で密会をしているらしい。

（かといって、私も庭に出たら確実に、バレる自信がある）

ならシャルだけを送り込めばいいのでは？　ともなるが、シャルは一応グレイスの護衛で来ているのだ。先ほどのようにリアムと一緒にいるタイミングでならいざ知らず、そうでないのなら護衛任務を優先させると言う。

その辺りの契約内容に関しては、割ときちんとしているらしい。

グレイスとしても、そこまで命を張るくらいなら、諦める。死にたくなくてここまで来てるのに、命を投げ出すようなことはしない。

なら、何が最適解か？

（答えは、二階の空き部屋からシャル様に盗聴してもらう！）

この一週間、あの冊子を丸暗記した甲斐《かい》があった。その中に会場の見取り図も入っていたのだ。

そもそも、なんで見取り図を持っているの？　と思っていたが、今となってはファインプレーでしかない。ありがたく利用させてもらうことにする。

本当に使っていないのだろう。忍び込んだ部屋の家具には、布が被《かぶ》せられていた。

履いてきたヒールのせいで靴音が響くこともあり、グレイスは細心の注意を払ってゆっくりと、窓辺へ進んだ。

おそるおそる窓の下を覗けば、人の声がわずかながら聞こえる。

なるべく静かに、うっすらと窓を開けたグレイスは、声をひそめつつ言う。

「シャル様。これくらい開いていたら聞こえますか？」

『当たり前でしょ』

「よかったです。どうか、リアム様のためによろしくお願いします……！」

『ふん、当然よ。誰がこの男を見つけてきたと思ってるのよ』

「あ。この部屋に誰か近づこうとしたときは、お知らせしてもらえると嬉《うれ》しいです」

『注文が多い小娘ね……』

「だって、シャル様はとっても優秀だから……」

そう言えば、シャルは少し間を空けた後、ふんっと鼻を鳴らす。

『仕方ないわね！』

（言葉ではツンツンしてるのに、尻尾がぴーんと立っているせいで、機嫌がいいのがバレバレです。シャル様）

しかもぴーんと立った上でわずかに震えているので、かなり興奮しているとみた。

そのことににこにこしつつ、グレイスはシャルの動向を見守ることにした。

というのも、やることがないのだ。

できることといえば、バレないように身を潜めていることくらい。そのため、今は窓の下で膝を抱えているところだ。あとはシャルにお任せである。

ふう、と詰めていた息を吐いたグレイスは、人がいないことをいいことに仮面を外す。視界が開けたことで少しだけ、思考がクリーンになったような気がした。それをいいことに、ぼんやりと自分のことを振り返ることにする。

（いや、それにしてもこの数週間、なかなか濃かったわね……）

リアムから求婚され、脅迫され、条件付きでそれを飲んで。

神獣の護衛をつけてもらい、リアムの伯父とバトルし、リアムと交流を深め地道な闇落ち回避を目論《もくろ》みつつ、仮面舞踏会への参加ときた。

少し前のグレイスならば、こんな生活を送ることになるなど想像すらできなかったであろう。

（これからの平穏な生活のためにも、ケイレブの退場は必須。だからシャル様には頑張ってもらわないと！）

そう思い、グッと拳を握り締めたとき、窓辺にいたシャルが座り込むグレイスの横に着地した。

『終わったわよ、小娘』

「お疲れ様です、シャル様。なんて言ってました？」

『商売の話をしてたわね。角度的に見にくかったけれど、クソ男と話してた怪しいやつのほうが何か紙を渡していたし』

　商売で紙を渡すとなると、注文書といったものだろうか。どちらにせよ、こんな場所で秘密裏に行なう取引なんて、ろくなものではないことだけは確かだ。

「名前などは言っていたりしませんでしたか？」

『特に聞かなかったわね。ああ、でも』

「でも？」

『なんて言ったかしら……ほら、人間たちが教会でやる、変な動き。あれを、クソ男が怪しい男に向かってしてたわ』

　グレイスは首を傾げた。

（教会でやる変な動き……って、もしかして、祈りのポーズかしら？）

　そう思ったグレイスは、両手で何かをすくうような格好をしてから、それを額の高さまで持ち上げた。そしてその手をぎゅっと握り締めてから、額に押し当てる。

「それって、こんな感じですか？」

『そう、それ』

「なるほど……」

　ケイレブが信心深そうなこと自体はなんとなく把握していたが、どうやら事実だったらしい。これは基本的に、神へ祈りを捧《ささ》げる際に使うポーズなのだ。

食前の挨拶、教会で祈りを捧げる際などが主な使いどころだが、教会の司教や神官といった、神に仕えている者たちに、信者が挨拶をするときにも使われる。

つまりケイレブが今回会っていた相手は、教会関係者だということだ。

（これってなかなか有益な情報じゃないっ？）

そう思い、シャルのことをベタ褒めして撫《な》でくりまわしていると。

パッと。真っ暗だった部屋が明るくなった。

慣れていない状態で光を浴びたこともあり、グレイスは思わず手で光を遮りながら目を細めた。

（え、誰!?　誰か近づいてきたなら、シャル様が気づきそうなのに……！）

こんなところでバレてしまうのか。

そう思い、バクバクと音を立てる心臓と共に固まっていると。

「……こんなところで何をしているのですか」

ここ一週間で、すっかり聞き馴染《なじ》んだ声が聞こえた。

目を瞬かせていたグレイスは、ようやく慣れてきた先を見て「え」と声を上げる。

「……リアム、様？」

そこにいたのは、リアム・クレスウェルその人だった。

なんでこんなところに。

というより、シャルはもしかして、近づいてきているのがリアムだからそのままスルーしたのだろうか。どちらにせよ、あまりいい事態ではない。

そんな気持ちが顔に出ていたのだろう。リアムは手のひらサイズの玉のような照明魔術を宙に浮かせつつ、こちらはこつりこつりと歩いてくる。

「あれが会場から離れるための口実だということには、気づいていましたが……どうしてここにいたのです？」

「えーっと、それは……」

ゆっくりとその場で立ち上がりながら、グレイスはたらりと汗を流した。

（な、何かしら、この雰囲気……もしかして、怒ってる……？）

グレイスが嘘《うそ》をついたからだろうか。それとも長いこと姿をくらませていたからだろうか。

どちらにしても、ここで嘘をついて言い訳を重ねることは得策ではない。そう思ったグレイスは、ぺこりと頭を下げてから口を開く。

「勝手に姿をくらませてしまい、申し訳ありません。ですが、デヴィート卿《きょう》が怪しい方と密会しているとシャル様から伺いまして……ここからならば安全に盗聴できると思い、忍び込んだんです」

「……伯父上が、ですか？」

「はい」

同意を示す意味も込めて、シャルに向けて視線を送れば、彼女はこくりと頷《うなず》いた。

『本当よ、リアム。あたしが誘って、小娘がならここがいいって言ってきたのよ』

「はい。庭から近くて、かつ窓がある部屋となると、この辺りでしたので……事前にリアム様から渡していただいた冊子が、大変役に立ちました。ありがとうございます」

最初に謝罪をしつつ、しっかり説明。証人を出してから、リアムに感謝の意も伝える。

我ながら完璧な流れだと思い、グレイスは内心ガッツポーズを取る。

（よし、最後に成果を伝えとかないと！）

「また、ちゃんと成果もありました。デヴィート卿がお会いしていた方は、どうやら教会関係者のようです。デヴィート卿が相手に向かって、祈りのポーズをしていたそうなので」

どうよ！　という気持ちを込めてそう告げたのだが、しかし。

「…………そう、ですか」

肝心のリアムからの反応は、あまり芳しくなかった。

（あ、れ……もう怒ってはいない、みたいだけれど……様子がおかしいわね……？）

リアムのことだから、成果を出した以上褒めてくれると思ったのに。

もしくは、予想外の行動に対して面白いとでも言われると思ったのに。

とてもではないが、今のリアムは愉快な雰囲気をまとってはいない。

どうしたんだろう、と思わず首を傾げていると、リアムはいつになく覇気のない笑みを浮かべる。

そして少しだけ煩わしそうな顔をして、仮面を取り去った。先ほどよりも顔が鮮明に見えたことで、彼の様子がいつもと違うことがより分かるようになる。

「あなたの行動には、いつも驚かされます。ですが……今回のような危険な行為をする際は、わたしに一言告げてからにしてください」

「そ、その……」

「でないと……」

とん、と。リアムがグレイスのことを壁際まで追い込み、両手を壁に突いてすっぽりと囲った。

いわゆるところの壁ドンだ。

（また、からかわれて……）

そう思い、リアムを睨《にら》みつけるために顔を上げたが。

グレイスは思わず、口を開けたまま固まってしまう。

（なんでそんな……苦しそうな表情をしているの……？）

普段のようにからかう意図などない、真剣で、かつ苦しそうな顔に、グレイスは目を奪われる。

そしてあと少しで唇同士が触れ合う――そんな距離で、リアムは口を開いた。

「……ほら、こんなふうに」

「……っ」

「ひと目のつかない個室に追い込まれたら、襲われてしまうかもしれませんよ……？　あなたはどうしたって、か弱い女性なのですから」

いいですね？

そう諭すような口調で言われ、グレイスはただただ頷いた。

「は……はい……以後、気をつけます……」

「ええ、ぜひ」

するとリアムは、グレイスにそっと手を差し伸べた。

「仮面舞踏会でやりたかったことはやりましたし、そろそろ屋敷へ戻りましょうか」

「あ、はい……」

そう言い、グレイスはリアムの手を取る。まるで先ほどのことなど、なかったかのように。

だからグレイスも、できる限り気にしないようにと自分に言い聞かせながら——しかしそれでも、胸の辺りがきゅうと苦しくなるのを感じた。

そんな帰り道に馬車から見上げた月には、雲がかかっていて。

屋敷に着く頃には、ぽつりぽつりと雨が降り始めたのだった。

＊

仮面舞踏会に参加した翌日の昼。

リアム・クレスウェルは、兄と情報を共有するべく、先日同様宮廷の図書館にある隠し部屋へと向かっていた。

その間、ずっともやもやした感覚に付き纏《まと》われ続けている。

まるで、雨がしとしとと降る今日の天気のような。少し湿気が強くて、肌にべたりと張り付く、そんな気持ち悪さだ。

何が原因なのか、リアムとて分かっている。

――昨日の、グレイスの行動。それが理由ですね。

仮面舞踏会において、グレイスはシャルと一緒に伯父の話を盗み聞き、相手の身分を把握するという成果を上げた。

そのこと自体は、特に問題ない。むしろリアムとしては、相手が教会関係者だということを知れたため、その分対応がしやすくなった。

なんせ、リアムがメインで情報収集しているのは、主として貴族関係で、教会とは一定の距離を空けていた。ゆえに、そちらに関してはどちらかというと疎かったのだ。

しかしグレイスが教会関係者だと断言した以上、そちらに手を伸ばせる。

なので本来であれば、歓迎するところなのだろうが。

リアムはぎゅっと、手を握り締めた。

――これから兄上にお会いするのに、いけませんね。

そう思い、気持ちを切り替えつつ、リアムは図書館の秘密部屋に入った。

「雨の中、ご苦労だったな。リアム」

「いえ。兄上こそ、お忙しい中時間を作ってくださり、ありがとうございます」

セオドアとそんなやりとりをしつつ、リアムはグレイスが得た情報を彼と共有した。

それを聞いたセオドアは、なるほどと口元に手を当てる。

「教会関係か……誰だか分からないが、上手いな」

「本当ですね。ここは、そうおいそれと触れられる場所ではありませんし」

皇族が神の末裔《まつえい》である以上、その神に仕える教会との関係を悪くするわけにはいかない。ゆえに、リアムは教会に関しては基本、触れないようにしていた。

しかしケイレブが関係しているのであれば、動かざるを得ない。

そして動くのであれば、教会内部の事情を知るセオドアのほうが、今回の件において適任だと感じていた。

それは兄も同じだったようで、うんうんと頷いてから「分かった、伯父上の件はこちらで預かろう」と言ってくれる。

「ありがとうございます、兄上」

「いや、助かるよ。だが……珍しく、機嫌が悪そうだな。リアム」

「…………え？」

「何かあったか？」

セオドアにそう指摘され、リアムはしばしの間フリーズしてしまった。

そのため、普段であれば笑顔で大丈夫だというところなのに、思わず本音をこぼしてしまう。

「……わたしは、そんなにも顔に出ていましたか……？」

思わず自身の顔に触れると、セオドアは目を丸くして笑った。

「他の者は分からないと思うが、わたしは一応兄だからな。特に、ターナー嬢に関しての話をしているとき、声色が硬くなっていたことくらいは分かったよ」

「それは……お恥ずかしい限りです」

そんなに露骨に出てしまっていたとは。皇族失格だ。

そう思い、思わず苦笑すると、セオドアが首を傾げる。

「それで。何がそんなに心配なんだ？」

「え？」

「え？って……リアムがそんなにも暗い顔をしているのは、ターナー嬢の行動にヒヤリとしたからではないのか？　聞いた感じだと、かなりのおてんばぶりを見せていると思うのだが」

それを聞き、リアムは目を見開いた。

——そうです。わたしは、グレイスのことを心配したんです。

セオドアの言う通り、グレイスの行動はなかなかリスキーだった。本人はシャルがいるから大丈夫だと思っているのだろうが、リアムが求婚したときのようにうっかり、他人に魔術を使われて弾《はじ》かれたときのことを、彼女は考えていないだろう。

しっかりとした部分と、少し抜けた部分。その両方を持ち合わせていると、リアムは感じていた。

その危うさが、リアムの心をかき乱す。手放すのは惜しい、と思わせる。

それくらい、リアムはグレイスのことを、好ましく思っているのだから。

それもあり、先ほどよりもすっきりした気持ちでいると、セオドアがくすくす笑う。

「なんだ、政略上の関係と言っていたが、仲良くやってそうじゃないか」

それを聞いたリアムは、一度ぴきりと固まってから、笑みを浮かべた。

「そうです。政略上の関係ですよ、兄上。とても優秀な方なのに、婚約者になる前に退場されては困りますから」

「……ふぅん、そうか」

「はい。ですので、」

――幸せを、噛み締めても。求めても、いない。

そもそも、そんな関係では、ない。脅す形で無理やり今の立ち位置を強いられているグレイスとて、リアムのこんな感情は迷惑だろう。

そう思い、すう、と熱が引いていくような感覚に襲われた。

「……ですので、これからも程々に、仲良くできたらと」

取り繕うべくそう繋げれば、セオドアはそれ以上言及してはこず、別の話に移ってくれた。

無視した胸が、ずくりと疼《うず》いたような気がしたが。

それを無視して、リアムはセオドアの言葉に耳を傾けたのだった。

＊

仮面舞踏会への参加もつつがなく終わり。グレイスがクレスウェル邸にやってきてから、十五日が経った。

その間に、伯父であるケイレブが何か仕掛けてくるのでは？　と考えていたが、まったくそのようなことはなく。

グレイスはなぜか、クレスウェル邸の女主人としての地位を着々と獲得していた。

（なんでこんなことになったのかしら……）

家族への手紙を書きながら、グレイスは神妙な顔をする。

理由のほとんどは、リアムが人間らしい行動をするようになったからである。

グレイスと一緒にお茶を飲んだことが効いたのか、前より食事というものに興味を抱き、美味しそうに食事を取るようになったそうだ。料理長と執事長が泣いていた。

同時に、使用人たち皆が、前よりも楽しそうにされている、と泣いた。

使用人たちに愛されていることは分かるが、皆泣きすぎである。

（ただ、現状を見ているとてもではないけど、闇堕ちラスボス化しそうな感じじゃないのよね）

これは、グレイスとして大きな一歩である。求婚された後、方針を大きく変更してよかったとほっとした。

（このままいけば、私の死亡フラグも折れるかも）

そしてもしかしたら、私を愛してくれるかも、なんていう考えが浮かんで、グレイスは慌てて首を横に振り甘い考えを振り払った。

（何、馬鹿なこと考えているのよ、グレイス。リアムは、婚約者候補に対して親切にしてくれているだけ。それに、私に「わたしが好きになれば、あなたもわたしを好きになってくださるということでしょうか」なんて言ったのは、私が他の令嬢と違った反応をしたから、からかっただけよ。絶対にそう）

そう言い聞かせ、グレイスは深呼吸をした。

そうしていると、リアムに裏切られて嵌《は》められ、犯人扱いされたときのシーンが浮かんで、頭の芯が冷たくなるような、そんな心地になる。

まるで、本当に自分がそのシーンを体験したかのような感覚だった。

そんなリアリティある感覚のおかげか、浮ついていた気持ちがすうっと退《ひ》いていく。

グレイスは再度深呼吸をしてから、改めて今後の方針を確認した。

（第一に、リアムとある程度仲良くなること。せめて、私を利用しようなんて思えなくなるくらい）

これは今のところ、順調だ。何よりいいのは、使用人や神獣といった第三者たちにも好意的に見られている点である。保険がどれくらい利くのか分からないが、せめて一人ぐらいもしものときに味方をしてくれたらありがたいと思う。

（第二に、ケイレブに私の殺害を企ててもらうこと。これは、今はなんともないけれど、これから絶対に何か起きるはず）

なんせ、この世界はどうやら、かなりの強制力が働くようなのだ。グレイスがリアムの婚約者にさせられる流れになったのは、このせいである。しかもきちんとグレイスの弱みを握られてのものなので、確定フラグを折るのにはそれ相応の代償が付きまとう。

何よりケイレブにとってグレイスは、目の上のたん瘤《こぶ》でしかない。ならいずれ必ず、行動を起こすはずだった。なのでこれは、シャルに護衛をお願いしつつ、待つしかないだろう。

（そして第三に！　自衛できる程度の何かを！　身に付ける！）

そしてこれは本日から、行動できそうだった。

そう。今日から、グレイスは神術を学べるのである。

同時にそこで、グレイスが魔術を使えなくなった原因についても探ってくれる人をあてがってくれるそうだ。

というわけでグレイスは、その相手がいる場所——中央教会へ向かうことになったのだった。

＊

中央教会というのはその名の通り、教会において最も重要な場所だ。宮廷同様、首都にあり、その規模は教会の中でも最大とされている。

（そして中央教会と言えば、『亡国の聖花《せいか》』のヒロインであるアリアちゃんが連れてこられた教会！）

ヒロインのアリア・アボットは元々、庶民の両親と一緒に住んでいたが、父を三歳の頃に事故で亡くし、母を八歳の頃、病で亡くした。それから二年間、小さな孤児院で過ごすのだが、その孤児院が劣悪な環境だったのだ。

子供たちに暴力を振るったり、食事を抜いたり。また好事家に売ったりしていた。

そんな孤児院の仲間たちを守るためにアリアが魔力を暴走させ、それにより救出されたのが今年の春頃だ。

その一件を機に魔術の才能があると分かったアリアは、中央教会に預けられてそこで基礎的な魔術や神術を教わり、大司教や仲間たちとの触れ合いによって傷ついた心を癒していくことになる。

ただ孤児院の一件に絡んでいたのは、悪徳貴族だった。

それもあり、アリアは貴族というものを毛嫌いしていくことになるわけで。

この件が、アリアが魔術を極めて宮廷で働き、国を変えていこうと考える理由になっていくのだ。

そして、帝国唯一の、魔術神術両方が使え、尚且《なおか》つ怪我《けが》から病気までありとあらゆる治療のできる、治癒魔術師兼神術使い——聖女と呼ばれるようになる。

（ほんと、生き残るためにに、って考えしか頭にない私とは、大違いよね）

アリアの行動原理は基本、「これ以上、自分たちのような人間が生まれないようにすること」「これ以上、苦しむ人が生まれないこと」だった。

聖女という称号に相応《ふさわ》しい考えだ。

その一方でグレイスの行動原理は「自分が死にたくないから」「目の前で大切な人が傷つくのを見たくないから」「自分も人を傷つけたくないから」、それだけである。とてもではないが、立派な理由とは言えない。

そしてそう思っても変えようと思えない辺りに、人間性が滲《にじ》むなとちょっと思ってしまった。

アリアに比べればグレイスはこんなにも恵まれているのに、おかしな話だ。こんな感情のまま彼女に会うのは良くないな、とグレイスは馬車に揺られながら思う。

（まあその中央教会に行くと言っても、教会内は広いし。私がアリアちゃんに会うことはないでしょうね）

膝の上で丸くなるシャルを撫でながら、グレイスはそう思った。

このときの考えを、グレイスは直《す》ぐに後悔することになる。

——いい加減、お前は学習するべき、だと。

教会に到着し、部屋に案内され、事前に精密検査と称した触診を終えるや否や、グレイスは冷や汗をかくことになった。

それはなぜか。理由は二つある。

「ターナー嬢。このたびは、よくぞおいでくださいましたな」

「い、いえ……こちらこそ、偉大なる大司教様にお会いすることができて、光栄です」

一つ目は、グレイスの体を見る兼神術を教える教師、というのが、六十代ほどの口ひげを蓄えた男性――大司教、コンラッド・エリソンだったことだ。

そして二つ目は。

「神術を学びたいとのことでしたが……もしよろしければ、この子もご一緒させていただいても構いませぬか？」

「……か、彼女は……」

「はい。彼女はアリア・アボット、と申します。つい先日、我が教会に保護された少女なのですが、魔術のみならず神術の才もございまして。今、基礎から勉強をしているのです」

「……アリアさんがお嫌でなければ、ぜひご一緒させてください」

「ほほ、あなたならばそう言ってくださると思いました。ありがとうございます、ターナー嬢」

――なぜか、アリア・アボットと一緒に神術を学ぶことになった、という点である。

（本当、いい加減学習しましょう、私……起きないって思ったことは、大抵起こるんだってことを！）

むしろこのままいくと、グレイスがわざとフラグを振ってそれを回収することを望んでいる、みたいに見えてしまう。そんなことは決してないのだ。だって漫才をしているわけではないのだから。

だけれど、実際のアリアを目の当たりにしたら、今までの不安や悩みがすべて吹き飛んでしまった。

それくらい、アリア・アボットという少女は幼く、またか細かったからだ。

身長は、百センチほどだろうか。歳《とし》にしては小柄で、尚且つ細い。肩口ほどで切り揃えられた金髪は、身長も相まって彼女をより幼く見せていた。

それも、あまり健康的な細さではなく、栄養不足による細さだった。その証拠に、肌も青白い。

また夏なのに長袖を着ていて、その服が大きめだからかなおのこと、彼女が小さく見えた。

きっと長袖を着ているのは、打撲痕や傷跡を隠すためなのだろう。

詳しくないグレイスですら、その程度の予想はできた。

また、顔もほっそりしていて、あまり血色が良くない。春頃にやってきたはずなので三か月ほど経つはずだが、それでもカバーしきれないだけの虐待の痕が、彼女には残っていた。

グレイスともその金色の目を合わせないので、対人に関しても未《いま》だに警戒心が拭えないのだろう。

こんな少女に対して劣等感を覚えるほど、グレイスの自己肯定感は低くはない。だって前世の人格を若干引き継いで生まれた卑屈な娘を、ここまで前向きにさせたターナー家の娘なのだから。

（というより、どうして私と一緒に学ばせようとしているの、大司教様……！）

前世を含めるともう大人と言っていい年齢だったが、大人の考えることはよく分からないと思う。きっと、なんらかの意図があってこのようなことをしていると思うのだが。

しかしグレイスとしても、生き残るために必死だ。なのでアリアに気を遣って、学びをおろそかにするわけにはいかない。

というわけで、グレイスはアリアと一緒に神術を学ぶことになったのだ。

四章

神術を教わり始めて早々に、グレイスは自身の能力の低さを嘆くことになった。

それはなぜかというと。

「まず、神力というのがどういうものなのかを感じましょう。神力というのは言わば、空気のようなもの。この帝国にいれば誰しもが感じる力ですので、それを手のひらの上に集めてみましょう」

「空気を……手のひらの上で集める……？」

「はい、できました。大司教様」

「えっ」

そして、その次のステップでも。

「次に、神力に願いを込める工程です。この際に込める願いで、神力がもたらす効果が変わります。どんな願いでも構いませぬが、他人を傷つけたり欲を満たすものとなると反応しませんので、注意してくだされ」

「は、はい」

「今回は、神に向けて『守って欲しい』という願いを込めましょうか。願いを込めると色が変わりますので、それを目安にしてみてくだされ」

「ね、願い……」

「……はい、できました。大司教様」

「……」

そして最後の工程でも。

「最後に、その神力を形作りますぞ。これは、込めた願いを最適な形で叶《かな》える形、というものになりますな」

「最適ですか……」

「はい。ですので、たとえば『守って欲しい』と願うのであれば、手元にあるそれを半円状に伸ばすイメージをするのです」

「な、難易度……」

「……大司教様。このような感じで大丈夫ですか？」

（で、できている……）

こんな感じで、グレイスが四苦八苦している間に、アリアはあっさり神術の基礎をマスターしてしまった。

完全に完敗である。勝負はしていなかったがそれでも、歳下《としした》にこうもあっさり追い抜かれるのは大変悔しいし恥ずかしい。

そしてアリアのほうも、グレイスに対して思うところがあったらしい。

「……神術の才能、ないんじゃないですか」

ばっさりとそう言われ、グレイスは思わず「うっ」と呻《うめ》き声《ごえ》を上げた。

「アリア。そのようなことを言ってはなりませんぞ」

「ですが大司教様。その貴族に才能がないのは明らかです。そんな人のために大司教様の大切な時間を使わなければならないのは。おかしいと思います」

（くっ。ド正論……っ）

その上、膝の上で丸まるシャルを指差して、アリアは続けた。

「それに、その猫、神獣ですよね？　けれど、契約している感じではありません。つまり、他の契約主がいるっていうことです。そんなに恵まれている人なんですからなおのこと、許せません」

ひどく刺々《とげとげ》しい言い方に、さすがのコンラッドも口を開きかける。それを、グレイスは制した。

（だってこれは、私が言わなければ意味がないもの）

そう。世の中には、正論だけでは成り立たないし。

何より今のアリアの発言は、グレイス・ターナーを見ているのではなく、一般的な貴族——その中でも、悪徳と言われるたぐいの貴族のことを見て言っているのだ。

つまり、思い込みな上に、ただの八つ当たりなのだ。

ということで、しっかり訂正させていただく。

「アリアさん、と呼んでもいいかしら」

「……なんですか」

「まず、訂正させていただきます。シャル様は、契約主のいない神獣よ」

「……は？」

「ですが、私の婚約者を愛しており、そのために護衛を引き受けてくれた大変尊いお方なの。そこは間違えないように！」

びしっと指を差して言えば、アリアがぽかんとした顔をしてグレイスを見てくる。その一方で、膝の上のシャルは『その通りよ、間違えないで』とグレイスの言葉に深く頷《うなず》いてみせた。その隙に、グレイスは言葉を続けた。

「また、私は確かに子爵家の娘だけど、大変貧乏よ。使用人は一人だけ、料理掃除、また農作業、牛や猫の世話……これらすべて、私自身でやっているの」

「それ、は、」

「そして、本来ならば十五歳ほどで社交界デビューするのが通常だけど、ドレスを用意するためのお金を工面する関係で、私は十八歳……つまり今年、デビューしたわ」

「…………」

「アリアさんの言い方からして、私たち貴族のことをよく思っていないのは分かる。でも、皆が皆、あなたが想像するような貴族じゃないことだけは分かっておいて。まああなたからすればそれでも、恵まれているように見えるかもしれないけど」

「……なぜそんなこと、言うんですか。ただの子どもの戯言《たわごと》だと笑うか、怒ればいいのに」

先ほどとは違い困惑した声で、アリアはそう言う。

それに対しグレイスは、あっけらかんとした態度で言い切った。

「だってあなた、子どもでしょう。なら、なんでも吸収できる。それに私なんかよりもよっぽど賢くて才能があるのだから、私の話を理解してくれるだろうなって思っただけよ」

「……なんですか、それ」

不貞腐《ふてくさ》れたように唇を噛《か》み締めるアリアに、グレイスは笑う。そして、あ、と声を上げた。

（そうだ。もう一つ、ちゃんと訂正しておかないと）

グレイスは人差し指を立てて言った。

「それと、もう一つ。私に才能がないのは確かにその通りだけれど、だからってそれが私が諦める理由にはならないの。だから、大司教様にはこれからもお世話になるわ」

「……やっぱり、図々《ずうずう》しいじゃないですか」

「図々しくもなるわ。だって私、魔術が使えない体になってしまったのだもの」

「…………え？」

金色の瞳を丸くしてグレイスを見るアリアに、彼女は笑った。

「それなのに、命を狙われる立場になってしまったのよ。だから自衛のために、私は死に物狂いで神術を学ぶの。あなたの思う通りにならなくて、ごめんなさいね」

そう言うと、アリアは少しの間呆《ほう》けてから、顔をくしゃくしゃに歪《ゆが》めて部屋を飛び出してしまう。

反射的に追いかけようと思ったが、そんなグレイスをコンラッドが止めた。

「申し訳ございません、ターナー嬢。ですが、しばらくの間、一人にしてあげてくだされ。あの子に必要なのは、一人で考えるための時間かと思いますので……」

「は、はい、分かりました」

「それと……アリアの代わりに、わたくしがお詫《わ》び申し上げます」

深々と頭を下げられてしまい、グレイスは狼狽《うろた》えた。

「お、おやめください、大司教様！　アリアさんの言うことは、間違いではないですから！」

そう。大司教という立場はあくまで名誉職のようなものだが、その存在は教会の中でもとても輝かしいものである。なんせ、司教、司祭、神官といった存在にとって、大司教というのは憧れの存在なのだ。

なのでアリアが言うように、弱小貴族が神術を習うためにお世話になっていい相手ではない。

（それでも大司教様が出てきたのは間違いなく、私がリアムの婚約者候補だから……）

同時に、グレイスの特殊な体質を診られそうなのが、コンラッドのように知識も経験も豊富な人しかいなかったということでもある。またリアム同様誠実かつ実直な人なので、秘密を守ってくれそうなところもリアムがグレイスのことを頼んだ理由だろう。

とまあ、事情を知っていれば分かることだが、それを知らなければ、アリアのような考えを持つのは当然なのである。

そう説明したのだが、しかしコンラッドは首を横に振った。

「それでも、あの子をこの場に同席させたいとターナー嬢にお願いをしたのは、わたくしです。子の不始末の責任は、親が取るもの。今のアリアにとっての親は、このわたくしですから……」

「大司教様……」

「しかもそれだけでなく、あなたはアリアを諭し、しかもご自身の秘密まで打ち明けられました。それはとても、重たいものです」

（あれは……）

グレイスはぽりぽりと頬を掻《か》いた。

彼女がどうしてあの場で自分の体質を打ち明けたのかというと、相手がアリアだったから。そして、あそこまでの秘密を打ち明ければ、アリアが自分の行ないを悔い改めるタイプだと知っていたからだ。

（私もアリアちゃんが荒《すさ》んでいる時期だとは知っていたけどさ……さすがに、あの言い方には腹が立ったからね。やり返したい気持ちはあったのよ。……まあ、純粋なお節介の気持ちもあったけど）

実際、アリアは小説の中で今回と似たようなこと――見た目では分からないたぐいの重い病を抱えた同年代の令嬢がコンラッドの治療を受けるために教会で暮らすようになるのを見て、グレイスに対して言ったような、ひどい言葉を吐いてしまうのだ。

それは、ようやく心を開けるくらい尊敬できる人が別の少女、しかも大嫌いな貴族の娘ばかりを構うことへの嫉妬でもあった。

だがコンラッドでも、その令嬢の病は治せなかった。そうして、令嬢は教会を後にする。

その事実を彼女が帰ってから知ったアリアは心の底から自分の行ないを後悔した。しかし謝罪をするのを躊躇《ためら》っているうちに、その令嬢は亡くなってしまった――

そのときの後悔はそれから一生、アリアの心に付きまとうことになる。

同時に自分自身も偏見を持っていたことに気づいたアリアは、もっと様々な角度から物事を見られるようにならなければ、と寝食を惜しんで書物を読み漁《あさ》り、経験を重ね、実践を繰り返し、上へ上へと上り続けていくことになるわけで。

そんな小説のエピソードを覚えていたからこそ、グレイスはあんなことを言ったのだ。

（けれどこのエピソード、ものすごく賛否両論あって、それはそれは荒れた部分なのよね……だって相手は、重い病を抱えていたわけだし）

『幾ら知らなかったとはいえ、初対面の相手にいくらなんでもそんなことを言うのはどうなんだ』という勢と、『これがあったからその後のアリアの生き方があり、物語がより輝くのだ』という勢が、大きく二分したエピソードである。

ちなみに前世のグレイスとしては、半々の気持ちを抱えていた。

なのでそういう気持ちもあり、今後大きな過ちを犯す前に、相手の立場も考えてくれればな、というグレイスなりのお節介だったわけだ。

当たり前だが、グレイスはアリアという主人公のことが好きだった。だから転ぶならばせめて、軽くあって欲しいと思うのだ。

（まあ私の秘密はあくまで、命に関わりがある内容ではないからね……アリアちゃんが受けるダメージは、あのエピソードよりもまだマシでしょ。それにアリアちゃんは、他人の秘密を言いふらすタイプでもないし）

というのは、グレイスが小説の内容を知っていたからこそ知り得た情報だ。

なので、初対面の相手にあそこまで言ったのは確かにおかしい。こう言ってはなんだが、まるでアリアが考えを改めるように、我が身を犠牲にした献身的な令嬢に見えなくもない。コンラッドの反応も、大袈裟《おおげさ》とは言えないわけだ。

しかし同時に、これを理由にもう少し深くアリアについて聞き出せるのではないか、とグレイスは思った。そのため、躊躇いつつも口を開く。

「でしたら、一つ教えてください。アリアさんをこの場に同席させたのはどうしてですか？　理由を教えてくだされば、この件はすべてなかったことにいたします」

そう言えば、コンラッドは少し逡巡《しゅんじゅん》した後、重たい口を開いた。

「それは……アリアがとても、心に深い傷を負っていて。そしてあなた様が、リアム様の婚約者であらせられるからです」

そう切り出し、コンラッドはとつとつと語った。

「アリアは、両親が亡くなった後に身を寄せた孤児院で、ひどい扱いを受けていました。しかし正義感が強かった彼女はそれでも、周りの子どもたちを庇《かば》っていたのです」

「……そうだったのですね」

「はい。しかしある日、大切な仲間たちが売られたり虐待されたりするのに耐え切れなくなったアリアは、魔力を発現させました。強いストレスを受け続けた魔術師が時折引き起こしてしまう、魔力の暴走というものです。それにより、悪事を働いていた大人たちの罪が暴かれました。ですが同時に、アリアは仲間だと思っていた子どもたちからも『化け物』だと呼ばれてしまったのです」

その話を、グレイスは小説で知っていた。しかし文字で追うのと、コンラッドの口から聞くのとでは、重みが全然違う。それもあり、胸によどんだ気持ちが広がった。

黙って聞く姿勢に入ったグレイスに、コンラッドはなおも続ける。

「守りたかった存在にそのような言葉を投げかけられれば、心は歪みます。それでも子供たちを恨めなかったアリアは、すべての元凶である貴族を恨むようになりました。幾らわたくしがそういう貴族ばかりではないと言って聞かせようが、これぱかりは難しく……ですが、いつか絶対に、その偏った考えで取り返しのつかない事態になることは、分かっていました。ですからその前に、アリア自身が過ちに気づければ、と思っていたのです。その要因として、リアム様の婚約者様でしたら最適ではないかと考えました」

　グレイスは、そこで思考を停止させた。

（……いやいやいや。なぜそこで、『リアム様の婚約者だったら最適』、っていう考えになるの⁉）

　確かにリアムの婚約者ならば善良かもしれないが、それはあくまで『かもしれない』でしかない。

それなのにコンラッドがここまではっきりと『善良である』と確信している理由が気になった。

　なので、話が進んでしまう前に、とグレイスは手を上げる。

「あの……そのお話を聞く限りですと、リアム様の婚約者が善良であるという確信があるような感じなのですが……どうしてでしょう……？」

「……え？　それはその……皇族の方の伴侶は皆、彼の方々の影響を受けず、尚且《なおか》つ善良な人間だと決まっておりますので……」

「……決まって、いる？」

「はい。夫婦神が、そのように定められたのです。ですので皇族の方は本能的に、そのような伴侶を追い求められます。重大な秘密ですので、これを知っているのはごくわずかですが……そういえばリアム様は、伴侶という存在そのものにご興味がありませんでしたから、存じ上げないかもしれませんね」

（…………いやいやいや。待ってって。そんないきなり……小説にない重要設定を打ち明けられても困るのですが……！）

同時に、色々な疑問が浮かび上がってきたが、今はまったく必要ない上に答えてくれる相手はいないため、そっと胸の奥底に押し込んだ。

(ひとまず、大司教様が私を信じた理由を知れたから良し！　良しとします！)

そう無理やり自分を納得させ、グレイスはふうっと息を吐き出した。そしてぺこりと頭を下げる。

「教えてくださり、誠にありがとうございました。大司教様の誠実なご対応に感謝いたします」

「こちらこそ、アリアに寛大な心で接してくださり、ありがとうございました。次はわたくしだけでお教えさせていただきますので……」

「え？　是非これからも、アリアさんと一緒に学ばせてください」

「……それ、は……どうしてでしょう？」

「だってそのほうが、効率も良いですし。何より私も、競争相手がおりますとやる気が湧きます。なので、是非」

そんなことを言ったが、グレイスの考えはただ一つだ。

そう。自身の死亡フラグをへし折ること。

(そして、こうして関わってしまった以上、アリアちゃんは小説通りのエピソードで後悔し、努力するようにはならないはず……。なら、思わず飛び級をしたくなるくらい勉学に勤《いそ》しんでもらうには、嫌味だけど事情が事情なだけに文句が言えない女がそばにいたほうがよいでしょ)

原作を変えてしまったのはグレイスなのだから、必要であれば最後まできっちりケアをするのが当然だろう。

　というわけで、グレイスが教会でやることは決まった。

（アリアちゃんへの、ダル絡みだ！）

＊

　それからグレイスは教会へ向かうたびに、コンラッドに体の検査を受けつつ、アリアと一緒に神術を学んだ後、彼女に絡む、というのを繰り返していた。

　初めのうちは神術の学びの時間が終わるとすぐに出て行こうとしていたアリアだった。が、出て行ってからどんなに無視しても絡まれることに嫌気が差してきたのか、五回目のダル絡みでとうとう白旗を上げる。

「〜〜〜〜っ！　あー分かりました、分かりましたよ！　わたしが悪かったです、これでいいでしょう!?　なのでもう、わたしに関わるのはやめてください！」

　半ばやけ、というかまったく謝罪の意味を成していない謝罪に、グレイスはほのぼのする。

（天才とはいえ、こういうところはまだまだ子どもね）

　こういうところにイラッとしないと言えば嘘《うそ》になるが、しかしアリアは天才少女として作中で描かれていたこともあり、イライラよりはほのぼのとした気持ちが強い。

何より、精神的に優位に立てている気がして、少し嬉《うれ》しくなった。その辺り、グレイスもまだまだ子どもである。

ただ別に謝罪をして欲しくてダル絡みをしていたわけではないので、再び訂正を入れる。

「あ。私は別に、アリアさんに謝ってもらいたくて付きまとっていたわけではないから」

「は？」

「私、ぼっちなので、友達になりたいなと思って絡んでいただけよ」

「…………馬鹿なんですか？」

そうしたらなぜか、理解できないものを見るような目で見られてしまった。

（ひどい、本音なのに）

「ええーひどいわ。本当なのに」

そう泣きまねをしながら言えば、なおのこと気持ち悪いものを見る目を向けられた。

「そういうのはもう間に合っているので、結構です」

「え、間に合っているって何……？」

「……ここの司教様が、いかにもな目でわたしに接してくるんですよ。それだけです」

（司教？）

グレイスは首を傾《かし》げた。

この中央教会においてのみだが、一番偉いのは大司教である（大司教がいるのは中央教会のみなので)。

次に偉いのが司教、その次が司祭、最後に神官という形だ。神官の中にも序列はあるらしいが、まあ大まかな序列はこれだけ覚えておけばいいだろう。

つまり、司教というのは本来、教会のトップなわけだ。

なのでそういう意味で、今後の成長を期待できるアリアに対して親切にしているのでは？　と思ったが、何やら引っかかるものがあり、グレイスは考え込む。

そして思い出した。

(あ、そうだわ。ここの司教、貴族たちにすり寄って悪事を働いていて、アリアちゃんが宮廷勤めになって初めに裁かれることになる人じゃなかったっけ)

名前は確か、マルコム・フィッツだったか。

しかも、確か幼女や少女といった若い女性のことが好きで、大司教であるコンラッドが亡くなってから教会の子供たちに手を出す下種《げす》野郎だ。

幸いというべきか、アリアはコンラッドが存命中に全寮制魔術学園に通い始めるため、難を逃れたとかだった気がする。

なのでアリアのこともおそらく、そういった嫌らしい目で見ているのだろう。それを察知するとはさすがと言うべきか。

「……いや、待って？　私もその司教様と同じ枠なのっ？」

「……あなたのはなんていうか……まるで我が子を見るような、慈愛に満ちた目、というか……」

「え、ならなおさら、なんで間に合っているの!?」

「……歳不相応で、不気味なんです。どういう意図か分からず気味が悪いという意味で、司教様と同類です」

（なおのことひどい）

その発言には、ちょっとだけ傷ついたグレイスだった。

＊

「……というわけでリアム様。大司教様にお話を通してくださり、ありがとうございます。お陰様で、とっても素敵な友人もできました！」

リアムの屋敷に滞在してから三週間経《た》った朝。

グレイスはリアムと一緒に朝食を取りながら、そう言った。

グレイスが神術を学ぶようになってからは忙しく会う機会も減っていたので、これは久しぶりの交流と言える。

（仮面舞踏会から一週間経ったし、近づきすぎた距離を空けるにはちょうどいい期間だったかも）

それに、グレイスが故意に避けたのではなく、お互いに忙しくなってしまったことで交流が減っただけなので、罪悪感を抱かずに済むのがよかった。

今日の朝は焼きたてのふかふか白パンにルッコラのサラダ、アスパラとベーコンのポーチドエッグのせだ。かかっているソースが濃厚で美味《おい》しく、もう一皿お願いしたくなる味だった。そのおかげでフォークとナイフを動かす手が止まらない。

（卵料理で特に最高なのは、この半熟の黄身を割って他の食べ物に絡める瞬間よね！）

ここが実家であったなら、はしたないとは知りつつもパンにつけて食べていた。ただここではさすがにやらない。それが結構残念である。

グレイスが朝食の美味しさに喜びつつも色々なものをこらえている一方で、向かいに座るリアムの手がぴたりと止まる。

「……友人、ですか？」

「はい。まだ十歳の少女なのですが、頭が良いので将来が期待できる少女でして。ちょっと、いえかなり……まあまあ、可愛《かわい》げのないところもあるのですが、それも含めて可愛らしい子なんです」

「可愛らしい……です、か……」

（なんだか愕然《がくぜん》としている様子なんだけれど、私おかしなことを言ったかしら……？）

そう思ったが、アリアはリアムの甥《おい》の妻（予定）だ。つまり、遠からず家族になるということである。ここで知っておいても問題はないだろう。

予定と一応言ったものの、グレイスがこうして半強制的にリアムの婚約者になりかけているところを見ると、妻（確定）と言ってもいいかもしれない。

（それに、リアムがアリアちゃんのことを知れば、その才能を見込んでもっと早く学園に通う準備が進むかもしれないわ。そうしたら、私が一年早く小説の内容を進行させてしまったことの帳尻が合うかも）

リアムが闇堕《やみお》ちしないように、グレイス自身も細心の注意を払いつつ全力で止めるつもりではあるが、それでもこのよく分からない強制力のようなものがそこでも働いたとすれば、闇堕ちラスボス化の確率はゼロではない。

その保険の意味でも、アリアの成長はなるべく早いほうがいいとグレイスは考えた。

なんせ、リアムが闇堕ちしてラスボスが勝利するということは、この国の滅亡を意味する。

『滅びようとしている国を救う聖なる花＝アリア』という意味でつけられた『亡国の聖花《せいか》』という小説のタイトルが破綻してしまうのは、大変まずいのだ。

そしてそのためには、外部からの刺激、もしくは才能を見込んで力を貸してくれる権力者が必要になる。それに、リアムはうってつけだ。彼がアリアを危険視する可能性も上がるが、それよりも速いスピードで成長してくれればこっちのものである。

（もちろん、それをアリアちゃん自身が望んだら、だけれど……）

人の心は、グレイスの思惑通りには動かないのだ。それは当たり前である。

とりあえずグレイスは、自身の読みの甘さを嘆きつつも、「そんな理由で私を選ぶなよ！」と内心リアムに対して改めて毒づいた。保険のために、展開を軌道修正する身にもなって欲しい。

そんな下心もありつつ、グレイスはアリアのことをリアムにさらにアピールすることにする。

「なんだかんだと口では文句を言いつつ、私に神力の詳しい使い方を教えてくれたのです」

『まあ、あたしもレクチャーしたけれどね』

「その節は本当にありがとうございます、シャル様」

『ふふん。いい心がけね』

実際、神力というものがどういうものなのか、一番分かりやすく教えてくれたのはシャルだ。

なんせ、グレイスが神力というものがどういうものなのかすら理解できずにうんうん唸《うな》っていたら、こうアドバイスしてくれたのだから。

『あんた、なんでそんなに悩んでんのよ』

「え?」

『リアムの周りにずっと漂ってるじゃない。ここよりもずっと濃い神力が』

(あの話を聞いた瞬間、「それかあ!」ってなったものね……)

グレイスは以前、リアムのことを『天然の空気清浄機』と表したが、つまりあれである。あの「なんとなく空気が澄んでいる……」現象である。

同時に、小説内ではその辺りについて詳しく記載されていなかったことは気にかかる。が、とりあえずリアムのおかげで認識することができたことは大変喜ばしい。

グレイスがこの辺りで立ち止まってしまった一番の理由は、魔力が術者の内部から作り出される力だというのに対して、神力が空気中から集めるものだったからだ。

なので神力を感じてしまえば、あとはすんなり進むわけで。

そこに色々な意味でグレイスの状況を見兼ねたアリアが手伝ってくれたおかげもあり、かなり上達したのだ。

「というわけで、シャル様とアリアさんの助けもあり、無事自己防衛できるくらいの神術は使えるようになりました！」

「……そう、ですか」

「はい！　神術だけでなく魔術の才能もある少女みたいなので、将来は絶対に有望ですよ！」

「……将来……」

「まだ怪我《けが》したばかりの子猫のような態度を取られてしまいますが、そんなところも含めて可愛らしいので、これからもできるだけ仲良くしたいと思っています！」

そう、テンション高めに告げると、リアムが口を拭ってから言う。

「グレイスがそこまで仰《おっしゃ》る少女とは、気になりますね。わたしも、一度同席しても構いませんか？」

「私は大丈夫ですが……リアム様がいらしても問題ないのですか？」

「はい。中央教会では三日後、月に一度の礼拝が開かれますから。私は毎回参加していますし、そのタイミングであれば周囲から怪しまれることもないでしょう」

（あー、なるほど。それは確かにうってつけね）

他の教会が週に一度礼拝を行なうのに対し、中央教会の礼拝は月に一度だ。これはそれだけ、中央教会の礼拝が特別な意味を持つ、ということでもある。

理由は二つ。

一つ目は、大司教が開くものだから。

そしてもう一つが――リアム・クレスウェルこと、聖人公爵が参加するからだ。

ただでさえ浄化作用の強い教会内に、天然空気清浄機の聖人公爵が現れる。

当然、人々はその礼拝に参加したがるわけで。

大司教がいる間は、貴族と庶民の枠こそあったが事前の抽選で決めていた。

（まあこれも、大司教様が亡くなってから大きく変わってオークションみたいな扱いになり、貴族を含めた多額のお布施を寄付できる金持ちたちだけが参加できるイベントに変わってしまうのだけれど……）

そしてこれを主導していたのも、例のロリコン司教ことマルコム・フィッツである。

そう考えると、マルコムの存在は割と害悪な気がしてきた。

（マルコム、この辺りで手を打っておく？　いやいや、あれはアリアちゃんが宮廷内で昇進するきっかけとなった案件だわ。それを私が取ってしまったら、あとから問題が起きそうな気も……）

ただここまで害悪だと、周囲の人間をすでに相当苦しめている気もする。そう考えると、調べる必要がありそうだなとグレイスは思った。

（どちらにしても、情報を集めないと裁くこともできないものね）

この件に関しては、グレイスの小説知識が活用できないのも痛い。せめて目星でもつけられたらよかったのだが。

ただリアムがアリアに興味を抱いてくれたのはよかったと思う。

（一応、作戦は成功かしら？　ならよかった！）

そんな風に思考を彼方《かなた》へと飛ばしていたグレイスは、「それはとても楽しみですね」と言うだけでリアムの様子に注視していなかった。

だから気づかなかったのだ。リアムが「アリアですか……」と呟《つぶや》いていたときの表情が、他人に興味を抱いたときの顔ではなく、相手を警戒したときの顔だったということを。

＊

それから日が経ち、三日後。

中央教会の礼拝が開催される日になった。

もちろんというべきか。グレイスは礼拝には参加しない。現在はあくまで匂わせ期間なのだ。情報解禁するにしても、タイミングは重要である。

かといって、グレイスの教育係を担っている大司教のコンラッドも、礼拝には参加しないといけない。彼を目当てに来ている人が多数いる中で、わざわざ自分を構って欲しいなどとは言えない。

ということでグレイスは、アリアと一緒に教会内を探索することにした。

「なんでわたしまで一緒に探索を……」

「アリアさんは礼拝に参加しないと言うし、私がまだ、内部構造をしっかり確認できていないからよ。道案内よろしくね、アリアさん」

「……まあ、あなたを一人で歩かせて、道に迷われるよりはいいでしょう」

そんな感じで、アリアは渋々了承してくれた。

最近はこんな感じでいやいやながらもグレイスのやりたいことに付き合ってくれるので、ツンデレなのではないかと密《ひそ》かに思い始めている。

(本人に言ったら絶対、「こいつ何言ってんの？」って目をされるから言わないけれど！)

それに、グレイスは何も考えなしに探索をしようと言っているのではない。

できれば、ロリコン司教ことマルコムのことを知れないか、と思ってきたのだ。

まず情報を得ないことには意味がないし、現状でどんなことをしているのかの判断もつかない。

そして運が良ければ、犯罪の証拠となる何かを見つけられるかもしれない。

即決即断、有言実行が今のグレイスのモットーである。時間もさほど残っていないのだから、生き残るためにはなんでもするしかない。

（未《いま》だに、死亡フラグは立ったままなんだからね……！）

そう。一番不可解なのは、格下貴族の小娘相手にあれだけコケにされたにもかかわらず、なんの音沙汰もないリアムの伯父、ことケイレブの存在だ。

（あの人、作中でもリアムの母親……つまり自分の妹が皇后に選ばれたことをいいことに、まるで自分自身が皇族みたいな態度を取るようになったって書いてあったし。あれだけ言えば、絶対に手を出してくる程度には短絡的なタイプだと思ってたのだけれど）

しかも、皇后が亡くなってから調子に乗り始めたらしいので、人として本当にひどい。

まるでリアムの父親のような態度を取って、横暴を働いている。そんなケイレブにリアムが手を出せないのは、少なからず血のつながりがあること、そして自身の愛する母親の名誉を傷つけたくないからだ。

（けれど、ケイレブってそんなことを考えられるほど頭がいいのかしら？）

そこが気にかかるところだ。もし黒幕《ブレーン》がいるのであれば、ケイレブの行動の不可解さに説明がつく。グレイスがリアムと婚約するに当たり、身の安全を確保するために早々に引っ越してきたのにも気づいたところを見ると、この線がかなり怪しいのではないだろうか。

（問題は、あの高慢で格下相手には絶対に言うことを聞かないケイレブに、誰が意見できるのかってことよね……）

グレイスはうーんと唸った。

ケイレブが意見を聞くとしたら自身が伯爵なので、侯爵位以上の人間だ。それも発言力がある人間である。

ただそういった人間は皆皇帝に忠誠を誓っている者たちばかりなので、誰なのかはまったく見当がつかない。

（というかそれ以上に高位で適任な貴族がいないから、ケイレブがもてはやされているのよね。もちろん、血縁関係にあるのは大きいけど）

他にケイレブが言うことを聞きそうな人は誰だろう。

そう考え込んでいると、となりにいたアリアが胡乱《うろん》な眼差《まなざ》しを向けてくる。

「……あの。考え事をしたいのであれば、一人でしていていただけませんか？　もし必要ないなら、わたし勉強がしたいので」

「ああ、ごめんなさい。……って、アリアさん、なんの勉強をしているの？」

「魔術を含めた、一通りの学問です」

グレイスは思わず、目を瞬かせた。

（あれ？　アリアちゃんが勉学に勤しむようになったのって……例のあの件が原因じゃなかった？）

そう、アリアがひどいことを言ってそのまま亡くなってしまった……という、貴族令嬢の話だ。

グレイスは確かにあの一件でアリアが小説通りに心の傷を背負わないようにというファン精神から、自身の魔力が使えない話を出したのだが、それがそんなにも心に響いたのだろうか？

（うーん、でも、大したことじゃあない気がするのだけれど）

実際、グレイスはそれで命が脅かされてはいないし、生活に不自由はなかった。魔導具があったというのはあるが、一番の理由は前世の記憶だろう。家電こそあったが魔術はなく、自分でできることなどたかが知れていた。

そして現在、家電が魔導具へと変わっただけで、生活に不自由はない。

また元々が貧乏だった今世の記憶も相まって、帝都の最先端魔導具など元から使ったことがないのもあり、余計不自由と思わなかったのだと思う。

なのでグレイスはそのことを、まあいっか、で流した。

アリアが勉学に興味を抱いてくれているならば、グレイスとしても御の字なのだ。口を挟むまい。

そう思い「それはいいことね、アリアさんならば学園にだって通えるだろうし」なんてにこにこしていたら、ますます気味の悪いものを見るような目で見られる。

「……それ、本気で言ってます？」

「え？　もちろん」

（私の死亡率が下がる可能性が高いし……それに、アリアちゃんが大成すれば、この国の医療分野が劇的に変化するわけだから）

神術も魔術も、習得まではかなりの時間を要する。

それを両方習得し、挙句「薬術」という新たな術式まで作り上げて多くの人間が使えるよう、そして救えるように尽力した彼女の才能は、本物だ。その第一歩ともいうべき学園への入学を、グレイスが喜ばないわけがない。

（もしかしたら、このわけの分からない私の体質もアリアちゃんの治療術で治せるかもしれないし）

改めて、下心がバリバリで恥ずかしくなってきた。ただこれが自分の行動定義なので、こればかりは致し方ない。

そんなことを思っていると、アリアが何か言いたげな顔をしてこちらを見てくる。なんだろうと思いアリアを見つつ首を傾げたときだ。

「……おや？　アリアじゃないか」

誰かが声をかけてきた。グレイスは内心舌打ちをする。

（ちょっと、今アリアちゃんが発言しようとしたのに、それを遮ってくるって一体どういう了見よ？）

そう思い腹を立てたが、グレイス以上にアリアが身構えるのを感じ、ぴたりと動きを止める。

「……フィッツ司教様」

そして名前を聞いた瞬間、グレイスはすべてを理解した。

（ふうん？　この男が、例のマルコム・フィッツね？）

小説では名前しか出てこない端役なので見た目を知らなかったが、どちらかといえばイケメンな顔をしている。歳は三十代後半といったところか。茶色の髪に深い緑色の目、柔和な顔立ちは結構爽やかだ。

まあ、四六時中リアムを見ているグレイスからしたら、中の上くらいだったが。

しかもこれで中身がロリコンだと思うと、より色眼鏡で見てしまう。

グレイスがそんな失礼極まりないことを考えているなど知らず、マルコムはアリアを見、そしてグレイスを見てからぺこりと頭を下げる。

「初めまして、ターナー嬢。わたしはマルコム・フィッツと申します。以後お見知りおきを」

「初めまして、フィッツ司教様。司教様のような方に名を知られているだなんて、光栄ですわ」

にこりと微笑《ほほえ》みながらそう言うと、マルコムは同じように笑みを返してくる。

「それはもちろん、覚えておりますよ。大司教様が目をかけていらっしゃる方ですから。それに、神獣様もお連れですし」

「そうでしたか……」

会ったこともないのに名前を覚えていたことに違和感があったのだが、そう言われてしまえば納得せざるを得ない。

(けれど、要注意人物なことには変わりないわ)

グレイスがそう思いながら腕の中のシャルを撫《な》でていると、マルコムは首を傾げる。

「ターナー嬢は、アリアと仲がよろしいのでしょうか？」

「はい、よくしていただいています」

「そうでしたか！　ならばわたしも嬉しいです。アリアは中央教会で引き取っている他の孤児たちとあまり親しくないので、友人がいるか心配で……」

「……心配していただかなくとも、友人などいなくても生きてはいけます」

あまりにもつっけんつっけんした態度に、見ているグレイスの居心地が悪くなってくる。ちなみにシャルはこんなときでも何も変わらず、グレイスに『もっと撫でなさいよ』と尻尾をなびかせながら無言の圧を送ってきていた。

なのでシャルを撫でつつ、グレイスは事の成り行きを窺《うかが》う。

「そうは言うけれど、人は一人では生きていけないものだよ、アリア。助け合うからこそ、人は生きていけるんだ」

「ですがそれは別に、この教会で作らなくてもよいものでは？」

「……この教会でできていないことが、外でもできるとは思えないな」

「大きなお世話です」

（本当に大きなお世話ってやつね……）

グレイスは二人のやりとりを見て、マルコムに対してそう思った。

というのも、アリアは別に人付き合いが苦手なのではない。魔力の暴走によって友人たちに怯《おび》えられ裏切られてしまったためにひどく傷ついて、距離を置いているだけだった。

そういうものは信頼できる人と時間がゆっくりとだが確かに解決してくれるものだと、グレイスは知っている。

（それに、大司教様がいらっしゃるもの。小説でもアリアちゃんの対人恐怖症はあの方の見極めもあって、学園へ通う頃にはすっかり良くなっていたはず）

それに対してマルコムの発言は、一見正論だがアリアのことを考えてはいない、一般論ばかりだ。アリアの過去を知っているはずなのにこんな発言しかできないなら、それはアリアの言う通り大きなお世話でしかない。

この世は、正論だけでは上手《うま》くいかないのだから。

もちろん、アリアの態度はかなり刺々しいので、大人としてはちゃんと教育をする必要があると思うのは当たり前かもしれない。が、それはアリアの教育を担当しているコンラッドが判断することで、マルコムが口を出す問題ではないとグレイスは思う。

この様子では、アリアがマルコムを嫌うのも無理はないなとグレイスは嘆息した。おためごかしの言葉など、今のアリアには逆効果だろうから。

しかしグレイスがそう呆《あき》れている中で、二人のやりとりはよりすれ違っていく。

「そもそも、会うたび会うたび一体なんなんですか？　大きなお世話って言葉、知ってます？」

「……大人に、そんな口の利き方はないだろう。わたしはアリアのことを思って、」

「本当にわたしのことを思ってくれているなら、放っておくのが今は一番だってこと、分からないんですか？」

「……アリア」

（なんでこの人、こんなにもアリアちゃんに突っかかってるのかしら）

話を聞いている限りだと、別に今回初めて言い争うのではない雰囲気だ。

さすがに見ていられなくなったグレイスは、シャルを抱え直しながらにっこりと微笑む。

「あの、そのやりとりは私がいる前でしなければならないことでしょうか？　アリアさんは今、私と一緒にいるのですが」

「……それは……」

そう。そもそも、なぜグレイスがいる目の前でこんなやりとりをするのか。気が知れない。

（それって、私を軽んじているってことよね）

グレイスは肩をすくめた。

「まさか司教様ともあろうお方が、客人の前でそんなことを仰るなんて思いませんでした。あまりにも驚き、言葉を失ってしまったくらいです」

「……貴族の方であろうと、この教会の中では皆立場は等しいです。もしや、貴族であることを誇示されるおつもりですか？」

「あら、私、間違ったことをお伝えしましたでしょうか？　それに……それを、司教様が仰るのですか？　今この場で私とアリアさんにご自身の立場を強調なさった態度を取られているのは、司教様ではございませんか」

にっこりと微笑めば、マルコムの表情が一瞬こわばる。

その隙に、グレイスはシャルを肩へと誘導した。そしてアリアの手を取る。

「それでは行きましょうか、アリアさん。……ああ、司教様、素敵なご指導を拝見させていただきました。ありがとうございます」

そう言い残し、普段から使っている部屋に引っ込めば、アリアがおずおずと口を開いた。

「……その、ありがとうございました」

「いいのよ。だって私も腹が立ったし。正論だけれどまったく的外れなことを言う大人って、嫌ね」

そう言えば、アリアは虚を突かれた顔をする。しかしそれも一瞬、彼女はすぐに破顔した。

「……ええ、本当にそうです」

「ね。アリアさんがあの人を嫌う理由が分かったわ」

「……それに、勝手に物も贈ってくるんです。服とか髪飾りとか。あの人の目と同じ色をしたリボンを贈られたときには、さすがにぞっとしました」

「え。それはさすがに、普通に気持ち悪いわ……」

瞳の色と同じ色をした物を贈るのは、帝国の文化的に「私はあなたに気がありますよ」というのと同じことだ。この辺りの常識は、貴族でも庶民でも変わらない。

なので完全にただのロリコンであることが分かり、グレイスはぞっとした。シャルですら『え？正気なのあの司教』とドン引きしていたので、これがどれくらいの気持ち悪さなのかが知れよう。

しかしアリアは、ますますぞわっとすることを教えてくれる。

「しかもあれ、私だけじゃないんです。他の女の子たちにも贈ってます、あの人」

「うわあ……」

「その子たちが言うには、つけるといい夢を見るとか、気分が晴れやかになるとか。けどわたしは気持ちが悪いので、引き出しにしまったまま使っていません」

「それがいいと思うわ……」

たとえ少女に対しておまじない的な意味で渡したのだとしても、グレイスはマルコムがロリコンだということを知っているため、気持ち悪さが募る。そのため、思わずそう言ってしまった。

すると、アリアはますます笑う。笑って、ぽつりとつぶやいた。

「……ごめんなさい。あなたは、あの人とは似てなかったみたいです」

「……え？」

（え、あ……そ、そういえば！　私、マルコムと似てるって言われてた！）

今更ながら思い出し、グレイスは戦慄した。あんなロリコンくそ野郎と一緒にされていたとは。

（いや、でも違うって言ってもらえたし、私もマルコムの人柄について把握できたから、今回の件は良かったの……？　え、さすがに複雑……！）

そんなこんなでグレイスは、リアムとコンラッドがくるまでの小一時間、悶々《もんもん》とした思いを抱えて過ごしたのだった。


グレイスがアリアの発言に悩み、アリアが自主勉強をしてから早数時間が経った。

そうしてやってきたリアムとコンラッドの姿に、グレイスはほっとする。ただ、その目が綺麗《きれい》な紫色ではなく、どこにでもありそうな青色だったことには驚いたが。

(あーもしかして、アリアちゃんにばれないようにするため?)

紫色の瞳は、皇族の証《あかし》だ。

そして紫色の瞳で成人した男性ともなれば、帝国では二人しかいない。皇帝とリアムだ。

リアムのことなのでそれが思いやりなのかどうかはともかく、意図があってしたことだということは分かる。だからグレイスは黙っていた。

そんなリアムは来て早々、こう言った。

「グレイス。あなたはコンラッド大司教と、別室でいつも通り神術の訓練をしていてください」

「えっと、それは……」

「彼女と、面と向かって話がしたいと思っていまして」

リアムがこのようなことを言うのは、かなり珍しい。なんせ、何にも無関心だからこそ今まで浮いた話一つなかったからだ。

それだけ興味を抱いたのかな？　とも考えたが、腑《ふ》に落ちない。それがなんとなくもやもやする。

それが表情に出ていたのか。リアムは目を丸くした後、にこりと微笑んだ。

「安心してください。わたしの心を摑《つか》んで離さないのは、この世でグレイスだけですよ」

「…………行ってきます」

気にして損した気分になりながらも、グレイスはコンラッドと一緒に部屋を後にしたのだった。

＊

リアム・クレスウェルは、訝《いぶか》しんでいた。アリア・アボットという少女を。

正確に言えば、グレイスが一瞬で心を許した『アリア』という少女に対して、不信感と苛立《いらだ》ちをまぜこぜにした感情を抱いていた。

というのも、リアムから見てグレイスは「とても警戒心が強い女性」だったからだ。

リアムと初対面の頃から警戒心が強い様子だったし、リアムの伯父であるケイレブに対しても大胆ではあったが慎重かつ冷静な対応をしていた。

またリアムと一緒に過ごしていても、あまり心を開いてくれる感じがない。

シャルに対してだけは例外だったが、それも相手が動物だということもあり、あまり気にしたことはなかった。

第一印象からそんな感じだったので、きっとそれがグレイスなのだろう、と思っていたのだ。

それなのに、どうだろう。

アリアという少女に、グレイスはひどく心を許しているようではないか。

リアムにはあまり見せない笑顔を見せてもいたし、何より彼女の話をするときは楽しそうだった。

自分と一緒にいるときよりも、だ。

それだけならばまだしも、大司教であるコンラッドから話を聞いた際、リアムは耳を疑った。

……ただの少女相手に、グレイスが自身の特異体質のことを話した？

それは、衝撃としか言いようがない。

だってそれはグレイスにとって、何よりも知られたくない秘密のはずだからだ。

なんせ、魔力が使えない人間は、迫害の対象になる。魔力が夫婦神の片割れである母神に由来するものだからだ。

母神から力を分け与えてもらえなかった落ちこぼれ。

それが、人々からの認識である。

それを避けるため、皇族はそういった先天的に特異性のある人間を教会に集め、神術が使えるように教育を施すよう、教会側に働きかけた。それも秘密裏にだ。

権力者がそういったことを大っぴらにすると、より反発心を高めてしまうという当時の皇帝の意向だった。リアムもきっと同じようにするはずなので、その対応は正しかったと思う。

そうすることで、「父神の力が使えるのであれば、夫婦神はその人間を見捨ててはいない」と人々に認識させたのである。

その努力の甲斐《かい》もあってか、今は魔力なしの人間に対する迫害は減った。

しかしそれでも、多くの人間が使えるものが使えないというのは、どうしても軋轢《あつれき》を生む。なので隠すことが多いのが現状であった。

そして後天的に魔力が使えなくなったグレイスは、その中でもより一層特異だった。

グレイスが教会に通っている間、リアムも色々と調査を進めたが、そういった事例は数少ない。

それが貴族ともなると、ゼロに等しかった。

当たり前だ。そんな家の恥を、貴族が晒《さら》すわけがない。

グレイスが言いたがらなかったのも、そういった側面もあるだろうなとリアムはそのとき思っていたのだ。

だからリアムはグレイスが「神術を学びたい」と言ったとき、彼女はこういった迫害を見越してそのような発言をしたのだと思っていたし、なおのこと慎重で賢く、警戒心が強いのだなと思った。

なのに、それを初対面の少女に打ち明けたのだ。

あまりのことに、聞いたときは頭を抱えたものである。

しかしそうまでして友人だと言い、親しげな様子を見せる少女のことは、なお気になる。

また、叶うならば一度会って、釘《くぎ》を刺しておきたいとも思っていた。

それがリアムが、アリアに会うと決めた理由だ。

そして改めて顔を合わせ、リアムは首を傾げた。

グレイスは一体、この少女の何に惹《ひ》かれたのでしょう？

ぱっと見、分からない。ただ、賢い少女だということは分かった。

コンラッドに「身分は明かさず話したい」と言っておいたので、リアムが誰なのか知らないはずだし、瞳も変えているから皇族であることは分からないはずだが、緊張した面持ちで向かいに座るリアムを見つめている。

リアムは、自身の表情を意識しながら、口を開いた。

「初めまして、僕の名前はリアム。グレイスが君のことをとても気に入っていてね、君と話してみたいと思っていたんだ。僕は彼女の、婚約者だから」

「……そう、ですか」

「アリアさん、と呼んでも構わないかい？」

「はい」

リアムは普段とは違う言葉遣いを、ごくごく自然に口にした。

真実の中に、嘘を混ぜる。

それを自然に行なうことは、リアムにとって何一つとして難しいことではない。

その上で、相手に自身が望む行動を取らせることは、そう難しいことではない。

今までだって、そうしてきたのだから。だから今回も同じようにするだけだ。

そう思いながら、リアムは口を開く。

「一つ、確認したいんだ。アリアさんはグレイスのことを、どう思っている？」

「……どう、とは……」

「うん、そうだね。僕が聞きたいのは……彼女に対して、悪意を抱いているかどうか、だ」

リアムはにこりと微笑んだ。

「大司教から聞いたよ。君はグレイスから、彼女の特異体質についての話を受けたって」

「っ、」

「グレイスがどういった意図でそれを話したのかは分からないけど……君はそれを聞いて、その情報を利用しよう、とは考えたかな？」

「……」

動揺した様子のアリアが唇をぎゅうっと噛むのを見て、リアムはアリアの性格を悟った。

この少女は、どうしようもなく善良である、と。

事前に生い立ちも調べたからこそ、なお思う。善良で、正義感にあふれ、そして頭の回転が速い少女だ。グレイスが将来有望と言ったのにも頷ける。

コンラッドが目をかけているという点からも、きっと大成するであろうということが窺えた。

ただどちらにしてもそれだけで、グレイスが特異体質を打ち明ける理由にはならないが。

そう考えていると、アリアが意を決したように口を開く。

「……ターナー様のお話を聞いて、驚きはしましたが……それを利用しようとはまったく思いませんでした。ただ……罪悪感は感じています」

「罪悪感？」

「はい。ターナー様がわたしにあの話をなさったのは……わたしが彼女にひどいことを言って、そしてそれをたしなめるためだったからです」

リアムはアリアから詳細を聞いた。そして、あまりにも大胆で無鉄砲な献身に、内心頭を抱える。

――そうまでして、この少女に目をかける理由が、あるというのでしょうか……？

リアムが口元を押さえながら黙り込んでいると、アリアが少しだけ前かがみになって言った。

「もし、信用できないのであれば、宣誓しても構いません！」

「……宣誓か」

宣誓というのは、神の前で言葉による契約を結ぶ方法だ。

それを使い秘密保持の宣誓を行なえば、誰であってもその話題を口にできなくなる。

当事者同士がいなくても、神の前、司教クラスの人間が立ち会えば、宣誓は行なうことができた。

そして口にしようとすれば、契約違反として罰が与えられる仕組みとなっていた。軽度で痛み、ひどい場合は死に至る。どちらにせよ、その苦痛は計り知れない。なので相当な覚悟がない限り宣誓したがる人間はいない。

そう考えると、アリアという少女はますます善良であることが証明された。

何より、リアムといてもあまり彼の体質の影響を受けていないのにも驚く。まさかそんな人間と、こうも出会うとは。

――今は確かに、皇族の力の源である目を隠していますが……それでも、ある程度は影響を受けるはずです。

リアムが出会った中で彼の気に当てられない人間は、皇家の血を継いでいる者、そしてその伴侶たちだけだ。つまり国内だと、皇帝である兄の妻、皇后くらいなものである。

ただ別にアリアには、グレイスのときに感じた衝撃はなかったが。

グレイスの審美眼を褒めればいいのか、なんなのか。

リアムは色々と考えそうになり、しかしそれを途中で打ち切る。今この場で考え込んでもらちが明かないことは明白だったからだ。一度、グレイスと腰を据えて話し合う必要がある。

とりあえずリアムは、一つ頷いた。

「宣誓は、ぜひしてもらいたいな。大司教には話をしておくから、お願いできるかな？　それくらい、重大なことだから」

「そう、ですよね。ですが……あなたのような方がそこまで心配なさるのは、婚約者だからですか？」

そこまで言われて、リアムはぴくりと肩を震わせた。

――確かに、わたしがここまでしてグレイスの秘密を守るのは、どうしてなのでしょう。

そもそも、グレイスに目をつけたのはその立場からだ。しかし魔力なしという欠点を周囲に明かしたほうが、リアムがより皇位に興味がなく、また権力から遠ざかろうとしていることが分かるだろう。周囲からの反対はすさまじいだろうが、リアムが盲目的にグレイスを愛しているという証拠にもなる。

なら、グレイスの特異体質を隠す理由は、ないはず。

なのにリアムがそれを隠す理由は、なんだ。

――グレイスが絶対に傷つくことが、分かっているから。

リアムは、家族に自身の体質のことを知られることを恐れていたグレイスの姿を思い出した。

彼女は気丈なように見えて、ただのか弱い少女だ。周囲から後ろ指を指されれば傷つくし、苦しむだろう。その要因に自分が関係しているとなれば、なおのことだ。

だってグレイスは、リアムと婚約さえしなければ、そんな思いをしなくても済む。

リアムの都合で彼女と婚約をする以上、できる限り苦痛は与えたくなかった。

彼女は、リアムに安らぎと抑え込んでいた感情を与えてくれる唯一の存在だから。

――感情を出すのが怖くないと感じたのは、グレイスといるときだけだった。

――必要最低限の食事を『美味しい』と感じたのは、グレイスといるときだけだった。

――眠ることが怖くないと感じたのも、グレイスがそばにいてくれたから。

――そして、嫉妬なんていう醜い感情を抱いたのも、グレイスが関係したときだけ。

彼女の瞳に映るのが自分だけであったら、と思う。彼女の秘密を知るのは自分だけでいいとも。

そこまできてようやく、リアムは自身がアリアに対して抱いた苛立ちの正体を悟った。

これは、嫉妬だ。

そして、グレイスにももっとリアム自身を見て欲しいと思うこの感情は――

そこまで考えて、リアムは思考を放棄した。胸の内側からどろりと、黒いものがこみ上げてきそうになったからだ。

それは決して比喩ではなく、確かに思考を巣食おうとする。

『――……チロ』

ざりざりと、耳障りなノイズと共に何か、聞こえた気がした。それを、リアムは敢《あ》えて無視して胸の奥底に沈める。今までと同じように。

そうしてにこりと微笑めば、アリアが驚いた顔をしている。

「え、あ、の……」

「……どうかしましたか？」

「その、霧みたいな……いえ、見間違いだったようです」

アリアは首を横に振った。何か見たような顔をしていたが、それを言う気はないようだった。

しかしリアムとしては、特に気にならない。なのでそのまま流した。

それと同時に、アリアを見る。

「それと、一つお願いが」

「……なんでしょう」

「グレイスは君のことを、友人だと言っていたんだ。彼女は貴族だけれど貧乏で、友人がいないみたいでね。そんなグレイスが友人だと言った君はきっと……特別なんだと思う」

「……特別……」

「だから、もしよかったらこのまま、仲良くして欲しい。君の話をするグレイスは、とても楽しそうだったから」

たとえ何があっても、グレイスがリアムに対して同じ視線を向けることはないのだろう。

そう思いながらもそれを奪うことはできず、中途半端な献身を続けるこの感情は一体なんなのか。

グレイスにそばにいて欲しいのに、婚約を思い直そうとしているこの矛盾した想《おも》いはなんなのか。

『……好きにはなりません。これは、お互いの利益のための契約結婚ですから』

そして、グレイスが以前言った言葉を思い出し、どうしてこんなにも胸が痛むのか。

――どうしようもなく、好きなのだ。

しかし自覚したことで、リアムはこれからグレイスにどう接したらいいのか悩む。大抵のことは思い通りにしてきた彼がここまで悩むのは、二度目だった。

一度目は、自身の心の闇を悟ったとき。

そしてそれは、グレイスのことをそれだけ重要視しているということでもある。

——どちらにせよ、グレイスのことを当初想定していたような。利用するだけの存在として扱うことができないことだけは、確かだった。

＊

「グレイス。少し、話をしましょう」

クレスウェル邸に帰宅して早々、グレイスはリアムにそう言われ、向き合う形で座らされていた。

何がなんだか分からない。しかし、ただならぬ様子なことは分かる。

（私、何かしてしまったかしら……）

そう思い冷や冷やしていると、リアムが真面目な顔をして言う。

「コンラッド大司教から聞きました。グレイス、あなたはアリアさんに対して、自身の体質のことを打ち明けたそうですね」

「え？　あ、はい。それが、何か……？」

「……それがどれだけの危険性を帯びた行動だったのか、自覚はありますか？」

「え？……え？」

思わず目を瞬かせていると、リアムは夫婦神の話を持ち出し、迫害される可能性があることをグレイスに伝えた。

それを聞いたグレイスは、顔を青ざめさせる。

（た、確かに考えてみれば、そうなる、わよ、ね……？）

しかしグレイス・ターナーとして生きてきた中でもそういった情報に触れる機会がなく、前世の知識にもそういったものはなかった。だからか、まったく思いつかなかったのだ。

きっと今日指摘されていなければ、グレイスはそれを自覚することすらなかっただろう。

爆弾を持ち歩いているのに、それを本人が気づいていない状況、というものだ。

最悪の事態を想像したグレイスが口元を手で押さえ、絶句していると、リアムが頭を抱えている。

こんなにも沈痛な面持ちをしているリアムは、初めて見た。

「わたしはてっきり、それを知っていたからこそ神術を学びたいと仰ったと思っておりました……」

「そ、その……無知で、申し訳ございません……」

生活にまったく不自由しなかったので、全然分からなかったのだ。

なんて言っても、無知なことには変わりない。しかもこの歳になってそのレベルのことを知らなかったとは、無知は恥とはよく言うものだが、事実だなとグレイスは思った。

グレイスが真面目に落ち込んでいると、リアムが慌てたような顔をする。

「いえ、以降、気をつけていただけたら、それで構いませんから……アリアさんはその点を、理解されているようでしたし」

「ほ、本当ですか……よかった……」

さすが小説のヒロイン。善性が違う。というより、それを知っていたから話したのだが。

（けれど、これに関しては圧倒的に私が悪い……）

そう思い猛省していると、安堵《あんど》したようなリアムの顔が視界に映った。

そこにあるのはただグレイスを思っての『安堵』で、裏があるような感じはしない。

どくりと、胸が嫌な音を立てる。

（……これまで、気のせいだって目を逸《そ》らしてきたけれど。小説内と違ってリアムは、私のことを本当の意味で大切に思ってくれているんじゃないかしら……）

そう思ってしまう程度に、小説内の行動と今のリアムの行動は、違っていた。

シャルを護衛につけてくれた件もそうだし、仮面舞踏会のときも、なんだか様子がおかしくて。

この指摘だってそう。

だってリアムとしては、グレイスが無能であればあるほど、ありがたい。彼は皇位からできる限り遠い位置にいたいのだから。

そしてグレイスが欠陥を持った人間であれば、今まで期待していた人間の中でも半分以上が、リアムから遠ざかるだろう。

代わりに、グレイスのところに糾弾するような人や言葉、ものが投げ込まれる。

ただこれも、小説通りの『リアム・クレスウェル』であれば、歓迎すると思うのだ。

なんせ今回、グレイスがやらかしたのは自分の無知が原因だ。そうなれば最初に契約した内容に適応しない。つまり、都合よくグレイスを利用できる。

そしてそれでグレイスが矢面に立つことになっても、むしろ好都合だと考えるはずだ。

だって小説内ではそうやって、自分は被害者の顔をしてグレイスを利用し、挙句見捨てたから。

それは、小説だからだろう、と思えたら簡単だ。しかし、小説と食い違ってきている点もあれば、妙な強制力のようなものが働いて、小説通りになったこともある。その最たるフラグが、婚約フラグだろう。

思うに、絶対に変えられないフラグというのが、この世界には存在するのではないだろうか。

そして。

（リアムが私のことを利用するというシナリオが、その『絶対に変えられないフラグ』だったとしたら……？）

そのときは間違いなく、破滅一直線だ。それは、恐ろしい。

恐ろしいと思うのに、どうしようもなくそれを信じてみたい自分もいて。

グレイスは、無意識のうちに言葉を発していた。

「リアム様はどうして、私にそこまでしてくださるのですか?」

「……それは」

「私には、自分に、そのような価値があるように思えません」

そう言えば、リアムが目を見開く。

グレイスは、その勢いのまま言葉を重ねた。

「私は別に、人から好かれる容姿をしていません。何より、自分勝手に生きています。そんな私を大切に思ってくださる理由が、私には分かりません」

改めて、まったく好きになる要素がない女だな、とグレイスは自分を客観的に見て思った。本当にどうかと思う。

すると、リアムは微《かす》かに笑みを浮かべながら言った。

「……前にも言いましたが、わたしの影響を受けず、わたしの話をちゃんと聞いてくれる。それだけで、価値があることなのですよ」

「そう言いますが、別に私以外でもいらっしゃるでしょう。アリアさんとだって、話していたではありませんか」

アリアは皇太子の伴侶となる少女なのだから当たり前かもしれない。が、その理論でいくとアリアにも可能性があることになる。

すると、リアムは首を横に振った。

「彼女とグレイスでは、まったく違います」

「違う、とは」

「……あなたといると、凍えたような気持ちがやわらぐのです。黒く塗りつぶされそうな心が明るく照らされるのです。……そしてひどく、許された気持ちになるのです」

許すとは一体何を？

眉を寄せ、首を傾げれば、リアムは妙に落ち着いた声で続けた。

「生きていることそのものを、許されている気がするのです」

「……え？」

「わたしは、生まれてはならない皇族でしたから」

「そんな、こと、は」

「皇族は皆、清らかな心と他人に尽くす心が備わっているものなのです。それが、神の血を継ぐ者の定めですから。——ですがわたしにはそれがなかった。それどころかいつも、自分の心が黒く塗りつぶされるのを恐れていました。今までの善行はそれを隠すため、そして家族のことを想っての、ただのふりです」

「そんな、こと、は……」

「いいえ。わたしはね、そんなふうにつまらない生き方しかしてこなかった、つまらない人間なのですよ」

淡々と、まるで物語でも紡ぐかのように静かに語るその声が、今は痛ましい。

しかしこんなふうにリアムが自分の胸の内を吐露するシーンは、小説内では独白にしかなかった。

そしてきっと今、グレイスが対面しているリアムも、本音を打ち明けたことはほぼないのだろう。

それは、今回の発言からも窺えた。

（……私はこれでも、リアムの言葉が嘘だって言えるの？）

『私が、あなたを好きになることは絶対にありません。あなたが、私を好きになることが絶対にないように』

『……好きにはなりません。これは、お互いの利益のための契約結婚ですから』

自戒も兼ねて、リアムに投げつけた自分の言葉が脳裏にこだまする。

どれが本当でどれが嘘なのか。グレイスにはもう、分からなくなってしまった。

（正直言って、ここまでつっけんどんとした態度を取れたのは、『彼が私を利用しようとしている』という前提があったから……）

けれど、それだけではなく、グレイスのことを考えての行動を見せられると、揺らいでしまう。

それに小説の件がなければ、グレイスはきっとリアムの言葉や行動をそのまま受け取れていた。

出会いこそあれだったが、普通に好きになっていたとさえ思う。そう思うと、何を信じていいのかさえ分からない。

言葉を失うグレイスに、リアムは微笑んだ。

「あなたがわたしを信頼できないのも、仕方のないことです。今まで、そういう生き方しかしてきませんでしたから」

「それ、は、」

家族のためでしょう。

そう言おうとして、グレイスはやめた。

この世界のリアムのことを、グレイスは実際に知らない。小説を知っているからこそ知っていただけだ。本当ならば知らないことをぺらぺらと話せば、気持ちが悪いものとして見られる。

そして気づいた。

(私は……一度でも、リアム自身を見たことがあったのかしら)

分からない。もう何も。

何が正しくて、何が間違っているのか。

そう思って、俯《うつむ》いたときだった。

ソファの端で成り行きを見守っていたシャルが、すっくと立ち上がった。

『リアム。小娘。例の人間が来たみたいよ』

「例のって……」

「……伯父上ですか」

ブッチン。

その名前を聞いた瞬間、グレイスの中で何かが切れて弾《はじ》けた。

（……あんの、くそ空気読めないオヤジ……こんなときに来なくても、いいじゃない？）

今グレイスは、リアムと大事な話をしているのだ。正直、お前などお呼びではない。

（ほんと、来い来い！　と思ったときには来ないくせに、こういうときにはまるで計ったようにくるなんて……許さない）

そもそも元から、待っているだけなど性に合わなかったのだ。結局こうなるのであれば、最初からもっと面と向かって戦えばよかったと思う。

グレイスはゆぅらりと立ち上がりながら、にっこりと微笑んだ。

「折角ですので私、リアム様の伯父様と今日こそ決着をつけてきますね」

「え」

『ふん、よく言ったわ小娘！　行くわよ！』

「はい、シャル様」

「え、ふたり、とも、少し落ち着い、」

珍しく動揺を隠せないでいるリアムをそのまま置き去りにして、グレイスはシャルと共に玄関まで向かったのである――

前回同様、二階の吹き抜けから階段に向かったグレイスとシャルを待っていたのは、前回同様執事長のロイドに食って掛かるリアムの伯父、ことケイレブだった。

（しまった。扇子でも持ってくればよかった）

あれは淑女の標準装備であり、悪役令嬢の必須装備だ。持つだけで戦闘力が上がったような気がする代物だとグレイスは思っている。

思いつつ、「まあシャル様がいるからいいか」とグレイスは開き直る。

状態としては『装備品：白猫（種族：神獣）』である。

シャルが聞いたら毛を逆立て、『何言ってんのよ!?』と怒り狂いそうだったが、幸いグレイスの心の中だけなのでシャルは当たり前のようにグレイスの腕におさまってくれた。

さあ、悪役令嬢の鉄板装備、扇子の代わりに神獣を携え、いざ決戦である。

「リアムはいるのだろう？　話をしたいから、わたしが来ていることを伝えよ」

「申し訳ございません。旦那様から、デヴィート伯爵がいらっしゃった場合はお帰りいただくようにと仰せつかっております」

「何？　わたしはあの子の伯父だぞ!?　馬鹿なことを言うな！」

「——馬鹿なことを仰っているのは、デヴィート卿《きょう》、あなた様のほうかと存じますが」

こつりこつり。

階段を下りながら、グレイスは冷たく言い放った。

すると、グレイスの姿を認めたケイレブが一瞬目を見開き、苦々しそうな顔をする。

「……婚約者気取りのみすぼらしい勘違い小娘ではないか。まだこの屋敷にいたのだな」

グレイスに対する悪意を隠そうとすらしないケイレブの態度と発言に、逆に感心した。

しかし、ロイドがものすごく怪訝《けげん》な顔をしている。

（そんな顔をしてもらえるくらい、私はこのお屋敷に馴染《なじ》んでいるのよね……）

生き残りたい。その気持ちは今も変わらない。

けれど、そのための方法をそろそろ、ちゃんと定めなければならないのだろう。

（思えばずっと、どっちつかずだったものね）

リアムに脅される形で婚約を結んだ後も、リアムのラスボスフラグを折ると言いつつ、あわよくば婚約者という立場から逃げ出せればと本気で思っていた。面倒ごとは嫌いだったし、自分とその家族さえ助けられればいいと思っていたからだ。

しかしリアムを含めた他の人たちに出会い、小説の内容だけではなく直《じか》に、その人たちの思いに触れてきた。過去に触れてきた。そしてどんな形であれ、今後降りかかるであろう災厄を避けるための行動を、取ってきた。

そうして、家族、リアム、クレスウェル邸の使用人たち、大司教様、アリア……守りたいものが増えた。助けたいものが増えた。

そうやって自分勝手に動いて、グレイスはもう十二分に、他人に影響を与えてきている。

（それなのにまだ、自分は安全なところで見ていればいいいって思ってしまう、けれど）

でも。

否、本気でリアムのラスボス化を止めたいのであれば、ちゃんと向き合わなくてはならない。

だって彼はまだ、善良なままでいたいと。そう足掻《あが》いているのだから。

それを止められるのは、これから先の未来を把握しているグレイスだけだ。

そのための一歩が、これである。

グレイスはシャルを抱えたまま、にこりと微笑んだ。

「ごきげんよう、伯父様。そのような品のないことをお言いになるだなんて、伯爵家の名が廃るのではございませんか？」

「……なんだと？」

「それに、今回リアム様に会いにいらしたのは、私の件でございましょう？　でしたら、私のほうからはっきりとお伝えさせていただきます――私、リアム様との婚約を取り止《や》めるつもりはございません」

ケイレブはより一層顔をしかめた。

「……それはお前のような小娘が決めることではない」

「あら、そう仰る伯爵様にも、決める権利はありませんでしょう？　リアム様は皇族であられます。

であれば、陛下の許可さえいただければ婚約することに何ら問題はないはず」

「わたしはあの子の伯父だ。口を出す権利がある！」

「後見人でもない方に、そんな権利があるわけがないかと思いますわ」

「なんだと!?」

（すごいわね。私よりもこの国の法律に疎いわ……）

グレイスが今持っている知識もあくまで小説に出てきた記憶だが、皇族の結婚の決定権は基本的にその親か、その代の皇帝にある。リアムの両親が他界した今、その決定権があるのはリアムの兄である皇帝だけだ。

それでもリアムがケイレブのことを注視しているのは、リアムが兄を気にして、問題を起こすのを避けているから。ケイレブがこの件で文句をつけてきた挙句、婚約者であるグレイスに危害を加えるのが分かっているから。

そして、契約関係にあるグレイスの身の安全を第一に考えているからだ。決して、ケイレブに口を出す権利があるからではない。

「そもそも、どうしてそんなにもリアム様の婚約に口を出そうとなさるのですか？」

「お前のような小娘との結婚が、あの子のためにならないからに決まっているだろう！」

「へえ？　では伯爵様は、リアム様ができる限り波風を立たせないように立ち回っておられることをご存じでしょうか？」

「……は？」

「あの方が、ご家族である陛下の害にならないよう、息をひそめておられることをご存じでしょうか？　そのために私を選んだことも、ご存じで？」

ケイレブがわけの分からないと言った顔をしてグレイスを見た。それに、彼女は溜息《ためいき》を零《こぼ》す。

「この際ですからはっきりと申し上げます。あの方は、権力に興味がおありではないのですよ。そう考えて立ち回っておられるリアム様の思いなど、デヴィート卿は何もご存じではないようですね」

「それが、どう、」

「――知らないことそのものが、あなたがリアム様のことを考えていないという何よりの証拠だと、申し上げているのです」

できる限り声を低め、地を這《は》うような声でグレイスは言った。瞬間、ケイレブが一瞬ひるんだ様子を見せる。

下手に甲高い声でヒステリックに叫ぶよりも、このほうがずっと効果がある。甲高い声は頭に入ってきづらいからだ。

これはグレイスなりの、ケイレブに対しての威嚇だ。

それに呼応するかのように、腕の中のシャルが耳を反らし、毛を逆立てる。瞳孔が広がり、牙を見せて怒りをあらわにする頼もしい相棒に背を押される形で、グレイスは言い放った。

「近日中に、リアム様との婚約を公表いたします」

「……なんだと？」

「正式に公表されれば、デヴィート卿の反対など取るに足らないものになるでしょうね」

そう言うと、ケイレブの顔が真っ赤になる。

「口の減らない小娘が……！」

そう言い、手を振り上げたケイレブに対して、グレイスは何も抵抗しようとも、避けようともしなかった。

（ここで殴られれば、それは十二分にこのクソ男を糾弾する理由になる）

執事だけでは目撃者として足りないが、シャルがいれば信頼性は高まるのだ。神獣は人間と違って嘘はつかないと、帝国民皆が知っている。

あとはすぐに医師を呼んで、診断書でも書かせれば完璧だ。ケイレブを社交界から追放したり、犯罪行為をあぶり出して社会的に裁く理由にはならないが、数年黙らせる理由には十分。

そう思い、グレイスは目を閉じた。

（ロイドは止めようとしてくれていたけど、あの距離では間に合わないし）

痛いのは一瞬であればいいなと、グレイスは思う。

しかしそうやって待ち構えていたらぐいっと。後ろに肩を引かれた。

（え？）

ぱしん。

そんな音と共に目を開けば、ケイレブの手首を掴む人が、グレイスを抱き締めている。

リアムだ。

彼は今までにないくらい感情を殺した顔をして、ケイレブを睥睨《へいげい》していた。

それに、ケイレブがびくりと肩を震わせる。

グレイスも驚いていた。リアムが怒りを覗《のぞ》かせる瞬間など、初めて見たからだ。

「……伯父上。どうぞお帰りください」

「リ、リアム……」

「――聞こえないのか？　帰れと言っている。わたしの選んだ婚約者に対して暴力を振るおうとする人間など、家族でもなんでもない」

絶対零度の声と共にそう言い放ったリアムに、ケイレブは顔を真っ青にする。

それはそうだろう。言われた対象ではないグレイスですら、恐ろしい。

（というより、敬語で話していないリアム、初めて見たわ……）

小説内だと終盤に敬語が外れたが、そのときの一人称は〝僕〟でこんな命令口調はなかった。この口調で話すと、リアムがまるで皇帝になったかのように見える。

口調一つでこうも雰囲気が変わるなんて、とグレイスは変なところで感心してしまった。

そんなケイレブを一瞥《いちべつ》したリアムは、それっきり興味をなくしたような無表情を作った後、グレイスを抱き上げさっさと二階へ上がってしまった。

リアムの腕の中で固まっていたグレイスは、私室のソファの上に降ろされてようやく、我に返る。

「あ、あの、リアム様……」

「伯父上の件、申し訳ありませんでした。わたしが波風を立たせないよう衝突を避けていたせいで、あなたにそのしわ寄せがいってしまいました」

「……そんなことは当たり前です。その契約に見合うだけの対価は、すでにいただいていますから」

リアムがいなければグレイスは、すべてを内緒にして神術を学ぶことなどできなかっただろう。治療効果に関しては未知数らしいが、グレイス一人だけで、またターナー家だけで解決するには、グレイスの抱える謎はいささか重すぎる。それを緩和してくれたのは間違いなく、リアムだ。

しかしリアムは首を横に振る。

「それこそ、契約内容のうちです。……本当に申し訳ありません」

沈痛な面持ちで目をつむるリアムに、グレイスは唇をわななかせる。

「あ、あの、先ほども言いましたが……婚約発表をいたしましょう。そうやって私を囮《おとり》にしたほうが、デヴィート卿は分かりやすく動くと思います。多少の危険は許容内です、そのためのシャル様ですし……」

「……それはだめです」

「で、ですがそれが一番てっとりばや、」

「——わたしが、嫌なんです」

なんで、どうしてそんなこと。

(今まではなんてことないふうに、利用しようとしてきていたのに……)

グレイスがそう言う前に、リアムは首を横に振った。

「大丈夫です、直《す》ぐになんとかしますから」

それだけ言って、リアムは弱弱しく微笑むと、部屋を出て行った。

あとに残されたグレイスは、放心状態のまま扉が閉まるのをただ見つめる。

そんな中シャルは、黙ってグレイスの膝の上で丸くなっていたのだった——

五章

『あの小娘はだめです。やはり始末する他ありません』

そう記された手紙が男のもとに届いたのは、じっとりと暑い空気が滲《にじ》む夜のことだった。

そろそろ雨でも降るのであろう。空には曇天が広がり、より世界を黒く染め上げている。湿った臭いがするこの季節は、男にとってあまり好ましくない時季だ。

しかしこの手紙に記された〝小娘〟のことは、もっと好ましくなかった。

なぜかというと、この世で最も尊く高貴なる血を持つお方を、この小娘がたぶらかしているからだ。上手《うま》くそれらしい地位に追い込めば、きっと周りが勝手に持ち上げ、そうして皇位に就くことができる。そんな方をだ。

まさしく、上に立つために生まれた方と言っても過言ではないだろう。神の化身と言ってもいい。

神力というのにはそれだけの可能性がある。

敢《あ》えて伏せているが、神力というのには人の精神に干渉できるだけの力がある。

薬と一緒だ。用途を間違えなければ害はないが、使いすぎたり量を増やしすぎれば依存性が出てくる。そういうもの。そこが、魔術との一番の違いだ。

だからその神力を好きなだけ作り上げることができる皇族という存在は、悪性に染めてしまえばいともたやすく暴君になれるのだ。

神の血のせいか善性が強く生まれるためにそのようなことに至ったことは一度もないようだが、あの方は違う。善性の中に見え隠れする悪性。つまり、暴君になれるだけの素質がある。

神の血が薄まったせいか、はたまた別の何かがあるのか。そんなものはどうでもいい。

その性質が好ましいことに、変わりはないのだから。

男は純粋にその性質に惚《ほ》れ込んでいたし、同時にその方に尽くして恩を売ることで得られる甘い蜜というものを望んでもいた。

何より彼は善良でありながら、現皇帝のように自己主張が激しくないところがいい。押して恩を売ればこちらの言うことを聞いてくれる。そういう曖昧でことなかれで生きている人間ほど、操りやすいものはない。

だから、その地位に至るのを脅かす存在は、邪魔でしかないのだ。

そしてこの〝小娘〟は、そういう邪魔な存在だ。

しかし問題を表立って起こしたくはなかった男としては、説得して婚約に至る前に別れてくれればよいと、そう考えていた。だがそれすら叶《かな》わないようなのであれば、どんな手を使ってもリアムと婚約できない理由をグレイスにつける必要がある。

ただし、自分が手を汚すのは避けたい。

それに、その〝小娘〟のそばには忌々しいことに神獣がいる。神獣は人の放つ悪意に敏感なので、そういった人間が近づけばいともたやすくばれてしまうだろう。尊い存在だが、今はただただ厄介でしかない。

――しかしそれは、欠点でもある。

「要は、悪意がなければいいのです」

何より神獣は、〝神力〟を悪《あ》しきものだと感知できない。

そして男には、悪意のない手駒たちが山といる。

男はにい、と唇をゆがめた。

教会にしょっちゅう来ているというのも、好都合だ。理由が何かは知らないが、神術を習うためだろう。皇族の伴侶というのは皆、少なからず神術を学ぶと聞いた。

それは、大気中の邪気を吸い込んで神力を生み出す代わりに、神術を使えない皇族を、もしものときに守るための措置だと聞いたことがある。

魔術があるのに一体何から守るのだ、と思ったから、よく覚えていた。

まあどちらにせよ、教会にやってくる事情がある以上、都合がいいことに変わりはない。

「愚かな小娘です。早々にそばを離れていさえすれば、幸福な人生を送れたものを」

いや、ある意味幸福になれるかもしれない。

だってそれを食べれば、人間は皆神に会えるくらいの幻覚を見ることができるのだから。

そう考えたとき、空から大粒の雨が落ちてくるのが見えた――

＊

「……シャル様。私、何を信じたらいいのでしょう」

『何わけ分からないこと言ってんのよ、小娘』

ケイレブに面と向かって対峙《たいじ》した日の三日後。

グレイスはいつも以上の警備をつけてもらい、いつも通り中央教会へと向かっていた。リアムのいない屋敷にいるときよりも教会にいるほうが安全だと、彼が判断したのである。

そして先ほどのぼやきは、その道中の馬車内でのものであった。

シャルには胡乱《うろん》な眼差《まなざ》しを向けられてしまったが、しかし思わずそんなことを言ってしまうくらい、グレイスは真面目に悩んでいる。

（だって、私なんかじゃリアムの考えていることなんて分からないし……）

リアムがグレイスに対して言ったことは本当だと信じたい。だが、自分がはめられて破滅するかもしれないと思うと、どこかリアムのことを疑っている自分がいた。

まるで、小説内でのことを自分自身が実際に体験したかのような恐怖心があるのだ。

（その上リアムは『信じられなくて当然』とか言うし……あー余計わけが分からなくなっちゃう）

しかも、この三日間ろくに会えてすらいない。話をしたいのにさせてもらえず、グレイスのもやもやは募るばかりだった。

そういう気持ちを表しての言葉だったのだが、シャルはさらに胡乱な眼差しをする。

『一体、リアムの何が信じられないって言うのよ』

「何って……リアム様が考えていることはよく分からないですし」

『そんなの、別の人間同士でも同じでしょ』

「うぐ……リアム様、演技するのが上手いし……あれも全部演技で私を騙《だま》すための嘘《うそ》かもしれないですし……」

『全部事実よ。あたしたち神獣が嘘に敏感なの、あんたも知ってるでしょ？』

「………」

見事、全敗である。

それでもどこか不安な心を拭えずにいるグレイスの肩によじ登り、シャルはぐいぐいと肉球で頬を押した。

『もーじれったい！　何がそんなに不安なのか、全部言いなさいよ！　あんたが陰気くさいと、こっちまで気分が落ち込むのよ！』

「……多分、期待して、また裏切られるのが怖いんだと思います」

愛していたのに。

ずっとそばにいたかったのに。

その人から将来、グレイスは『アリアを殺せ』と懇願される。

そしてその罪を一緒に背負うのではなく、グレイス一人に背負わせて、リアムは切り捨てた。またそうなるのが、恐ろしい。

「愛って、なんなのでしょうね」

思わずそう言えば、シャルが不思議そうな顔をして尻尾を揺らした。

『そんなの、簡単じゃない。相手に幸せになって欲しいって心のことでしょ？』

「……しあ、わせ……」

『そしてリアムは今、あんたにそうあって欲しいと思っているの。だから色々するし、できる限り障害を取り除きたいって思ってる。利用したくないのも、誠意を見せたいから。つまり全部、あんたを想《おも》ってよ』

「……シャル様にはそう見えていらっしゃるのですか？」

『あたし以外の、クレスウェル邸の使用人たち皆、そう思ってるでしょ？　それくらい、リアムは他人に興味を示さず、一定の距離をずっと保ってきたのだから』

そこまで言われてようやく、グレイスはリアムのことを信じようと思えた気がした。

ただそれでもどこか不安が残る。

それはなぜなのか。

少しの間、自問自答を繰り返し、グレイスはあることに気づいた。

（そっか、私……リアムに裏切られるのも怖いけれど、いざそうなったとき、自分が盲目的に彼の言うことを信じてしまうかもしれないことが、恐ろしいんだわ）

今のところ、リアムを正しく止められるのはグレイスしかいない。

なのに小説のストーリーのせいで、自分の判断にすら不安が残るのだ。さすがにそれは荷が重い。

（私だって、リアムには幸せになって欲しい）

リアム自身の口から吐露されたあの言葉を聞いて、そう強く想った。

生きていることそのものが罪だなんて、そんなこと思わないで欲しい。

家族のために己を律し、すりつぶし、できる限り衝突しないように立ち回ってきた人が、なぜこれからも苦しまなくてはならないのだろう。

そもそも、皇族だからといって必ずしも善性でなければならないなんてこと、誰が決めたのだ。

（そして、リアムが私といるだけで安心できて、安らげるというのなら……そして今のままでいたいと思ってくれているのなら、私もそれに、できる限り応えたい）

恋愛とは何か、前世から縁がないグレイスには見当もつかないけれど、それでも。

リアムの孤独に共感して、小説との違いを明確に感じた今、確実にほだされている自覚はあった。

それにリアムの闇堕《やみお》ちを防げるのが自分しかいないのは、誰が言おうと事実なのだ。ならば、もう突き進むしかないではないか！

そう決意すると、不思議と胸のもやもやが晴れたような気がした。

「……シャル様。話を聞いてくださり、ありがとうございました。覚悟が決まりました」

『ふん、そう。やれやれね』

「申し訳ございません」

『そもそもあんた、あたしにこんなこと言わせんじゃないわよ！　あたしだってリアムのことが好きなんだからね!?　まったく、なんであたしがこんな恋敵の背中を押さなきゃならないのよ……！』

そう言いつつも、シャルは尻尾をピンッと立てて嬉《うれ》しそうにしている。なんだかんだと認めてくれていることに、グレイスは心の底から感謝した。

「あ、その、シャル様。一つお願いが」

『この期に及んで、まだあるっていうのっ？』

「はい。リアム様のためとなる、大切なことなので」

そう言えば、シャルがそっぽを向きつつも耳だけをこちらに傾ける。リアムのことを大切に思っているという証拠だ。

そのことにくすりとしつつも、グレイスはこぶしを握り締めた。

「もし、リアム様がご自身の今までの行動とは違う、明らかに悪いことをしそうになって、そしてそれを私が止めようとしなかったときは……全力で殴って、私を正気に戻してください！」

『……ハア？　あんた、何言ってて』

「この通りです。お願いいたします」

ソファに降ろしたシャルに向けて深々と頭を下げれば、シャルはその瞳を大きく見開いた。

それから少しして、シャルは仕方ないというように溜息《ためいき》をこぼす。

『分かったわ。まさかリアムとあんたに限って、そんなことになるとは思えないけれど……そのときは、あんたの頬を全力ではっ倒していつものへにょへにょ顔に戻してあげる』

「お願いいたします！」

シャルならばそう言ってくれると思ったのだ。きっとリアムの頬を殴れと言ったら『ハア？』と言われるだろうが、グレイスならば容赦なく殴ってくれる。そして正気に戻すにはこの容赦のなさが必要なので、シャルの存在はグレイスにとって希望だった。

（うん、これで、もしものときの対策もできたわね！）

あとは、行動あるのみである。

（リアムのそばにいたいなら、これからも絶対に面倒ごとがついて回るのだし。逃げるのではなく立ち向かっていける女にならないと！）

その第一歩としてグレイスは、宣言する。

「よっし！　今日は教会で神術を学んだ帰りに、リアム様のいる宮廷に寄ります！　そして衆人の前で『私はリアム様の婚約者なのよ！』ということを見せつけてやります！　そうすればさすがのリアム様も、婚約発表しなければならないって思うと思いますし！」

『よく言ったわ、グレイス！　女ならガンガン攻めていきなさい！』

「あ、今グレイスって仰《おっしゃ》いました!? 小娘呼びでなく名前呼びをしてくださいました!? そんな、私もとうとうシャル様に認めてもらえ……」

『……ちょ、調子に乗るんじゃないわよ！ 小娘!? というより、あたしが護衛をしてリアムが愛した女なのよ!? これからはもっとちゃんとなさいよ！』

「ふふ、はーい」

久方ぶりに明るいやりとりができたことにほっとしながらも、グレイスは窓から護衛に、宮廷に先ぶれを送ってもらえるよう頼んだのだった。


すっかり馴染《なじ》み深い場所となってしまった中央教会は、今日も多くの神官や信者、そして孤児たちであふれていた。

特に子どもたちは庭で元気に戯れていて、ほっこりする。

馬車から降りてその様子を眺めていると、顔見知りの何人かが手を振ってくれた。

それに手を振り返し、グレイスはほっこりする。

(子どもは本当に可愛《かわい》い……)

何より、グレイスが今直面している政治的などろどろやあれやこれやとは無縁の清い存在で、大変癒された。このまま健やかに育って欲しいと思う。

（あーでもそれを考えると、あのロリコン司教もどうにかしないといけないわよね……）

見れば、何人かの少女の手首や髪に緑色のリボンが巻かれていて、グレイスは思わず遠い目をしてしまった。

あれが、ロリコン司教の今のお気に入りだろうか。多すぎやしないだろうか。

（アリアちゃんも嫌っているし、何か手立てを考えないと）

そうやって物思いにふけっていたら、つんつんとドレスの裾を引っ張られた。

見れば、手首に緑のリボンを巻いた八歳くらいの少女が、グレイスを見上げている。

「お姉ちゃん、むずかしいお顔してどうかしたの？」

「あ……大丈夫よ、ちょっと考え事をしていただけだから」

「そっか。ならこれ、あげる！」

そう言って差し出されたのは、紙に包まれたおなじみのキャンディだった。

「しきょうさまがね、甘いものは考えごとをしたあとにいいって言ってたの！」

「まあ……ありがとう。いただくわ」

（子どもからの気遣い……最高に尊いわ……）

シャルも子どものことは好きらしく、降りてその足元にすり寄っている。神獣は善良な人間を好むそうなので、まさしくといった感じなのだろう。

そしてリアムのことも好いているところを見る限り、まだ大丈夫そうだ。

（そっか。神獣の態度も、一つの指針にはなるわよね）

自分の感覚を信じられないのであれば、別の、自分が信じられるものを信じればいいのだ。そのことに気づいて心が軽くなったグレイスは、もらったキャンディをポケットに入れてスキップしながらいつもの部屋に向かった。

「失礼します！」

「……え、いつもよりも浮かれていますね……？」

そして開口一番、アリアにそう言われてしまう。

あまりにも無慈悲に一刀両断されてしまい落ち込んでいると、アリアが慌てた顔をした。

「そ、その、悪口ではなくってですね……楽しそうだったので、どうしたのかな、と……」

「ああ、そういうことね。それはね、これからいいことを起こす予定なの」

「……やっぱり、グレイスさんは相変わらずおかしなことを言いますね」

しかし珍しく塩対応が甘くなったところを見るに、アリアも大分心を開いてきているのだろう。

そのことに、なんとなく嬉しくなる。

（かわいい子からキャンディももらえたし、シャル様に背中を押してもらえたし、アリアちゃんは前よりも心を開いてくれているっぽいし。今日は幸先《さいさき》がいいわね）

このまま、リアムと会う際もばっちり上手くいけばいいのだが。

そう期待しつつ、グレイスは今日もアリアと一緒に神術を学んだ。

先生がいいからなのか、それともアリアが色々と口添えしてくれるのがいいのか。最初と比べると随分上達し、今では結界だけでなく神術の中では中級クラスと言われている治癒もできるようになった。

魔術における治癒と神術における治癒の大きな違いは、アプローチの仕方である。

魔術の治癒が創造の片足を突っ込む、言わば再組成に対して、神術における治癒は持ち主の自己治癒能力を高めることにあるのだ。

なので魔術の治癒もあるが、それは難易度が高い上に繊細な技術力が要求されるものだ。よって治癒はどちらかといえば神術の管轄とされている。

(それなのに、遠くない未来でその両方を習得しちゃうんだから、アリアちゃんは本当にすごいわよね……)

興味があるらしく、今回だってかなり意欲的に取り組んでいた。将来が有望すぎる予感しかせず、グレイスは内心かなり応援した。

「この分ですと、次回は上級クラスの神術である浄化をお教えすることができそうですね」

そんな感じで大司教様にまでお墨付きをいただけた甲斐《かい》もあり、グレイスは上機嫌でリアムがいる宮廷に足を運べたのだ。

(ひとまず、宮廷の外で待つならって許可はいただいたことだし……とりあえず私は、リアム様が

いらっしゃるまで馬車置き場で待ってましょ）

馬車というのは基本的に馬車置き場に置かれ、それから主人が帰宅する頃に前触れをもらって入口まで移動するものだ。

なのでグレイスはリアムが帰宅する頃を見計らい馬車を動かしてもらい、外でこれ見よがしにリアムの登場を待つつもりだ。

リアムはどこにいたって注目を集める存在なのだから、そのクレスウェル家の家紋が刻まれた馬車から出てきた女なんて、絶対に目立つはず。

そう考えるだけで、きゅうっと胃が痛くなってきた。

（うっう……小庶民には苦しい時間だわ……）

しかしリアムのそばにこれからもいるのであれば！　と気持ちを奮い立たせる。

こう考えられるようになっただけ、ものすごく進歩したものだ。社交界デビューの際に宮廷に来た際は目立ちたくないと縮こまっていたのに、今は敢えて目立とうしているなんて。

（愛って本当に偉大な力があるわ……）

そうやって半ば現実逃避をしていたら、従者が「ご主人様がおかえりになられるようですよ」と声をかけてくれた。

それにオッケーを出したグレイスは、今にも飛び出しそうな心臓を押さえるように、胸元の前でこぶしを握り締めた。

「しゃ、シャル様！　私、頑張りますね！」

『心配しなくても大丈夫よ。だってあんた、あの伯父とかいう男にあれだけの啖呵《たんか》を切っていたじゃない』

そう言われると確かに、と思う。

（いや、でもあれとはまた違った緊張感があるというか……）

そもそも、リアムにはグレイスが待っていることは言っていないので、怒られるのではないか？という心配が一点。

何より、勝手なことをしてさらに迷惑をかけるかもしれない、という心配が一点。

とまあ、挙げればきりがない不安に押しつぶされそうになっているわけで。

しかしそれを言っても仕方のないことも、重々承知済みだ。

（よしよし、落ち着けー私。絶対大丈夫だから。演技力には自信がある！）

さらに自分を奮い立たせるべく、教会でもらったキャンディを口に放り込めば、甘い味が口いっぱいに広がった。不思議と力がもらえている気がして、胸が温かくなる。

（よし、行くぞ！）

そう覚悟を決めた瞬間、馬車が止まった。そして従者が扉を開け「ご主人様がもう見える位置にいらしていますよ」と教えてくれた。

グレイスは慌てて馬車から降り、その姿を探す。

すると、従者が言う通りちょうど宮廷へと続く階段の一番上に、リアムがいた。

すうっと息を吸い込んだグレイスは、笑みを浮かべると大きく手を振る。

「リアム様ー！」

はしたないと言われるくらいの声量でそう声を上げれば、周囲からの視線が一気にグレイスのほうを向いたのが分かった。

同時に、リアムが目を見開いている。

「グレイスっ⁉」

「お迎えに上がりました！」

ちょっとおおげさなくらいの感じの態度を取りつつ、グレイスは紫色の絨毯《じゅうたん》が敷かれた階段を駆け上がる。ドレスの裾をつまみながらのぼる階段は、なかなかに大変だ。

心臓が緊張か疲労か分からない感じにバクバクと音を立てているので、今後のためにもう少し体力をつけたほうがいいような気がする。

肝心のリアムは、グレイスの姿を認めると脇目も振らず駆け下りてきた。

グレイスが三分の一ほどのぼったところで、ちょうど落ち合うことになる。

リアムは、ただただ驚いた様子だった。

「グレイス、どうしてこんなところに……！」

「こうやって目立つ行動を取れば、リアム様も伯父様の件を解決する前に婚約発表することに同意してくださると思いまして。来てしまいました」

周囲からばれないくらいの小声で言えば、リアムが一瞬顔を歪《ゆが》める。

「……申し訳ありません」

そして力なくそう呟《つぶや》くのを見て、グレイスは笑った。

「違います。これはちゃんと、私の意思です」

「……グレイス？」

「リアム様のとなりにちゃんと立ちたくて……一歩踏み出してみました」

そう言えば、リアムが今にも零《こぼ》れ落ちそうなくらい目を見開いた。

グレイスは、にこりと微笑《ほほえ》む。


だからどうか私も一緒に、あなたのとなりで戦わせて。


そう言おうとした。しかし言えなかった。

それはなぜか。

――声の代わりに、咳《せき》が零れたからだ。

げほっ。

同時に、口から何かがあふれる。

それが血だと気づいたのは、リアムが顔を歪めてグレイスに手を伸ばしてきたからだった。

「グレイスッッ!!」

回る、回る。

視界が回る。

気づいたときには、目の前が真っ暗になって。

何も、聞こえなくなった。

＊

『……イス』

誰かの声がする。

それはまるで扉を叩《たた》くように、どんどん大きくなっていった。

『……イス』

(――なに?)

『……レイス……!』

(――こんなにも眠いのに、だれ?)

そう思っていたが、聞き覚えがある声に意識が浮上する。

『……イス、グレイスッ!!』

「……え？　シャル様？」

『ッ！　あなた、ようやく起きたわね……！』

声に導かれるようにして目を開いた瞬間、目の前に見慣れた純白に青い刺青《いれずみ》が刻まれた猫がいた。

ただおかしなことに、浮いている。

さらに言うなら、グレイス自身も浮いていた。しかも着ているものが簡素なワンピースで、ひどい違和感を覚える。

（あら……？　私、こんな格好していたっけ……？）

そこでグレイスはようやく、自身が血を吐いて倒れたことを自覚した。

「えっと、シャル様、私……血を吐いて倒れましたよね……？」

『そうよ。だから今、あたしがここにいる』

どういう意味だろう。混乱するグレイスをよそに、シャルは今までにないくらい真剣な表情をして言う。

『いい、グレイス。今あたしは、あなたの意識の中に入ってる』

「は、はい」

『今はあたしが何とか食い止めてるけど……このままだと間違いなく死ぬわ』

死。

はっきりと告げられた言葉に、目の前が真っ暗になる。

（……死ぬ……？）

こんな、呆気《あつけ》なく死ぬのだろうか。何も成すことができずに。

「……死にたく、ない」

そう思ったら、口からそんな言葉がこぼれていた。

自分自身でも呆気に取られていると、シャルがふんっと鼻を鳴らす。

『生きたいかって聞くつもりだったけど、その感じだとあたしが聞くまでもなかったわね』

「で、ですがシャル様、方法は……」

『方法自体はあるわ。――あたしと、契約することよ』

あまりにもあっさりと告げられたとんでもない方法に、グレイスは一瞬ほうけてしまった。しかしすぐに我に返ると、首を横に振る。

『で、ですがシャル様がお好きなのは、リアム様ではありませんか……！　そんなことをすれば、リアム様とはもう契約できませんよね……!?』

契約というのは、契約者が死ぬまで続くものだ。人外でもある神獣にとっては数十年ほどの拘束時間など大したことがないかもしれないが、しかしリアムもグレイスと寿命は変わらない。

つまりシャルは今後、リアムと契約する機会を失うということだった。

そう言うと、シャルが呆《あき》れ顔《がお》をする。

『あなた、死ぬ間際までそんなこと言うわけ？』

「あ、当たり前ではありませんか……それに、私への同情心でシャル様が犠牲になるなんて……」

『……あなた、馬鹿じゃないの？　このあたしが、同情心ごときで契約するなんて言うと思ってるわけ？』

そう言われ、グレイスは首を傾《かし》げた。

「では……責任感でしょうか？　護衛を任されていたのに、それを達成できなかったから……？」

『責任感はもちろんあるけれど、それと契約じゃあ割に合わないわよ……』

「では……なぜです……？」

本気で分からず半泣きになりながらシャルを見れば、彼女ははあ、と溜息をつきながら言った。

『……あたしが、グレイスのことを気に入っているからに決まってるじゃない！』

「……え……」

『あたしが、あなたに死んで欲しくないから……だから契約するの！　悪い!?』

「い、いえ……まったくこれっぽっちも悪くありません……」

ただ、シャルにそこまで気に入ってもらえていたこと。それを知って、感極まってぼろぼろと涙がこぼれてしまう。グレイスの意識下ということもあるのか、普段ならば隠せるようなことですら簡単に表面化してしまい、グレイスは戸惑った。

何より、生きられるということが、嬉しくて仕方ない。

感情がめちゃくちゃで、グレイスは壊れたようにぼろぼろと泣き続けた。

それを見たシャルは、珍しくたじろいでいる。

『ちょ、ちょっと、何泣いてんのよ！』

「も、申し訳ございません……色々と嬉しくて感極まってしまいました」

『……ふ、ふん。そこまで言われたらあたしだって、悪い気はしないわね！』

シャルの分かりやすいツンデレが、大変心地好《よ》い。

それを受けて、グレイスは笑った。そして涙を拭うと、ぐっとこぶしを握り締める。

（戻ったら絶対、リアムにちゃんと気持ちを伝えないと……）

目の前で吐血したのだ。きっと相当心配しているはずだ。そしてそのためには、シャルと契約をしなければならない。

グレイスは、シャルを見上げた。

「シャル様。私は一体、何をしたら良いのでしょうか」

『あたしの言う通りにすれば問題ないわ。けど、早くしないとね……』

どうやらグレイスの容態は、一刻も争うらしい。

そのことに、彼女は改めて事態の深刻さを実感した。同時に、リアムのとなりに居続けることの重さも。

（……けどこっちは、すでに一回死んでいるようなものなのよ。こんなことで引いてやらない）

そして絶対に、リアムのことも救ってみせる。

そんな決意を胸に抱いていると、シャルがグレイスの足元に下りた。

この浮遊空間に足元があるのか、と驚いていると、さらに驚くことに足元に青い魔法陣が浮かび上がる。それは、シャルの体に刻まれたものと酷似していた。

『グレイス。あたしが契約の文言を言った後、自分の名前を告げてからあたしの真名を呼んで、契約を交わすと言いなさい。それで、神獣との契約は完了するわ』

「わ、分かりました……」

ごくりと喉を鳴らしてから頷《うなず》くと、シャルの体がぱあっと発光して、それがグレイスの足元を伝って上がってくる。

自分の体にもシャルと同じような文様が浮かんだが、不思議と怖くなかった。シャルを胸に抱いているときのような、心地好さがあったからだ。

『我、シャルロティアは、汝《なんじ》、グレイスを主人として認め、これより先汝を守る盾となり剣となることを、ここに誓う』

シャル――シャルロティアの口からこぼれた言葉は、今まで聞いたどの言葉よりも美しく、そして清らかにグレイスの体に沁《し》み込む。

胸から湧き上がる衝動のままに、グレイスは口を開いた。

「我、グレイスは、シャルロティアを良き友として認め、これより先命ある限り汝と共に歩むこと

を、ここに誓います」

瞬間、魔法陣がよりいっそうまばゆく輝き――視界が真っ白になった。

＊

「……ぅ……」

まばゆい光と共に、グレイスの意識は浮上した。

焦点がなかなか合わず、数回目を瞬かせる。

「……グレイス？」

すると、今にも消えてしまいそうなくらい頼りない声が聞こえた。それも聞き馴染みのある声だ。

ベッドの傍らを見れば、そこには憔悴《しょうすい》した顔でこちらを見るリアムの姿があった。

どれくらい経《た》ったのかはまったく分からないが、目の下に隈《くま》もあるし、明らかにここ数日寝ていない顔をしている。

焦点がようやく合った目でそのことを感じ取ったグレイスは、声を上げた。否、上げようとした。

「……りあ……、さ……？」

しかし予想以上に声が出せず、グレイスは驚いた。するとリアムがそっとグレイスの口元に手を当てる。

「グレイス、話してはいけません。あなたは先ほど、内部を激しく損傷したのです。シャルが治しはしましたが、定着するのに一日ほどかかります。しばらくは安静にしていなければなりません」

（そ、そうなの……）

こくこくと、グレイスは頷いた。

ならどうやって話をしようかと悩んでいると、それを見計らったかのようにリアムが「ですがわたしは読唇術が使えますから、何か言いたいようでしたら声を出さずに仰ってください」と言ってくる。

（さすが、なんでも完璧なラスボス様だわ……）

思わずそう思い、しかしそれは違うとグレイスは自分の考えを否定した。

リアムは確かに要領がいいためなんでもできるが、それは彼の努力の末に身についたものだ。しかも読唇術となれば、リアムが周りから情報を得て、問題を避けるため。そしてそれを兄である皇帝に伝えるために身につけたものだろう。そう考えると、すごいというだけでは片づけられないものがある。

そう思いつつ、グレイスはひとまずここはどこなのか。そしてグレイスはどうして死にかけたのか、意識を失っている間どうなっていたのかをリアムに聞いた。内装からして、慣れ親しんだクレスウェル邸の私室ではなかったからだ。

するとどうやらここは、宮廷の一室らしい。わざわざリアムが皇帝に頼んで、用意してもらった部屋だそうだ。

そしてなんと、グレイスが倒れてからもう三日も経つらしい。

シャルは契約を交わしたこと。そしてグレイスの治療をしたことで力を限界近くまで使ったため獣の身を保っていられず、今はグレイスの中で休んでいるそうだ。

そしてグレイスがどうして死にかけたのか。それは、グレイスが食べたキャンディのせいらしい。

「あのキャンディには、本来食物に含まれるべき神力の三十倍の神力が注入されていたと、シャルが言っていました。……いかなる薬も、用量を間違えれば毒になりえます。それと同じで、神力も摂取しすぎると意識がふわふわとして気持ちよくなり、幻覚を見るようになるのだとか。そしてその後、より依存し、量も増え、最終的には死に至る……のだそうです」

(要は、麻薬みたいなものかしら……)

神力の危険性に関しては小説を読んだときから感じていたことなので、麻薬と言われて妙に納得した。過剰摂取によって死に至る例は、前世でも見たことがある。主に、海外ドラマで。

「グレイスの体内は、そのせいでひどく損傷を負ったようです。シャルからも聞いたかもしれませんが……シャルと契約をしていなければ治癒が追いつかないくらいだったのです」

『そうだったのですね……でしたら、シャル様から誰からキャンディをもらったのか、といった話は聞きましたか?』

「はい。ですので、話さずとも大丈夫ですよ」

そう言われ、グレイスはそっと自身の胸元に手を当てた。

（シャル様、本当にありがとうございます……）

治癒だけでなく、説明までしてくれたようだ。契約を交わした後からグレイスはまったく記憶にないが、きっと相当頑張ってくれたのだろう。彼女が起きたら、めいっぱいブラッシングしてマッサージして、美味《おい》しい食事を用意してあげなくては。

（それにしても、子どもにそんな危険なものを渡すなんて……）

一体、これを計画した人間は何を考えているのだろうか。

子どもを大人の都合で利用する事件というのは、いつだってひどく腹立たしいものだ。それは、アリアの件を見ていても思う。

同時に、そんなふうにいともたやすく善意を利用できる存在が教会内にいることが気にかかった。

（というより……こんなことができるの、司教であるマルコムくらいよね）

そう思ったが、決定的な証拠がない。そしてグレイスがマルコムを警戒する理由が小説の内容に大きく絡む以上、嘘をつかず上手にリアムに説明できるだけの自信がなかった。

なのでグレイスはひとまず、マルコムの存在を伏せることにする。彼のことに言及するのは、シャルが目覚めてからでも遅くないだろう。

（あ、そうだわ。私、いつまでもここにいるのはよくないのでは？）

倒れたのが宮廷だったのでここにいるのかもしれないが、リアムが皇位に興味がないことを周囲に知らしめるために、宮廷とはできる限り距離を置いているはずだった。

なら、今グレイスがここにいるのもあまりよくないだろう。

『私、そろそろお屋敷に戻ったほうがいいですよね？』

そう口パクで伝えれば、リアムはかすかに笑って首を横に振る。

「状況が状況ですので、わたしが兄上に、グレイスをしばらくここに置いてもらえるよう頼みました。ですのでグレイスは完治するまで、ここにいてください」

『ですがそれですと……リアム様にご迷惑がかかるのでは？』

「まさか。それに、今グレイスの体を診ているのは宮廷医ではなく、大司教なのです。となると、我が家にいるより宮廷にいてもらったほうが、体調を診てもらいやすいかと」

その言葉を聞いて、グレイスはハッとした。

（そうか。私の体質じゃあ、宮廷医には診てもらえないものね……）

となると神官に診てもらうのが一般的なのだが、グレイスの場合事情が事情なので、診てもらうなら大司教・コンラッドということになる。そうなると、リアムの言う通りクレスウェル邸に来てもらうより、宮廷に来てもらうほうが要らぬ詮索をされずに済むのだ。

だって、グレイスが魔術を使えない特異体質だと知られるほうが、まずいのだから。

そのことに申し訳なさを感じつつも、グレイスは素直に頷く。

それを見たリアムは、グレイスの頭をそっと撫《な》でた。

「色々と気になることはあると思いますが、今はとにかく安静にしていてください」

『はい……』

「その間に、わたしはこの件に関しての調査を進めますね。グレイスが屋敷に戻ってくる頃には、粗方終えられるように努力します」

そう言われ、グレイスはリアムの服の裾を摑《つか》んだ。

(それを、リアムだけにやらせたくはないわ)

だってこの件には確実に、リアムの伯父であるケイレブが関わっている。もしそうなら、リアム一人で対処させるのは危険だ。

だから、私も一緒に。

そう言おうとして、気づけば目の前にリアムの顔があった。

そうしてやってきた額への柔らかい感覚に、グレイスは目を見開く。

口づけをされたのだと完全に理解したのは、リアムの顔が離れていった後だった。

(え?……え!?)

まさかの行動に激しく動揺していると、リアムが今度はグレイスの口元に手を当ててから、そっと口づけを落とした。

「まだグレイスの心をいただけていないので……これで」

何をされたのか自覚したグレイスが顔を真っ赤にして口をパクパクさせていると、リアムが再度

頬にキスをして立ち上がった。

「グレイスの無事も確認できましたし、わたしはそろそろ戻ります。大司教もそろそろ到着しますから、グレイスはこのまま安静にしていてくださいね」

それに対し、グレイスは何も言うことができない。

できないまま、リアムは笑顔でその場を立ち去ってしまった。

（いや、待って!?　もしかしなくても、今私、キスで誤魔化された!?）

グレイスが正気に戻りそのことに気づいたのは、それから数分経ってからだった――


あーだこーだとキスの意味を考え、しかし疲れもあってかそのまま寝てしまったグレイスは、その日の夕方になって再度目を覚ました。

その頃にはシャルも実体を保てるくらいに回復したらしく、グレイスの胸元でくるりと丸くなっている。それを見たグレイスは、ほっと息を吐いた。

（よかった……シャル様、いたわ……）

リアムから話自体は聞いていたのでグレイスの中で休んでいるだけだと頭で理解していたものの、姿が見えなかったことに内心かなり心配していたのだ。もしシャルが消えてしまったとしたら、それは間違いなくグレイスのせいだから。

「シャル様、本当にありがとうございました……お疲れ様です」

そう微笑みシャルのことを撫でると、タイミングよくノックが鳴らされる。

『失礼いたしまする』

その言葉と共に入ってきたのは、大司教・コンラッドだった。

そこで、グレイスはようやくリアムが夕方頃、コンラッドが会いに来ると言っていた言葉を思い出した。そして慌てる。

そんなグレイスを見て微笑みながら、コンラッドは優しく「どうかそのままで」と言ってくれた。

「すっかり良くなったようですな」

「は、はい……」

思わず声を出してしまい、しかし朝方よりもよっぽどはっきりと発声できたことに、グレイスは驚く。それを見たコンラッドは、すっかりすべてを理解した顔をして頷いた。

「シャル様がターナー嬢のお体から出てこられたということは、体の再生はすべて済んだということでしょう。ですのでもう発声してもよいかと」

「そ、そうですか……」

なんということだろう。一番話をしたかったリアムがいたときは声が出なかったのに、その数時間後には出るようになっているとは。

もし本当に神様がいるのであれば、きっとグレイスのことが嫌いなのだと思う。

内心毒づいたグレイスだったが、今目の前にいるのはコンラッドである。自分の世界に入るのもほどほどに、グレイスはコンラッドに笑みを浮かべた。

「このたびは、本当にありがとうございました」

「いえ、わたしはターナー嬢の容態を確認したくらいで、実質的な処置をしてくださったのはシャル様ですよ」

『そうよ』

するとタイミングよく、眠たげな声が響いた。

目を見開けば、シャルがぐぐぐっと伸びをしているのが見える。それを見たグレイスはくしゃりと顔を歪めた。

「シャル様、お目覚めになられたのですね……よかったです……」

『な、なんでちょっと泣きそうになってるのよ……このあたしがこれくらいのことで力尽きたりするわけないでしょ』

「……はい」

グレイスが涙目になっただけでシャルがあまりにもおろおろとするので、グレイスはぐっと涙をこらえて無理やり笑う。それを見たシャルはたんっと飛び上がるとグレイスの肩に上がり、ぐいぐいと頬を肉球で押した。

『そうよ！　いつも通り、もっと笑いなさい！』

「……はい！　シャル様！」

『……ふん、いい心がけよ、グレイス』

そんな主従のやりとりをほのぼのとした様子で眺めていたコンラッドは、ほっとした様子でグレイスを見た。

「本当に、陛下に呼ばれた際はどうなることかと思いましたが……すっかりご快癒されたようで。わたしも、アリアに良い報告ができそうです」

「……アリアさんは、このことをご存じなのですか？」

「はっきりと伝えてはおりませぬが、わたしが緊急で宮廷に赴くというのを聞き、何やら察した顔をしておりました。ほぼ毎日教会に足を運ばれていたターナー嬢が、三日も期間を空けているというのもありますし……もともと聡《さと》い子です。何かあったこと自体は気づいていますな」

「そう、ですか……」

コンラッドの言うことを聞いて、グレイスは深く納得した。同時に、大変申し訳ないとも思う。

（まだあまり心を開いてくれていないとはいえ、大なり小なり気にしてくれているみたい。心に傷を負っていたこともあるし……できる限り早く、元気になった姿を見せないと）

そう心に決めつつ、グレイスはにこりと微笑んだ。

「大司教様、ありがとうございます。詳しくは語れませんが、もう大丈夫だとアリアさんに言っておいていただけませんか？」

「分かりました。アリアには元気にしていらっしゃると伝えておきます」

「はい、よろしくお願いいたします」

そこで、タイミングよく再度扉が叩かれた。こんなときに誰だろうかと首を傾げていると、コンラッドが扉のほうへ歩いていく。そしてやりとりをした後、グレイスのほうを向いた。

「ターナー嬢。陛下がおいでなのですが、ご入室されても構いませぬか？」

「……へ、陛下がいらっしゃっているのですか!?」

グレイスは思わず、ひっくり返った声を上げてしまった。

皇帝陛下は、この国のトップ。そしてリアムの兄だ。そんな高貴な方にこんなひどい姿を見せられない……！　とは思うものの、かと言って入室を拒否することも失礼に当たることくらいは、グレイスにだって分かる。

かなりテンパっていたグレイスだったが、そう瞬時に判断し、シャルに向かって「シャル様……！　私、見た目大丈夫ですか!?」と小声で聞いた。そうすると、シャルはだるそうな顔をしながら『いつも通りのへにょへにょ顔よ』と言ってくる。

（どんな顔か分からないけれどドレッサーなんてないし、そもそも怪我《けが》をした後でそこまで歩いて行けるのか分からないいし、何より今扉の前で待たせている陛下をこれ以上放置するわけには……！）

この間、数秒。

グレイスは葛藤し、しかしそれを打ち切った。

「……はい、どうぞ、お入りくださいませ」

グレイスがそう言うと、コンラッドは苦笑しつつ扉を開く。

そうして入ってきた皇帝――セオドアの姿に、グレイスは内心涙を流した。

（ああ……リアムと同じでイケメン……正統派体育会系イケメンだわ……）

そして、この国一番の高貴なお方だ。初顔合わせではないが、こんな姿で会いたい相手ではない。

少なくとも、リアムの婚約関係で会うときは相当気合を入れるつもりだったのに！

内心気が気でないグレイスだったが、肝心のセオドアはまったく気にしていない様子だった。

「こうして公式の場以外でちゃんと顔を合わせるのは初めてだったな、ターナー嬢。初めまして、このようなときに、大変申し訳ない」

むしろそう言って胸に手を当てて頭を下げ、大変紳士的な態度を取ってくれる。

それにますます慌てたグレイスだったが、ぎこちないながらもなんとか受け答えをする。

「こ、こちらこそ、このような形でのお目通りとなってしまい、大変申し訳ございません、陛下。グレイス・ターナーにございます。その、リアム様には大変お世話になっております……」

「ははは、そのようだな。事前に話自体は聞いていたが、まさかわたしもこのような形でターナー嬢に会うことになるとは思っていなかったよ」

そう言うと、セオドアは眉を八の字にする。

「……ターナー嬢には大変すまないことをしたな」

「い、いえ！　これは陛下方が悪いのではありません！　いつだって悪いのは悪事を企《たくら》み、それを実行する人間たちです！　それを予想して動くなんていうことができるのは、神様ぐらいですから!!」

「……そうだな。わたしたちはあくまで、人間だ。だからこそ、ひどく難しい……」

その言葉を聞き、グレイスは妙に人間臭さを感じた。そこで改めて、彼がリアムの兄で、神の血を継いでいるとはいえ一人の人間なのだということを理解する。

（きっと陛下も、とても苦労なされたんだわ……）

そしてそれは、リアムもだ。彼のほうが、立場が不安定だったこともあり、セオドアとは違う意味で苦しんだかもしれない。

だからこそ、今日そのまま何も本音を語らずに立ち去ってしまったことがひどく気になる。

（……しかも、キスして誤魔化してきたし……！）

思い出すだけで顔が熱くなるが、今はそれを気にしている場合ではない。

頭の中に浮かんだ記憶をぱたぱたと払いつつ、グレイスは思い切って口を開いた。

「……あ、あの、陛下。一つ、お伺いしても構いませんか？」

「……どうかしたか？　ターナー嬢」

「その。リアム様のことなのです」

そう言うと、セオドアは首を傾げた。

「リアムがどうかしたか」

「あの……私が倒れてからのリアム様は、どのようなご様子でいらっしゃいましたか？」

そう聞くと、セオドアは渋い顔をした。そしてコンラッドと目を合わせる。

一方のコンラッドは困った顔をして、曖昧に微笑んで見せる。

妙な間に、グレイスは何かいけないことを言ってしまったかと焦った。

それが伝わったのか、セオドアが少し慌てる。

「い、いや、変な意味ではないんだ。ただあんなリアムを見たのは、わたしも初めてでな……なんと説明すればいいのか、迷ったのだ」

「……陛下ですら初めて見られた、リアム様……ですか？」

「ああ。あんなにも取り乱したリアムは、わたしですら見たことがない。それだけ、ターナー嬢のことが大切だったのだろうな」

そう言われて悪い気はしないし、おそらく普段のグレイスならば、照れていただろう。が、そのときはなぜか、嫌に心臓が脈打った。

どくりどくり。

耳に響いてくる自分の心臓の音を必死に抑えながら、グレイスは震える唇を動かした。

「……そ、の、陛下。リアム様が宮廷からお帰りになられる前に……お会いになりましたか？」

「ん？　ああ。先ほど会ったな」

「……普段と、違うところなどは……ありましたか？　なんでもいいのです、変な行動をしていたとか……言わないようなことを言い残したとか……」

そう聞くと、セオドアは少しの間考え、ああ、と口を開いた。

「そう言えば、少し違和感があることを言い残したな。そのまますぐに立ち去ってしまったから、今まで気にしていなかったのだが……」

「！　その内容を、お伺いしても構いませんかっ!?」

「あ、ああ」

食い気味にセオドアに迫ったからか、彼は驚いた顔をしていたが、グレイスとしてはそれどころではない。

だって。

（もし私の予想が正しければ……リアムが言った言葉は、）

「リアムは、こう言い残した――兄上、今までありがとうございました、と」

（――兄上、今までありがとうございました）

想像していた言葉がセオドアの口から零れ落ち、グレイスは唇をわななかせた。

（この、セリフは……）

そう、このセリフは。

（リアムが、ケイレブを殺す前に、兄であるセオドアに対して吐き出した、最後の言葉よ）

そしてこれはそのまま、リアムが人を殺す決意を固めたこと。また、兄のために善良なままでいられなかったことに対する謝罪でもあり、別離の言葉でもある。

つまりリアムはこれから小説のストーリー通り闇堕ちし、ラスボスになるための道を歩んでいく気なのだ――

そのきっかけは間違いなく、グレイスが怪我を負ったからだ。

リアムは、家族というのを殊更大事にする。

そして、グレイスも彼にとって家族同然の存在になっていることは、先日の告白でもう分かっていた。分かっていたのに。

（どうしてそのことに、もっと早く気づかなかった！　グレイス・ターナー！）

自身の愚かさにぶるぶると体を震わせたグレイスは、鋭い声で叫んだ。

「――シャル様！」

『な、何!?　どうしたのよ、グレイスっ？』

「お願いいたします、今直《す》ぐ……今直ぐ！　私をリアム様のもとへ連れて行ってください！」

『何言って……』

「――お願い!!」

泣き叫ぶような声でそう頭を下げれば、シャルは驚いた顔をしながらもベッドから降り立ち、その身をぐぐっと伸ばした。

するとシャルの体の文様が輝き、シャルがみるみるうちに大きくなっていく。

『グレイス！　乗りなさい！』

「はい！」

「い、いや、ターナー嬢！　一体どこへ……！」

「……リアム様を助けに。そう、あの方を救いに行って参ります」

だからどうかそこをどいて。私の邪魔をしないで。

感情を殺した声でそう言い、シャルの背に飛び乗ったグレイスの姿に、セオドアとコンラッドが恐れを抱いたように一歩下がった。

それをいいことに、シャルは窓に向かって駆け出す。

瞬間、閉ざされていたはずの窓が勝手に開いた。シャルの魔術だ。契約した効果か、グレイスにはそれが手に取るように分かった。

「──ターナー嬢！」

セオドアか、それともコンラッドの声か。もうグレイスには分からない。

ただ彼女はそれを置き去りにして、真っ赤に熟れ零れ落ちかけの果実のような空を、神獣に乗って駆け出した──

＊

「兄上、今までありがとうございました」

最愛の弟であるリアムがそう、まるで今生の別れのような言葉を言い残し、宮廷を去ったのは、ものの数時間前だった。

――物心つく頃から、リアムはすべてを諦めていた。

というのも、彼が早熟だったためだ。

元来、皇族というのは大抵早熟だ。それが、神の血を受け継ぐ者の性質で、運命《さだめ》だからである。

その中でもリアムのように飛び抜けて早熟で、物事すべてを一目見るだけで判断できるような存在は『神の愛し子《いとご》』と呼ばれ、特に為政者に向いた気質を持つとされていた。

しかしリアムはこともあろうに、「人にこれっぽっちも興味関心がなく、あまつさえ目障り」だと感じる気質で、挙句そのことにひどく苦しんでいる子どもだった。

自我が確立するより前の年齢で父と兄にそのことを伝え、助けを求めたそのことにも驚いたが、リアム自身がそのことを罪として、これから自分を罰し続けていくその姿勢は、はた目から見ていても痛ましいものだった。

あまつさえ、皇族にとって唯一の救いともされる『運命の伴侶』を探すどころか、妻すら娶《めと》る気がない頑《かたく》なさには手を焼き、最終的には父と共に説得を諦める他なかったのだ。

母を喪《うしな》い、徐々に衰弱していく父が最後まで気にかけていたのも、リアムだった。

だからセオドアは、そんなリアムに偶然でも『運命の伴侶』が見つかったことに安堵《あんど》していたし、彼の幸せを願っていた。

なのに、これだ。

自身の気質のことを相談してきたときですら、こんな顔はしなかった。

だが今はどうだろう。ひどく取り乱していて、泣きそうで、こらえているが体が震えている。それが恐怖からくるものだということを、セオドアは瞬時に悟った。

何を言われても、何をされても微笑むことができる弟が、こんな顔をする原因なんて、一人しかいない。それは、『運命の伴侶』だ。

――やはり、ターナー嬢はリアムの『運命の伴侶』だったのだな。

そのことにほっとする気持ちと、グレイスに何があったのか分からない点に混乱したが、セオドアは落ち着いて行動に移す。

すると、部屋を一室貸して欲しいと頼まれた。そこに、セオドアに来て欲しいとも。そして、あろうことか大司教であるコンラッドを呼んで欲しいと懇願されたのだ。

しかしあのリアムの頼みだ。理由がちゃんとあることは明白である。

だからセオドアはここではわけを聞かず、執事に指示を出して部屋を用意させ、宮廷の医療室にいるらしいグレイスをそこに運ぶように言った。

そうして部屋に向かえば、そこには一匹の猫がいた。

美しい白い毛並みは神々しく輝き、その体には青い文様が刻まれている。明らかにこの世のものではない美しさと恐ろしさを持つその猫は、神獣と呼ばれる存在だった。

そして特筆するのは、その大きさだ。

人の身の丈をはるかに超える、その体軀《たいく》。

全長は四メートルほどあるだろうか。セオドアも、大きさに圧倒された。

これが、神獣本来の大きさである。

しかし普通の神獣というのは、ここまでの大きさにはなれない。こんなふうに大きくなれる個体は皆一律で、契約者を得た神獣だった。

契約者を得ることで、神獣は本来の力を発揮することができるようになるのである。

――つまりこの神獣は……リアムかターナー嬢の契約神獣？

しかしリアムが契約をしていたのであれば、セオドアに必ず情報が来ていたはずだ。

ならグレイスの神獣かとも思ったが、確かリアムが頼んで護衛をしてもらっている神獣しかいなかったはず。

そう思っていると、リアムがその白猫に話しかける。

「シャル。グレイスは」

『ひとまずは大丈夫だけれど……あたしが契約していなかったら、即死だったわよ。内臓がずたずたに引き裂かれてたから』

事態の深刻さに、セオドアは言葉を失う。一体何をしたらそんなことになるのか。

一方のリアムは、白猫から話を聞いた瞬間、今までにないくらい冷たい顔をした。怒りをこらえているのがありありと分かる。

すると白猫が、セオドアの存在に気づいた。

『あら、リアムの兄じゃない』

「あ、ああ……すまない、状況を聞かせていただいても構わないかな?」

『もちろんよ。ただグレイスの治療に専念したいから、本当に少しだけれど』

そう言う神獣は、自身を『シャル』と名乗った。

元グレイスの護衛神獣で、彼女の危機を救うために契約を交わしたのだという。

その事実に、セオドアはひどく驚いた。

なんせ神獣というのは、対象の危機であっても、契約を交わすようなことはない。神獣にとって人の命と契約では、契約のほうが重要で大切なものだからだ。

つまりシャルは、ただの同情心で契約を交わしたのではなく、純粋にグレイスのことを気に入って契約を交わした、ということになる。それはとても素晴らしいことである。

そのことに感心していると、シャルは『グレイスが重傷を負ったのは、これが原因よ』と手元を開きながら言った。

そこには、溶けかけのキャンディがある。

『あたしも、グレイスの治療をするまでまったく気づかなかったのだけれど……このキャンディ、外側に魔力が、内側に神力が込められているわ』

「……魔力と神力を、食べ物に？　そんなまさか、あり得ない」

セオドアが思わずつぶやくと、シャルも頷きながら言葉を続けた。

『その通りよ。この大地を生み出したのは母神だから、食物に魔力が宿るのは普通だわ。けれど、神力は違う。大気に漂うのが普通で、魔力のように固体には宿らない』

「あ、ああ……」

『ただ、方法がないわけではないの。それが、このキャンディみたいに外側を魔力で覆う方法』

そこまで言われ、セオドアは瞬時に理解した。

「魔力の壁は、神力を通さない……その性質を利用したものか」

魔力と神力はそもそも、水と油のように決して交わらない。

そして魔力は固体になりやすい性質──つまりその場にとどまりやすい性質を持つため、器を作るのに適しているのだ。食物には元から宿りやすいため、キャンディのようなものはうってつけだろう。

その中に神力を注げば、このキャンディのように神力を内側に込めることができる。

シャルが差し出したそれは内側が空洞になっており、どのような構造になっていたのか分かる形となっていた。

『そしてグレイスがこんなにも内臓を損傷したのは……彼女が魔力を使えないからだと思うわ』

「……シャル。それとグレイスの体質に、一体どんな関係性があるのですか？」

『……つまり、グレイスの体はこのキャンディと同じ構造をしているのよ。性質は逆だけれど』

「……は？」

『外に神力をまとっていて、内側に魔力が溜《た》まっているの。しかも魔力に至っては、層になっている。まるで何かを守るようにね。だからこのキャンディを体内に入れたとき、本来ならばすんなり出て行くはずの神力が何度も体の中にある魔力の層に当たった。それが内臓を傷つけたの』

まったく聞いたことのない事例に、リアムだけでなくセオドアですら声を失った。

セオドアに至っては、グレイスが魔力を使えないことすら知らなかったため、色々な意味で衝撃が大きい。しかし同時に、リアムがそれを隠してきたことがなんとなく嬉しく思えた。

――本当に、ターナー嬢のことが大切なんだな……。

同時に、セオドアはリアムのことがひどく心配になった。

こんなふうに自身の『運命の伴侶』に固執するのは、皇族ならではの特質である。

その固執具合は、セオドアたちの父を見れば分かる。なんせ父が死んだのは、母が流行《はや》り病《やまい》によって亡くなってしまったのが原因だったのだから。

だから。

――ターナー嬢をこのような形で傷つけられれば、さすがのリアムも気落ちするだろうな……。

そう、セオドアは思った。

しかも今回は、理由が理由である。間違いなく、リアムと婚約を結ぶことでグレイスが傷ついたのだから、きっとセオドアでは想像もできないくらいの後悔と罪悪感に襲われているはず。

現に今もひどく動揺していて、このまま崩れ落ちそうなくらい顔色が悪い。普段、たとえ体調が悪かったとしてもそれを表に出さないことを知っているセオドアとしては、リアムが倒れないかが心配だった。

しかしその予想とは裏腹に、リアムは落ち込み続けるわけでもなく、むしろ率先してキャンディを誰がグレイスに渡したのか。そしてそのキャンディはそもそも、だれが購入して中央教会へ行きついたのか。……最終的にはその製造元まで追い、その過程でセオドアとリアムの伯父――ケイレブに三日であっさり辿《たど》り着いた。

なんとこのキャンディを教会に寄付したのは、ケイレブだったらしい。

販売元であるお菓子屋、製造元に関しては白だったため、おそらくはケイレブが独自で作り上げたものを混入させたと思われる。そう結論付けられた。

しかしこれだけだと、証拠がいまいち弱い。

それは、グレイスのもとへキャンディが行きつくまでに、キャンディを手渡した少女以外にも数々の人間の手を辿ってきているからだ。

現状だと、グレイス個人を狙ったというより、無差別殺人を狙ったと言ったほうがいいだろう。

またケイレブは敬虔《けいけん》なる教会の信徒だ。その信仰っぷりはセオドアだけでなくリアムも知るところで、社交界でも有名である。

そんな人間が、教会の人間を殺すようなことをするのだろうか。

そのような疑問もあり、この経路は決して、有力な証拠となり得なかった。

それはリアムが一番分かっていたのだろう。ひどく気落ちした様子で、何やら思い悩んでいた。

そしてグレイスが目を覚ましてからは、どことなく吹っ切れた顔をしていた。

思うに、肩の荷が一つ下りたことで、安心したのだろう。

それゆえに、リアムがグレイスが目覚めてから告げた言葉に違和感を持ちつつも、リアムが何をしでかそうとしているのか、予想できなかった。

——そう。セオドアは、リアムが言っていた彼の闇の本質を理解しきれていなかったのだ。

リアムはずっと前から、自身の心中を巣食う悪性について、伝えてきてくれていたのに。

＊

グレイス・ターナーは、自身の神獣であるシャルの背に乗って、空を駆け抜けていた。

夏の夜とはいえ、田舎ほどではないが朝晩は冷える。また三日も寝ていたため体が弱っており、直ぐに息が乱れてきた。

シャルも人を乗せて駆けるのは初めてなようで、乗り心地はあまり良いとは言えない。そもそも人が動物の背に乗るためには鞍《くら》のようなものが必要だ。そのため、乗るというよりは抱き着いている感じだった。

しかしそれでも、シャルはグレイスの体への負担を減らそうと神術で結界を張ってくれたし、グレイスが落ちないようにできる限り体を揺らさないよう配慮してくれた。

（きっとこういうとき、魔術が使えたらもっと上手くできたのにね）

神力はその性質上、守るということ以外で固体にならない。空気を固体にするには特別な方法で固めなければならないのである。言わばドライアイスのようなものだ。だからどうしても、綱のようにはできない。

だけれど。

（それが一体、どうしたっていうのよ……！）

ぎりっと。グレイスは唇を噛《か》み締めた。

リアムを絶対に闇堕ちさせないと、決めたのだ。ここで動かないでいつ動く。

あんなにも優しくて自分に厳しい人が、悪人のせいで人生すべてを台無しにされるなんてあってはならないのだ。

（それに、リアムはつまらない生き方って言ってたけど……そもそも、上っ面だけであんな慈善活動ができる人が、一体何人いると思ってるのよ……！）

しかもそれを二十年以上続けるなんて、並大抵のことではない。リアムに少なからず良心が存在しなければ、そんなことはできないはずだ。グレイスだったら、一年と持たず音を上げる自信があるのだから。

だから、今のグレイスにできることはただ一つ。

（お願い、どうか間に合って……！）

そう、心の中で祈ることだけだった。

——それから、どれくらいの時間が経っただろう。直ぐだったような気もするし、一時間以上経っていたような気もする。

シャルが降り立ったのは、クレスウェル邸の裏手だった。厩舎《きゅうしゃ》がある辺りだ。

つまりリアムはこれから、ケイレブのところに行こうとしたのだろう。

（間に合ってよかった……）

間に合ったのであれば、きっと説得に応じてくれるはず。

そうほっとしたグレイスだったが、リアムと顔を合わせてすぐに考えを改めた。

――そこにいたのは明らかに、グレイスが知っているリアムではなかったからだ。

感情すべてをそぎ落としたような無表情で、刺々《とげとげ》しいまでの魔力を放っている。それは茨のように強固でひどく攻撃的だった。普段、何があろうとも神力が周囲に満ちていて、清く美しいことを考えると、まるで別人だ。どす黒い何かすら見える気がする。

渦のようにリアムの周囲にまとわりつくそれは、駆け寄ろうとしたシャルの体を傷つけた。

さすがのシャルも、そんなリアムの行動に愕然《がくぜん》としている。それはそうだろう。普段のリアムを知る者だからこそ、今のリアムの姿は受け入れられない。

グレイスが冷静でいられているのは、小説の内容を知っていたから。

――そして、リアムのこの姿に覚えがあったからだ。

「シャル様」

それを確認したグレイスは、シャルに制止するよう促す。

そして返答を待たず、地に降り立った。

すると、今までは多少の違和感でしかなかった体の不調を、はっきりと自覚する。

(……びっくりするくらい、歩けないわ)

内臓を損傷したと言っていたが、本当にそのレベルなのだろうか。体に上手く力が入らないし、何より一歩前に進むだけで全身が痛む。筋肉痛が全身にきているような、そんな痛みだ。とてもではないがまともに動けない。息も苦しい。

何より魔力の圧がすごくて、体が後ろにひっくり返りそうになった。

それでも、グレイスは一歩ずつ前へ進んだ。

ずっと魔力を弾《はじ》いてしまう自身のこの体質を疎ましく思っていたが、今日ばかりはありがたい。

でないと、リアムに近寄ることすら叶わなかっただろう。

（もしかして、こういうときのために、神様が私をこんな体質に変えたのかしらって……都合のいいことを考えてしまうわ）

でないと、痛みと妙な眠気に負けて意識が飛びそうだった。

それを振り払う意味を込めて、グレイスは口を開く。

「リアム様」

そして、警戒するようにグレイスを睥睨《へいげい》するリアムに、そう呼びかける。

それでも、リアムは無表情のままだった。

「……グレイス。休んでなくてはだめではありませんか。どうしてここに来たのです」

そう口にするが、そこには心配なんて一ミリもこもってない。とりあえず心配しておいたほうがいいだろう、とでも言うような、なんとも言えず機械的なセリフだった。

それを聞いたグレイスは、思わず笑う。

（ああ、なんか、すごく覚えがあるわ……そうよ、これ。この感じ）

『グレイス。どうか僕のために、あの女を殺してください』

そう、この感じは確か、リアムがグレイスにアリアを殺すように命じたときだ。

無感情で機械的。心なんて何もこもっていない。

ただ、自身の一声があればグレイスが何でもやってくれると分かっている。そんな傲慢さが透けて見える声だ。

まるで自分が本当に体験したかのような感覚はよく分からない。だがそのおかげで、今のリアムが少なくとも、グレイスが知っている彼でないことははっきりした。

そのためか、頭の芯がすうっと冷えて、意識がはっきりする。

（ここで私がリアムを止められなければ、彼は確実に闇堕ちする）

それを避けるためには、グレイスも本気で説得しなければならない。

それこそ、死ぬ覚悟をしてでも。

ふう、と息を吐いたグレイスは、最後に一度だけ振り返った。

そこには、魔力の嵐を結界で防ぎながらも、グレイスを見守るシャルの姿がある。

『グレイス――もしも何かあればあたしが殴るから、やりなさい！』

（……約束、覚えていてくれたのね）

この世で一番頼りになる相棒であり親友の神獣からの激励に笑みを浮かべてから、グレイスは再度前を見る。

そしてリアムのもとへと、一歩ずつ向かっていった――

＊

リアム・クレスウェルの人生は、我慢と諦めの連続だった。

それはなぜか。終始付きまとい続ける不安と恐怖のためだ。

本能によるものか、それとも皇族の中でも特別賢かったからなのか。

リアムは自身の闇を知っていた。

だからとにかく、その闇が育たないように細心の注意を払いながら、ただ家族を守るという一心で今まで生活してきた。

その日常に、安寧はない。

自由もない、楽しさもない。

あるのはただ、罪の意識と、それでも自分を大切にしてくれる家族に対しての愛情。そして自責の念だけ。

自分自身を律して罰を与え続ける人生。

そんな生き方に擦り切れてしまい、生きている価値すら見出《みいだ》せなくなってきた頃、出会ったのがグレイスだった。

初めはただ、好奇心だと思っていた。しかし今思うとあれは、一目惚《ひとめぼ》れのようなものだったのだ。

それはグレイスと関われば関わるほど強く、大きくなる。

綺麗《きれい》だった。

まばゆかった。

それくらい、心惹《ひ》かれた。

――誰にも、渡したくないくらいに。

それと同時に、グレイスの存在はリアムにとって、いささか刺激の強すぎる〝飴《あめ》〟だったのであろう。

目の前で彼女が死にかけたのを見た瞬間、今まで地中深くに押し込めていた心の闇が、一気に芽吹いたのを感じた。

とてもではないが、冷静ではいられない。

他人なんてどうでもいい。

失いたくない。死んで欲しくない。

自分の、せいで。

それはグレイスが死にかけた原因であるキャンディを調査していくうちに、みるみる成長していく。

ケイレブと関係こそあったが、それが決定的な証拠にならないことを悟ったとき、リアムの心中を占めたのは諦めでも悔しさでもなく、『排除』の二文字だった。

そう。邪魔なものはすべて、殺してしまえばいいのだ。

なんせケイレブはリアムにとって、目の上のたんこぶでしかない。

それに、ケイレブのような人間が消えたところで、一体だれが困るのだろう。

そもそもなぜリアムは今まで、我慢し続けてきたのだろうか。

要らないのであれば排除すればいい。

目障りなものを殺すことを、なぜためらわなければならない。

何より、リアムにはそれを他人にバレることなくこなせるだけの魔力と、もしもの際は他人を洗脳して目撃者そのものを消せるだけの神力が備わっていた。

ならなおのこと、遠慮する理由はない。今まで同様、取り繕う意味もない。

そう考え始めると、思考はどんどん闇に飲まれた。

『――そうダ、堕《お》チろ……ぼくノトコロニまデ……！』

いつになく鮮明に、頭の奥底で響いていた声が聞こえてくる。

それに身を委ねた瞬間、初めのうちは何より輝いていた『グレイスを守るため』という大義名分も、その頃には霞《かすみ》のように消えていて。

最後に残ったのは、飢餓感にも似た破壊衝動だけとなっていた。

それはそのまま魔力の渦となって、彼の周囲に嵐を巻き起こす。

その衝動のままケイレブのもとへ向かおうとしていたリアム。

「リアム様」

そんな彼のもとに現れたのは——一人の、死にかけの少女だった。

グレイス・ターナー。

リアム・クレスウェルが何より大切で、愛した人。

そのはず、なのに。

感情が上滑りするだけで、今まで感じていた愛おしさや失いそうになったときの恐怖が嘘のように感じなくなっていた。

——感情が、壊れてしまったのでしょうか。

そんなことを思いながら、リアムは一応と言わんばかりの言葉を口にする。

「……グレイス。休んでなくてはだめではありませんか。どうしてここに来たのです」

自分でも驚くくらい、無機質な声が出た。

それと同時に、取り繕わない自分はこうも人形のようなのかと、なんだか笑えた。

目の前のことがまるで、舞台の上で起こっているかのような。そんな一枚薄い幕が張られたような非現実に見える。

やはりリアムは、生まれた頃からの悪人で。化け物だったのだ。

そう自覚したリアムに、グレイスはなおも向かってきた。

「リアム様。やめてください」

沈痛な面持ちで言うグレイスに、リアムは首を傾げた。

「何を、やめろというのでしょう」

「……今からしようとしていること、そのすべてを、です」

まるで、リアムがこれから何をしようとしているのか、すべて分かっているかのような口ぶりだ。

否。グレイスは、リアムが唯一思い通りにできない人間だ。きっと、本当に何もかも分かっているのだろう。

――ならば、彼女も要らないのでは？

そんな思考が湧き上がり、リアムは手を震わせた。

しかしなぜ手が震えたのか分からず、困惑する。感情が追いつかない。

リアムが混乱のあまり立ち尽くしていると、グレイスが一歩、また一歩と近づいてきた。

その顔が険しく、今にも崩れ落ちてしまいそうなことに気づき、リアムはまた動揺する。

「リアム様。リアム様は本当に、それしか方法がないと……そうお思いですか？」

「……どういう、意味でしょう」

「……デヴィート卿《きょう》の罪を暴くのでもなく、彼をはめて陥れるのでもなく……殺すしか解決策がないと思っていらっしゃるのかと。そう、聞いています」

グレイスは語る。リアムに語り掛ける。

思考することをやめようとしていたリアムに、その言葉はなぜかひどく刺さった。

方法は、ないのだろうか。

グレイスの言う通り、ケイレブを退場させる方法は、あるの、では？

そう考えようとすると、芽吹いた闇が手を伸ばして、それを沈めようとする。

それを振り払うように、グレイスは告げた。

「もし本当にそう思われたのなら……私もリアム様の罪を、一緒に背負います」

がつん、と。

頭を殴られたかのような衝撃が走った。

グレイスは、リアムを裁くのでも、遠ざけるのでもなく、一緒に罪を背負ってくれるのだという。

それは彼にとって、まったく未知の選択だった。

思わず目を見開けば、グレイスがもう目前まで迫っていた。

彼女の足で、あと数歩といったところだろう。それが、今のリアムには死刑宣告のように見える。

ぞわぞわと、言い知れぬ恐怖がこみ上げてきた。

それを振り払うように、リアムは魔力の渦を強くする。

しかしそれはグレイスには当たらず、まるで何かに守られているかのように弾かれてしまった。

それでも、グレイスの今の体には衝撃が強かったのだろう。後ろに倒れ込みそうになる。

反射的に手が前に出そうになり、リアムは体をこわばらせた。

――なぜわたしは、彼女を助けようとしたのでしょう。

リアム自身が、グレイスが倒れる原因を作った張本人なのに。

そんなふうに気を抜いていたからだろうか。周囲を覆っていた魔力の渦が、知らず知らずのうちに弱まっていた。

瞬間、体勢を立て直したグレイスが、駆ける。

「でも！　今のリアム様は全然、全力なんて出してないッッッ!!」

――そして気づいたときには、リアムはグレイスに押し倒されていた。

グレイスの瞳から、大粒の涙が零れ落ちていく。

「ねえ、どうして！　どうして諦めてしまったの!?　あなたには解決できるだけの力があるじゃないですか！」

「グレイ、ス」

「なのに、どうして!……どう、して……っ」

ぼろぼろと涙を零すグレイスに、リアムは現実に引き戻されたかのような、そんな強い衝撃を受けた。結果、今までは非現実的だった目の前の出来事を、ようやく実感できるようになる。

感情が戻ってきたリアムが一番初めにした行動は、グレイスを泣きやませることだった。

「グ、グレイス……わたしがすべて悪かったです……なのでどうかお願いします、泣きやんでください……」

参る、というのはこういうことを指すのだろう。

男は女の涙に弱いという話自体は知っていたし、リアムも兄から「妻から泣かれるのが一番堪《こた》えるな……」という話自体は聞いていたが、まさかここまで動揺するとは思わなかった。

それもあり、リアムは手を伸ばしてグレイスの涙を拭おうとしたのだが、振り払われてしまう。

「私、今回のこと以外でも怒ってます……っ」

「はい……」

「守ろうとして、勝手に遠ざけるのはやめてください。私だってリアム様を守りたいんです……！」

「……はい」

「それと、つまらない人間だなんて言わないで。たとえそれが偽善でも、善行は善行です。……リアム様がしてきたことを否定するようなら、たとえリアム様でも許しませんから」

それを聞いて、リアムは泣きたい気持ちにさせられた。

——ああ、グレイスがこんなにも怒っているのは……わたしのことを想ってだったのですね。

そう自覚した瞬間、愛おしさと切なさをまぜこぜにしたような気持ちになり、胸が苦しくなる。

思わず泣き笑いのような顔を浮かべて「はい」と言えば、グレイスはぎゅっと唇を引き絞った。

そして、絞り出すように言う。

「またこういうことが起きたら、私、全力で止めますから。……もし私を死なせたくないなら、何か起きる前に話してください」

「……分かりました」

「それと……もし本当に地獄へ行くこと以外の選択肢がないのであれば、私もついていきます。これは、絶対です」

リアムの心の闇を理解したような言い方に、彼は笑みを浮かべる。

同時に、思ったのだ。

——ああ、だから、わたしは。

——彼女のことが好きになったのです。

グレイスならばきっと、リアムの心の闇が広がる前に、止めてくれる。照らしてくれる。

そして、一緒に罪を背負ってくれる。

それは、今までずっと他人のことばかり考えてきたリアムにとって何よりの救いだ。

こんな人は、この先絶対に現れないだろう。だから絶対に、離さない。離すものか。

その気持ちを込めて、リアムは口を開く。

「そのときは、ちゃんとエスコートできるようにしますね」

そう言えば、グレイスはようやく笑みを浮かべてくれた。

しかし瞬時にハッとすると、むすっとした顔をする。

「けれど、今回はそのときではありませんからね？」

「ふふ、そうですね」

「あの人、叩けば絶対に埃《ほこり》が出る人なんですから！　ちゃんとやって！　私だけでなく皆、リアム様のことを大事に思っているんですから、自分を大切にして！」

「……はい、愛しい人。仰せのままに」

そう言い、リアムはグレイスの手を取ると、その指先に恭しく口づける。

そこでようやく、リアムはグレイスに触れる許しが出たのだった——

六章

泣き脅しでどうにかリアムを正気に戻したグレイスは、クレスウェル邸の私室で目を覚ました。

腫れぼったい目を押さえつつ、グレイスは昨日のことを思い出す。

（……そうだった。私、なんとかリアムを正気に戻した後、緊張が解けたのと痛みでぶっ倒れたんだった……）

そこから記憶がないので、おそらく、いや確実にリアムがここまで運んでくれたのだろうと思う。

見れば、シャルが枕元の椅子に置かれたかご型のベッドの中で丸くなっている。

（これで私の体がまともに動けば……いつも通りの朝なんだけれど）

しかし昨日無茶をしたせいか、起き上がるのがやっとといった具合だった。

死ぬ気でリアムを止めるつもりだったが、文字通りという感じになってしまったなあとグレイスはぼんやり天井を見つめる。

（……うん、勢いに任せて出てきちゃったせいで、各処に多大なる迷惑をかけている気がする……いえ、確実に迷惑をかけているわ……！　主に、皇帝陛下と大司教様に……！）

そうしているうちに思い浮かんだのは、自身の無鉄砲さと段取りの雑さだった。

しかしまともに動けない以上、どうしようもない。

そのため、現実逃避も兼ねて頭の中で一から『亡国の聖花《せいか》』についての設定を思い浮かべていると、外から声がかかる。

『……グレイス、入ります』

入ってきたのはリアムだ。

彼は起き上がっているグレイスを見て、目を見開く。

そして慌てた様子でグレイスの背中の後ろにクッションをいくつも入れて、もたれかかりやすくしてくれた。

また、朝食は食べられるかとか、午後には屋敷にコンラッドを呼んでいるだとか。皇帝には昨夜のうちにもう事情を神獣を通じて説明してあるだとか。

グレイスが取りこぼしたことまできっちり手を回しているということを、さらっと伝えてくれる。わざわざ伝えてくれたのは、グレイスが気にしていると思ったからだろう。

事実、グレイスは少し前までそのことで現実逃避をしていた。さすが、と言うべきだろう。これぞスパダリという配慮に、他人事《ひとごと》のように感心した。

（ああ、でも私、本当にリアムのこと、止められたのね……）

昨夜見た人形のような姿とは打って変わり、今のリアムは普段の二割増しで表情が豊かだ。何よりグレイスのことをとても心配してくれていることが、仕草や表情からありありと分かる。

そのことに安堵《あんど》したグレイスは、無意識のうちにリアムの頰に手を伸ばしていた。

むに。

思わずリアムの頬をつまんだグレイスは、ハッと我に返る。

「あ、えっと、これはその……！」

慌てて指を開いたグレイスだったが、その手を包み込むようにリアムが手を重ねてきて、ぴきりと固まった。

それだけでなく、リアムはまるで猫のようにグレイスの手に頬をすり寄せる。

「……どうかしましたか？　グレイス」

そんな言葉と同時に上目遣いで見つめられ、一拍置いた後、グレイスはぼんっと顔を赤らめた。

「いいいい、いえ、その、な、なな、なん、でも……」

ただちょっと、今目の前にいるリアムが本物のリアムなのか、確かめたかっただけなのだ。これと言って意味はない。

しかしリアムは首を傾《かし》げるだけで、グレイスを解放してはくれなかった。むしろさらにあざとく、グレイスのことをちらちら見つめてくる。

（これは……本当のことを言わないと放してくれないやつ……！）

何より、リアムは嘘《うそ》を見抜けるのだ。彼相手に言い訳など無駄だということを、グレイスはすっかり忘れていた。

観念したグレイスは、躊躇《ためら》いながらも口を開く。

「……ただ、本当にリアム様なのか確かめたくて……つい、手が伸びてしまっただけなのです。だから、からかわないでください……」

そう絞り出した声は、最後のほうはかすれてしまった。

恥ずかしさのあまり思わず顔を背けると、ふわりと髪が揺れる。

気が付けばグレイスは、リアムの腕の中にすっぽりとおさまっていた。

「からかったりなど、絶対にいたしませんよ」

「あ……」

「ただ、わたしのほうが愛《いと》おしさでどうにかなってしまいそうになりますので……お手柔らかにお願いします」

見上げれば、わずかに見えた耳がこれでもかというくらい赤くなっているのが分かった。

そのことに、グレイスの胸中に言い知れぬ感情がこみ上げてくる。

愛おしさと、温かさと、甘さ。

「……はい……」

それを噛《か》み締めながら、グレイスはリアムの腕に身をゆだねたのだった。

＊

ただ、問題は今もなお山積みである。

リアムの件はどうにかなったが、肝心のグレイス殺人未遂犯、そしてリアムの伯父であり目の上のたんこぶ、ケイレブをどのようにして遠ざけるのか。それが残っているのだ。

(何より気になるのは……マルコムよね)

マルコム・フィッツ司教。

彼がこの件に関与している可能性が高いのでは？　とグレイスは踏んでいた。

ただ今グレイスの手元にある情報だけでは、リアムたちに「どうしてマルコムを疑ったのか」を説得できるだけの材料がない。まさか馬鹿正直に「小説の中で悪役として登場したからです」なんて言えるはずもなく。正直、八方塞がりの状態だった。

それもあり、いち早く活動できるようになりたいというのが、グレイスの本音である。

そのため、シャルに頼み込んで巻きで治療を進めてもらっていたグレイスだったが、思わぬところで話が進展することになる。

それは、「グレイスとリアムにどうしても話したいことがある」という理由で、コンラッドと共に来訪したアリアがもたらしたものだった。

「単刀直入に申し上げます――グレイスさんの件ですが、わたしは司教様が怪しいと思っています」

クレスウェル邸・客間にて。

開口一番に口を開いたのは、アリアだった。

リアムと共に向かいに座っていたグレイスは、その発言にぽかんとしてしまう。

（まさか、アリアちゃんが司教を疑う発言をするなんて……）

というより、リアムの目が紫色なのを見ても驚かないところを含めて、かなり肝が据わっているなと思った。さすがあの、数々の成り上がりを果たす『亡国の聖花』の主人公と言うべきだろう。

それはコンラッドも同じだったらしく、ひどく驚いた顔をしていた。それはそうだろう、コンラッドは大なり小なり、司教であるマルコムを信頼しているはずだから。

しかしコンラッドの素晴らしいところは、それを頭ごなしに否定しないところだろう。

「……アリア。どうしてそのように思ったのか、一から説明してくだされ」

「はい」

むしろアリアに発言するように促している。

（こういうところが、アリアちゃんが大司教様を信頼している理由よね）

マルコムとは違い、コンラッドはアリアの考えを否定しない。代わりにどうしてそう思ったのかを聞いてくる。

それは、教育者として必要なスキルだろう。少なくとも今のアリアにとっては必要不可欠だ。

グレイスがそんなことを考えていると、アリアが話を始める。

「わたしは出会った当初から、司教様が苦手でした。ただ別に、そんな不確かなことで疑っているのではありません。きっかけは、グレイスさんと司教様が対面されたその日に聞いた会話でした」

「会話、ですか……」

「はい。司教様が、特に可愛《かわい》がっている少女たちに、グレイスさんの教会での動きを見張るよう、またどのような発言をしていたのか教えるように言っていたのです」

グレイスは思わず眉をしかめそうになり、ふう、と息を吐いた。

胸糞《むなくそ》の悪い話になりそうな予感をひしひしと感じる。覚悟して聞かなければならないなと思った。

一方でリアムとコンラッドは、淡々とアリアの話に耳を傾けている。

「それを機に司教様のことを疑ったわたしは、できる限り司教様の動きに注意して生活していました。そして気になった行動や言動をすべて、記録につけておいたのです。それがこちらです」

あまりの手際の良さに、グレイスは大いに驚いた。

それはコンラッドも例外ではなく、目を見開いている。

リアムはと言うと、アリアから手帳を受け取り、ぱらぱらとめくってすべてのページに目を通していた。速読というレベルではないめくり方に、グレイスはただ見ていることしかできない。

「……なるほど。伯父上とフィッツ司教は、お知り合いだったのですね」

「え？」

「別に、不思議なことではありません。伯父上は熱心な信徒ですので」

「そ、そうだったのですね」

「はい。ただ中央教会において一番上位なのは、エリソン大司教ですから、フィッツ司教と懇意にしているというのは別の目的があったと疑うべきですね」

リアムがアリアからの情報をもとに冷静な判断を下している。

そのとき、グレイスは「もしかしたら、あの仮面舞踏会に来ていたのはマルコムだったのかも」と思った。

それはリアムも同じだったらしく、「そうなると、伯父上が仮面舞踏会で密会していたのも、フィッツ司教の可能性が高いですね」と言った。

点と点が繋《つな》がり、一つの道になっていくような気がする。

（……とりあえず私は、口を挟まないようにしましょう）

グレイスはそう、心に誓った。

すると、アリアがまた別のものをポケットから取り出す。

「そして、もう一つの証拠はこれです」

ハンカチに包まれたそれは、緑色のリボンだった。

瞬時にそれが何なのか理解したグレイスは、ビクッと震える。

ドン引きしているグレイスに、アリアは頷《うなず》いた。

「はい。グレイスさんが予想されている通り……これは、司教様がわたしに贈ったリボンです」

「これが、例の……」

「はい。他のお気に入りの少女たちにも贈っている、気持ち悪いリボンです」

アリアはそれをテーブルに置いた。そしてコンラッドとリアムを見る。

「お二人であれば、恐らく分かるはずです。このリボンに、神力が宿っていることを」

「……神力？　物に神力って、そんなまさか……」

神力は固体には宿らない。そんなことは常識だ。

しかし、ドライアイスのように気体を固体にする方法があったとしたら？

そう考え、グレイスが思わず言葉を途切れさせると、どうやらその方法に覚えがあったらしいリアムとコンラッドが渋い顔をした。

そしてリアムが、最悪の想定をする。

「……もしかしてその少女たちは、この神力をまとったリボンを長時間着用したことで、フィッツ司教から洗脳されているのではありませんか？」

それを聞いたグレイスは、言葉を失った。

だが同時に、小説の内容を思い出して沈黙する。

（神力は人が本能的に惹《ひ》かれるもの……適量であれば薬になり、人々の心に安寧をもたらすけれど……量を間違えれば麻薬のように依存性が出てくる。なら理論上、洗脳は可能だわ……）

そして小説のグレイスも、リアムの神力を長時間浴び続けたことで洗脳されていた、と見るとあの心酔具合に納得がいく。

グレイスは改めて、神力の恐ろしさを痛感した。

（前世でも思っていたけれど……どんなに素晴らしい技術でも、それを使う人間の考えや能力によって悪用されることがあるのよね）

その一方で、コンラッドが固く瞼《まぶた》を閉じ、俯《うつむ》いている。

何かの痛みを耐えるような仕草に、グレイスはハラハラした。

それはそうだろう。まさか名誉職とはいえ、自分がいる中央教会でそのようなことが行われていて、それを把握できていないなんて、恥以外の何物でもない。

特にコンラッドは責任感が強いのだ。自責の念に駆られていたとしても、不思議ではなかった。

少しして、コンラッドが口を開く。

「……リアム様。そう考えますと、一つ、納得がいくことがございます」

「なんでしょう」

「……ターナー嬢がクレスウェル邸で暮らすことをデヴィート伯爵がご存じだったのは……おそらく、フィッツ司教が教えたためでしょう」

リアムは首を傾げた。

「何か心当たりでもあるのですか」

「はい。リアム様からターナー嬢のことをお手紙でお知らせいただいた後、細かくちぎって廃棄しました。ですが……ゴミ箱が昼間のうちに、綺麗《きれい》になっていたのです。大抵、ゴミの回収は夕方だったので不思議に思っていましたが、そのときは気に留めていませんでした。ただ今思えばあのときに、フィッツ司教に知られたのかと……」

グレイスは、ふと前世見た刑事ドラマを思い出してしまった。

（あれはシュレッダーで細かくされた紙を一枚一枚コンピューターで読み込んで、復元するってやつだったけれど……それを手でやるなんて）

悪人の考えることは本当に、理解できない。同時に、危機管理というのは本当に大変なのだなとグレイスはしみじみ思った。

それに対して、リアムは責めるでもなく淡々と頷く。

「なるほど、そういった経緯でしたら、伯父上がグレイスが越してきた当日にやってきたのにも納得ができます。大方、フィッツ司教にいいように言われたのでしょう」

「リアム様……」

「ただ伯父上はフィッツ司教とは違い、感情で動く方です。そのため、越してきた当日にやってきたのだと思います。本当に賢い方でしたら、数日後にしたはずですから」

（わあ……遠回しに見せかけて、直接的な言い方で自分の伯父をけなしているわ……）

ただ、実際愚かとしか言いようのない行動をしているため、誰からのツッコミもなかった。グレイスも何も言わなかった。

しかし今まで話題に上らなかったマルコムの存在が浮き彫りになったことで、話は驚くほどスムーズに進み始める。

「フィッツ司教が関わっているというのであれば、グレイス殺害未遂の一件も上手《うま》く話が繋がりそうですね、エリソン大司教」

「そうですな。……アリア、よくやりました」

「いえ、少しでもお役に立てたのであれば、嬉《うれ》しいです」

「ですが、さすがにおてんばがすぎますぞ。次からはもう少し早く、わたしに言ってくださいね」

「……はい、大司教様」

祖父と孫のような会話に、グレイスはこっそり和む。

ただこれから証拠を得るのだとしても、時間がかかりそうだなと感じた。

(正直、現行犯逮捕が一番楽なのよね……それはいつの時代も変わらないわ)

魔術や神術という便利スキルがあるこの世界でも、捜査というのはかなり地味なものなのだ。

特に相手の精神に干渉して、自白を促すような神術の使用は、一部のパターンを除き法律で禁止されている。まあ非人道的な上に、最悪廃人になる可能性があるので当たり前だろう。

ただ今回の場合、すべてが事実ならば反逆罪に相当する悪行だ。なので何かしらのきっかけさえあれば、精神干渉して自白を取り、死刑という流れにもできたはず。

そこでふと、グレイスは思った。

というより、アリアを見ていて思い出したのだ。

（……いや、待って。手っ取り早く、問題を解決できる方法、あるかも）

「あの、一つ提案があるのですが……」

そう切り出し、自分の考えを口にすると、全員がなんとも言えない表情をする。

「グレイス、それは……」

「……グレイスさんは、死にかけたという自覚がないのですか？」

「……まだ回復もされておりませぬし、今は安静にされていたほうが……」

リアム、アリア、コンラッドの順で渋い顔をされる。

三者三様の反応だが、やめておけという意見は一致しているようだ。

しかしグレイスはあっけらかんと言った。

「ですがこの作戦ですと、直《す》ぐそばには必ずリアム様がおります。これほどまでに安全な場所は、ないと思いませんか？」

そう。この世界で、リアムのとなりほど安全な場所はないのだ。

だって彼は天才で、大抵のことは難なく乗り切れる人だから。

だからグレイスとしては当たり前、といった気持ちで言ったのだが、瞬間、リアムが目を見開く。

そして珍しく、顔を隠してしまった。

（え？）

思わず目を瞬いていると、にこにこと満面の笑みを浮かべたコンラッドが頷いた。

「リアム様がご了承なされたのであれば、わたしは協力させていただきますぞ」

「……わたしも、できることがあればやります」

（ええっと……この作戦で、いいのですか……？）

先ほどとは真逆、まさしく手のひら返しを食らってしまい、戸惑いを隠せない。

しかしそんなグレイスを置いて、話はグレイスの案をもとにさらに補完され、形作られていった。

それを眺めていたグレイスは、こっそり首を傾げる。

（結局、リアムはなんで顔を赤くしたのかしら……）

しかしそれを聞くタイミングを逃し、触れることができないまま終わる。

その後、リアムはアリアと二人で話があるとのことで、客間に残った。

一方のグレイスは私室に戻り、コンラッドに体調を見てもらうことに。

そしてグレイスはコンラッドが去った後、翌日までぐっすり眠りについてしまったのだった。

＊

アリア・アボットはその日、人生で一番緊張していた。

それもそのはず。今目の前にいるのはあの皇弟殿下で、世間で言うところの『聖人公爵』である。

いくらなんとなくその雰囲気や、コンラッドの態度から彼の立場が相当高位だと把握していたとはいえ、最初にあった頃とはまるで違う神々しさを身にまとう姿に、知らず知らずのうちにごくりと唾を飲み込んだ。

しかしアリアがそれを承知でリアムに会いに来たのは、理由がある。

そしてリアムのほうも、それを承知の上で二人の時間を作ってくれたようだった。

「それで。あなたは一体、わたしに何を望むのですか？」

リアムがそう切り出してきたことに、アリアは驚かなかった。むしろ向こうから話を持ち掛けてきたことに感謝すらしたくらいだ。

だって事実、今回の件に協力する見返りが欲しいからこそ、わたしは公爵閣下と二人きりになったのだから。

アリア・アボットという少女は、少女という年齢の割に、ひどく達観していた。

それは過酷な立場だったこともあるが何より、物心つく頃から大抵のことを理解していたからだ。

勉強も一度行なえば、当たり前のように記憶できた。

書物も一度読めば十分で、応用なども簡単にできた。

アリアは根本的に、賢かった。

大抵の場合、一目見ただけで相手の善悪が見抜けた。

だから自身が異質なことも知っていて、それをひけらかそうとはしなかった。

アリアが望んだのは、大好きな両親と一緒に幸せに暮らすこと。そしてその周りを皆善良な人間たちでまとめ上げ、楽しく過ごすことだったからだ。

もちろん、そのためには自分のため、なんていう文言は逆効果だということも知っている。他人のため、と言っておくほうが、都合がいいのだ。

だからアリアはいつも、他人のために行動した。

正しさを掲げた。

もともと、潔癖な性格でもあった。なので正義を理由に行動すること自体には、なんら躊躇いはなかった。

またアリアのような少女の場合、他人に優しくするよりも冷たくするほうが上手くいくこともある。それが自己防衛になるからだ。

そのため、ときにはどんなことを言えば相手を怒らせるのか、実践して分析したりもした。

学ぶこと自体は好きだったから、アリアは方法をすぐに身につけることができた。

大切な人との生活を守るためならばどんなことも苦痛にならない。

貧しい生活をほんの少しの助言で向上させ、普通の生活になるべく近づけることくらいはしたが、それもこの年齢の少女がやることではない。なのでアリアは自身がなるべく早く大きくなることを望んでいた。

しかしそんなアリアにも、どうにもできないものが存在する。それが、病だ。

両親は病によってこの世を去った。

それからは、最悪だった。

入れられた孤児院は劣悪な環境で、貴族たちの欲によって形作られていた。

何人の子どもたちがいいように扱われ、なぶられ、虐げられ、売られたか。

今までにない光景を見た上で、自身の身にも同じものが降りかかろうとした際、アリアが魔力を暴走させたのは、ある意味当然の流れだったかもしれない。

結果、同じように扱われ同志意識が芽生えていた子どもたちすら、アリアを見捨てた。

アリアは真実、独りぼっちになったのだ。

それから中央教会に入れられたが、アリアが心を許したのはコンラッドだけだった。

彼ほど清いものをまとった大人は、本当に珍しかったからだ。この人ならば信用できると、一目見て思ったのは初めてだった。

何より今のアリアに必要なのは、力だ。

他人から陥れられても再度、立ち上がれるだけの、力。

そして反撃できるだけの力。

それを得るためには、大人の庇護《ひご》が必要不可欠。

しかしコンラッドのそばにいるだけでは、その力を得るのにもう少し、時間がかかる。

それを短縮させるために必要なのは、権力である。

――そう。だからアリアは、リアムにそれを求めるつもりだった。

アリアはゆっくりと、口を開いた。

「わたしの望みは、二つです。一つ目は――できる限り早くわたしが学園に通えるよう、後援者としてご支援いただけませんか？」

それを聞いたリアムは、首を傾げた。

「……大司教があなたに目をかけている以上、あと一、二年もすれば学園に通えるのでは？」

「いえ、それでは遅いのです。わたしは今年、入学をしたいのです」

できる限り早く、とは言ったがまさか今年と言い切るとは思っていなかったのだろう。リアムは至極意外そうな顔をして、アリアを見た。

「何故そうも焦るのでしょう」

アリアは一度、沈黙した。

しかしすぐに口を開く。ここで嘘をつくことは、あまり得策でないことを分かっていたからだ。

「……グレイス様をお救いするために、魔術による治療術を学びたいからです」

そう言った瞬間、リアムの雰囲気が明らかに変わったのが分かった。

同時に、改めて思う。

――この方は、わたしに似ている。

生い立ちはもちろん似ていないが、行動原理が似ていた。

リアムは恐らく、アリアと同じ。自分が愛する人たちの幸せのためならば、なんだってできる人だろう。グレイスに対しての対応や態度を見て、シンパシーを感じたからだ。

彼とアリアとの明確な違いは、自分の立ち位置くらいだと思う。

アリアは、自分が愛する人たちの側《そば》にいたい。

リアムは、自分が愛する人たちのために、距離を置く。

リアムのその献身は、アリアには理解できない。側にいられないのであれば、アリアにとっては何の意味もないからだ。

しかし根本的なものが同じであることくらいは分かった。むしろ誰とも衝突しない方法を取れる辺り、彼のほうがよっぽど要領がよく、アリアより優秀だろう。

ならば、アリアが提示したこの理由に関して、リアムの興味が引けるはず。

そしてリアムほどの人間ならば、アリアが嘘を言っていないことも分かっているはず。

その予想通り、リアムはアリアを信じたようだった。しかしその明確な理由が分からないと言った顔で、首を傾げている。

「……失礼ですが、あなたがそこまでする理由は、グレイスとの一件があったからでしょうか」

「はい」

「ですが、グレイスはあなたを許していますし、宣誓によって決して口外できないようになっています。ならばあなたがそこまでの献身をなされるのは、いささか行きすぎているかと思いますが」

リアムが言うように、アリアがグレイスのために、というのは行きすぎていた。

もちろん、それがアリアではなかったら、だ。

――アリアにとってグレイス・ターナーは、『自身が愛する人』なのだ。

別に恋愛感情がある、とかではなく、家族のように思っているという意味での愛である。言葉にするなら、親愛だろうか。

初めは鬱陶しいと思っていた。

自身よりずっと恵まれていて、羨ましくて妬《ねた》ましくて。

相手が貴族というだけで、取り繕うことすらしなかった。

しかしそんなグレイスが打ち明けた秘密を聞いて、アリアは頭を殴られたかのような衝撃を受けたのだ。

――魔術が、使えなくなった？

しかも後天的に、だ。そんな人間、貴族じゃなくても迫害の対象になる。アリアの知る限り、そんな人間知らないし、もちろん、そんな人間を治す方法なんて聞いたこともない。

正直言って、不治の病と言っても過言ではなかった。

アリアは、病に対してのトラウマがあった。

それは、この世で一番大好きだった両親を病で亡くしたからだ。

だから初め、グレイスからその話をされてたしなめられたとき、驚いて罪悪感を抱くのと同じくらいもう関わりたくないと思った。

病はいつだって、アリアから大切なものを奪っていく。

もしグレイスの存在が、アリアの中でどんどん大きくなっていってしまったら？

そう考えると、恐ろしくなった。

それなのにグレイスはアリアと関わりを持ってきて、しかも友人だと言ってくれた。

こんなにも可愛くない態度を取る自分に、だ。

しかもそんなグレイスのことを悪く言う人間も近くにいて、それが気に食わなくて。大司教様にも関わることだから、と言い訳をしながら調べている自分を、アリアは止められなかった。

大好きだった人たちが二度も離れていってしまったこともあり、グレイスの存在はアリアの中でどんどん大きくなっていったのだ。

本来ならばまだやらなくてもいい魔術関係の勉強に精を出したのも、できる限り早く大人になりたいと思ったから。

もちろんそのときのアリアは、やることがなくて暇だからと自分に言い訳をしていたが。

――そしてグレイスの身に何かあったと悟ったとき、生まれたのは恐怖と後悔だった。

――どうしてわたしはこんなにも大事な人を、遠ざけてしまったの。

側にいて状況を把握していれば、グレイスが傷つくことはなかったかもしれない。

何よりグレイスの体質を治す方法さえあれば。

そう思ったアリアが治癒に特化した道を選んだのは、必然だったかもしれない。

——アリアは、そのことを包み隠さずリアムに説明した。

「……以上が、わたしができる限り早く学園に通いたい理由です」

そしてそう言えば、リアムがアリアを信用することも。許可を出すことも、アリアは知っていた。

リアムは、善悪だけでなく真偽すら分かるようだったから。

その予想通り、リアムはアリアの言葉を信じたようだった。

しかしすぐに答えは出さず、口を開く。

「では、もう一つの望みはなんでしょう」

さすが鋭い、と言うべきだろうか。アリアが言ったことを忘れていなかったらしい。

しかし別に隠すことでもなかったため、アリアはすぐに答えた。

「もう一つの望みは——いずれお二人が結婚された後、わたしを養女にしてください」

「……養女？」

「それまでに必ず、グレイス様の役に立つ振る舞いと立場を手に入れてみせます」

アリアは完全に、貴族の事情を把握しているわけではない。しかしリアムたちにとって養女を取るという選択は、悪いものではないということくらいは把握していた。

何より、そうすることでアリアはグレイスの側にいられる機会が増える。またいずれどこかに嫁ぐことになったとしても、養女になればグレイスのもとへ帰ってくることが可能なのだ。

アリアの望みはそこだった。

問題は、そのために自身の人生そのものを捧《ささ》げようとしている少女を、リアムが信じてくれるかどうか。

アリアから見て、リアム・クレスウェルという青年は「得体の知れない恐ろしい人」という印象だった。

びっくりするくらいの神力をまとっていて、思わず目を見張るくらいの美しさを持ち合わせている人だが、同時に人間味を感じなくて恐ろしくもあった。

何より、こちらのことをきちんと見ている。見た上で言葉を紡ぎ、行動し、そして最低限の努力で相手を意のままに動かしているような、そんな万能さを感じた。

本当ならば近づきたくない人種だったが、それでもアリアが彼と話をしようと思ったのは、彼がグレイスの婚約者となる人で、グレイス自身もリアムのことを好いているから。

そしてグレイスのことに関してのみ、アリアとリアムの考えは似ていると確信に近いものがあったからだ。

しかしアリアとリアムとでは、まるで経験値が違う。そのためリアムがアリアの言うことを信じてくれるかも分からないし、不安要素のほうが多かった。

そう思い緊張していたのだが。

「そうですか。分かりました」

「……え？」

リアムは、アリアが拍子抜けするくらいあっさり、アリアの要求を呑《の》んでくれた。

思わず呆然《ぼうぜん》としていると、リアムは言う。

「ただし二つ目の要求に関しては、わたしたちが結婚するまでの間であなたがどれだけの成果を残せるかで決めます。口ではいくらでも言えますからね」

「も、もちろんです。ですが……本当に、よいのですか……？」

「将来有望な孤児の少女を支援すること自体、わたしの立場からすれば当然です。それに以前も言った通り、グレイスはあなたのことを友人のように思って大切にしていますから。……今回の件の手腕を見ても、あなたにはわたしが後援者となっても問題ないと判断できるだけの能力があるかと」

この短い間でそこまで見てくれていたのか、とアリアは愕然《がくぜん》とした。

その上で、リアムは微笑《ほほえ》む。

「ですが、わたしが後援者になるということは、周りからもわたしのような行動をすることを求められるということです。当然、期待も羨望も嫉妬も、相当なものになるでしょう」

「それは……そうですね」

「ええ。そしてわたしたちの養女になれば、それはさらに強まることでしょうね。その覚悟があなたにあるのか……わたしは、楽しみで仕方がないのですよ」

暗に、そこまでしてグレイスの側にいたいのか、と問われていると、アリアは察した。同時に、アリアが何を想《おも》って養女になりたいと言ったのか、リアムは理解している。

本当に恐ろしい人だと、アリアは改めて悟った。

しかしそんな脅しに負けるアリアではない。瞬時に答える。

「まずは、秋の入学試験で成果を出します」

「ええ。そのためには、わたしのほうでも家庭教師を雇わねばなりませんね。婚約の件がすべて解決したら、すぐに我が家で預かれるよう、そして短期間で集中教育できるよう、手配します」

そう言ってから、リアムは外を見た。

「……まあまず、婚約式を成功させることが先ですが」

ご協力、お願いしますね？

すべての人を魅了するような笑みを浮かべるリアムからのその問いかけに、アリアは警戒しつつも「はい」と頷いた――

＊

その日、マルコム・フィッツは朝から愉快な気持ちを隠せずにいた。

それはなぜか。理由は至極簡単だ。
目障りだと思っていたグレイス・ターナーが倒れてから、すでに十日経過したからだ。
倒れた場所が宮廷ということもあり、マルコムに都合がいいのも幸いだった。宮廷の使用人には
マルコムのことを信仰する信徒がおり、ある程度のことであれば話してくれる内通者が潜んでいた
からだ。
その使用人が言うには、グレイスはかなりの重症らしい。とてもではないがすぐには回復できず、
また後遺症も残りそうだという情報をマルコムは得ていた。
そしてグレイスが重症だということは、リアムが信頼を寄せているコンラッドが連日宮廷に通っ
ていることからも伝わってくる。
即死させられなかったのは不満だったが、後遺症が残りそうなレベルの怪我《けが》を負ったということ
は、マルコムにとって幸いだった。なんせ目的は、リアムとグレイスの婚約をやめさせることだっ
たのだから。
さすがのリアム様も、キズモノの少女を庇《かば》おうとはなさらないはず。
何より、そんな少女との婚約は皇家側も止めるだろう。利益がないからだ。
だからマルコムは、ここ最近だと一番気分よく紅茶を飲み、朝食を食べることができたのだった。
それから自身のお気に入りの少女たちの様子を見に行く。
様子を見に行く理由は一つ。マルコムが渡したリボン――そこから発せられる神力がどれくらい

少女たちの体に馴染《なじ》んでいるのかを確認するためだ。

神力には、人の心を魅了する力がある。

そして、あまりにも長期間摂取しすぎていると、中毒性が極端に上がる特殊な性質があるのだ。

だから神力は大気にのみ宿るようにできている。

しかし最近になって、マルコムはそれを物にとどめておける方法を教えてもらった。

本当ならば宝石のような、元から神力を溜《た》め込みやすいもののほうがいいらしいが、布のようなものでも代用できるという。そしてそれを身につけさせれば、相手の体に直接摂取するほどではないが、魅了の効果があるのだとか。

マルコムはその実験を、教会にいる少女たちで行なっていた。

何故少女なのかと言うと、そのほうが都合が良いからというのと、個人的な嗜好《しこう》からだ。

マルコムは、少女を自分好みに変えていくのが好きだ。

特にその少女の見目が良ければ良いほど、育て上げることに楽しみがある。

何より無垢《むく》な少女たちは扱いやすく、少し優しくすればころっと落ちてしまうのもマルコムにとってやりやすい点だった。

育て上げた少女を独立させるという名目で隠れ家に囲い、好みに合わなくなれば娼館《しょうかん》に売り貴族たちの情報を得させる……なんていうことをしていた。

娼館に売った後も、幼い頃から盲目的に育て上げた少女たちは、マルコムの愛を再び得るために、娼館で必死に働いてくれる。

時折会いに行き愛《め》でてやれば、なおのこと妄信した。

それがまさか神力の影響だとは思っていなかったが、そういう効果があると聞いたときは妙に納得したものだ。

だからマルコムにとって神力を固体に宿らせる方法は、自身の嗜好を満たす意味でも好都合だったわけだ。

その中でも最近、とりわけマルコムが気に入っていたのは、アリアという少女だった。

まず、見目がいい。数年経《た》てば確実に自分好みの美人になるということが分かる、綺麗な見目をしていた。

そして、コンラッドが世話を焼くくらいに優秀で、将来有望である。数年後には学園に通わせるつもりだと、コンラッドが言っていた。

そんな少女を手中に収めておきたいと考えるのは、至極当然だろう。

しかしなかなかのはねっ返りで、つい先日までアリアはマルコムに反抗ばかりしていた。

だが、そんな少女が数日前から、マルコムがあげたリボンをつけているのである。

「司教様、今までひどいことを言ってしまって、ごめんなさい。司教様の仰《おつしや》る通りでした……わたし、一人では何もできなくて……」

しかも、そんなふうに謝罪をしてきた。

ひどく反省したという顔をされて謝られれば、マルコムはすんなり許す。

「いいのですよ、アリア。あなたが人と交流を持つことの大切さについて学んでくれたようなら、何よりです」

「は、はい……」

アリアが妙に不安そうにしているのは、今まで絡んできていたグレイスも、側にいて支えてくれたコンラッドもアリアのことを顧みなくなったからだろう。時期的にもその線が濃厚だ。

まさか、グレイス・ターナーを殺そうとしたことでこんなおまけまでついてくるなんて。

思いがけない幸運というのは、こういうことを指すのであろう。我ながら、上手いことをしたとマルコムは最高に上機嫌だった。

そんなこともあり、最近のアリアはマルコムについて回っている。マルコムはそんなアリアを気遣いつつ、内心喜んでいた。

リボンをつけてから一週間ほど経つので、そろそろ魅了の効果も表れてきた頃だろう。

そう内心ウキウキしながらアリアのところへ向かおうとしていたとき、マルコムはコンラッドと出会う。

「これはこれは、フィッツ司教ではありませんか」

「おはようございます、大司教様」

「おはようございます。アリアに会いに来たのでしょうか」

「はい」

「わたしの代わりにアリアを気にかけてくださり、ありがとうございます」

「いえ、中央教会の司教として、当然のことをしているだけです」

予想外の邂逅《かいこう》だったが、褒められて悪い気になる人間はいるまい。例にもれず、マルコムもそうだった。

何より、マルコムには優越感がある。コンラッドのお気に入りであるアリアを、彼が知らないうちに掌握していっているという歪《ゆが》んだ欲望によるものだ。

それもありにこにこと受け答えをしたのだが、コンラッドはそんなマルコムを自身の執務室に呼んできた。

これからアリアと会う予定だったのに。

しかし名誉職のようなものとはいえ、大司教は教会で唯一無二の偉大なる存在だ。そんな方の誘いを断る理由はない。

そのためマルコムは少しだけ出鼻をくじかれた思いをしつつ、コンラッドについて行った。

執務室について早々、コンラッドは言う。

「フィッツ司教。これは極秘事項なのですが……あなたに一つ、話しておかなければならないことがございます」

「どういったことでしょう?」

「クレスウェル公爵閣下の、婚約についてです」

予想もしない言葉が予想もしない人の口から出てきて、マルコムは身をこわばらせた。

――……婚約？

まさか、この短期間で、グレイス・ターナー以外の婚約者が決まったというのだろうか。

そう思ったのだが。

「明日、この中央教会にて、リアム・クレスウェル公爵閣下と、グレイス・ターナー子爵令嬢の婚約式を行なう予定となっています」

「……は、い？」

「急な話ですが、フィッツ司教にもお手伝いしていただきたく、こうしてお呼びしました」

あまりの情報に、マルコムの頭の中が真っ白になる。

――婚約式？

――しかもそれを、中央教会で？

なぜ中央教会にて婚約式を開くのか。

そんなこと、決まっている。

「……もしやクレスウェル公爵閣下は、神の前で宣誓をされるおつもりなのですか？」

――そう、宣誓だ。

宣誓というのは、神の前で言葉による契約を結ぶ方法だ。

主に秘密保持のために使われることが多いが、決して違《たが》えることのないことを誓う意味でも使われることがあった。

教会で婚約式を開くというのは、貴族間でも割と行なわれている。

それは、宣誓を行ない、相手が決してそれを破ることがないよう、縛る意味が込められていた。

しかし最近は恋愛結婚が多いため、婚約段階でそこまで行なう人間は稀《まれ》だ。相当互いが好き合っていて、周囲に邪魔されたくないというときにのみ使われることが多い。

つまりリアムは、周囲からの反対を押し切るために、神の前で宣誓を行なうつもりなのだ――！

そうまでして自身の手中に収めるほど、グレイス・ターナーという少女に魅力はない。少なくともマルコムの好みからは外れていた。なのでなおさら理解ができない。

しかし、教会は表面上、中立の立場だ。そのため、貴族間の事情に口を出すことはご法度だった。

それもあり、信じられないといった口調で婚約に対して驚いたマルコムに、コンラッドは懐疑的な視線を向けている。

「それが、何か問題でもございますか？　フィッツ司教」

「い、いえ……承りました。大司教様がそう仰るのであれば、お手伝いさせていただきます」

表面上は取り繕い、頭を下げたマルコム。

しかしその頭の中は、どうすれば婚約式を取りやめにできるのかでいっぱいだった――

マルコムがコンラッドから任された仕事を終えたとき、すでに日は傾いていた。

思わず苛立《いらだ》ったが、事態が事態だ。急いで動かなければならない。

そう思ったマルコムは、普段密会場所に使っている娼館の地下室にケイレブを呼び出した。

普段ならばこんなことは絶対にしないが、今回は緊急だ。

そしてケイレブはというと、敬虔《けいけん》なる神の信徒である。そのため、司教であるマルコムに彼は心酔していた。

もちろん、例の神力を付与した十字架のネックレスを渡している効果もある。

また、甥《おい》であるリアムのためだと言えば、彼は大抵の話にホイホイと乗る短絡的な部分があった。

それもあり、グレイスを暗殺する件ではもしもキャンディの件がばれるようなことがあれば彼に全責任が及ぶよう、敢《あ》えて導線を作った。

マルコムにとってケイレブは、もしものときのスケープゴートだ。

なので今回の一件も、マルコムはケイレブにすべて背負ってもらおうと思ったのだ。

――グレイス・ターナーを殺すことは、マルコムにとって絶対だったから。

そうして密会場所でケイレブにグレイスとリアムが明日、神の前で婚約式を開くことを告げたとき、ケイレブは案の定怒り狂った。

「あ、あの小娘……！　何を勝手なことをっ!!」

ケイレブはどうやらグレイスがリアムをそそのかしたと考えているようだったが、あのリアムが本当に恋にうつつを抜かしたのだとしたら、それはそれで問題だろうと思う。

しかしケイレブの怒りを助長するならば、グレイスを悪役にするほうが都合が良かった。そのため「本当に、ターナー嬢には困ったものですね」と表面上、同意しておく。

「あんな小娘のために、リアムが人生を棒に振ることなど……ありえん！」

「仰る通りです。あの方は、真の神の代理人。皇帝になるに相応《ふさわ》しいお方ですから。その道を正して差し上げるのも、我々神の信徒の役割です」

「その通りだ！」

「特に、デヴィート卿《きょう》はリアム様の一番近くにおられるお方です。あの方を説得できるのは、あなた様しかおりません！」

「そうだ、そうだとも！　やはり司教様は、よく分かっていらっしゃる」

いい調子でケイレブが乗ってきたところで、マルコムはケイレブの首にかかっているネックレスに意識を向けた。

そして、その中にこもっている神力を遠隔で動かす。

ケイレブに流れ込むように調整すると、マルコムはさらに話を続けた。

「やはり、ターナー嬢はここで退場していただくのがよいかと思うのですが……デヴィート卿はどう思われますか？」

「わたしもそう思う。しかし、どうすれば……」

「確実に退場していただくにはやはり……デヴィート卿の手で殺《あや》めていただくのが、確実かと」

「……は？」

一瞬「何を言っているんだ」という顔をしたケイレブだったが、直ぐに目がぼんやりしてくる。

神力が効いてきたときの前兆だ。

そこで間髪入れずに、マルコムは畳みかけた。

「明日、ターナー嬢とリアム様は、神に宣誓をされます。その前に殺めなくてはいけませんね……」

「そう、だ、な」

「はい。ですので明日、お二人が神の前で宣誓する、そのときに手を出すのがよいかと思いませんか？　きっと神も、デヴィート卿の行ないを認めてくださるはずです」

「……その案は、いいな」

「はい。すべては神の思《おぼ》し召《め》しです……どうぞデヴィート卿は、思うがままに動かれてください」

「……そうだ、すべては神の思し召し……」

神力の過剰摂取による洗脳が完了したことが分かり、マルコムはにい、と口端を持ち上げた。

それからケイレブに教会の抜け道を教えて、今日のうちに身を潜ませておくほうがいいと誘導しておく。すると洗脳がすっかり効いた彼は黙って頷き、マルコムの言う通り立ち去って行った。

これでケイレブがグレイスを殺せれば、マルコムとしては万々歳だ。もし殺せなかったとしても、彼にはそのとき、婚約式に参加していたというアリバイがある。またケイレブが捕まったときは、ネックレスから神力をめいっぱい注ぎ込めば神力の過剰摂取により死に至るだろう。

完璧な計画に、マルコムは一人ふふふ、と笑った。

「ああ、明日が楽しみだ――」

＊

そしてその翌日、中央教会の大聖堂にリアムとグレイスが姿を現した。

彼らは地味な色使いながらも美しい仕立ての服を身にまとっている。

もちろんというべきか、立会人はいない。いるのは今回の一件で協力したマルコムとコンラッド、そして数名の神官だけだ。

密《ひそ》かに宣誓を行なうということもあり、護衛の姿もなければ人がそもそもいない。こんなにも閑散とした大聖堂で式をするというのは、マルコムも初めてだった。

皇族の婚約式とは思えないくらい質素な式に、マルコムは心底リアムに同情する。

本来ならばこんな、ひそやかに式を挙げていい方ではないというのに。

やはりマルコムたちがここで、目を覚まさせてあげなければいけないのだろう。

そしてそのためにはやはり、グレイスの存在が目障りだ。

だからマルコムは、コンラッドの前で横並びになり、宣誓を行なおうとする二人に同情の眼差《まなざ》しを向けた。

そんな目をコンラッドの背後からマルコムが向けていることすら知らず、二人はコンラッドを見つめている。

「それでは、お二人とも。準備はよろしいですかな」

「はい、大司教様」

「どうぞ、進めてください」

その言葉に、マルコムはこっそり背後を見た。

神官の一人、その中に、ケイレブが紛れ込んでいる。

神官はこういうとき、フードを被《かぶ》るため、顔を隠せるのが利点だった。

彼はちょうど大聖堂の正面に続く絨毯《じゆうたん》が敷かれた一本道、その端に立っていた。場所で言うのであれば、大聖堂の扉の前だ。

あの場所ならば、周囲の制止を振り切ってグレイスの前に辿《たど》り着ける。何より二人から完全に死角という点がいいと思い、マルコムが配置したのだ。

そんなことすら知らず、二人は神の前で宣誓を始めた。

「わたし、リアム・クレスウェルは、母なる神と父なる神の血を継ぐ者として、グレイス・ターナーと生涯切れることのない縁を結ぶことを、ここに誓います」

リアムがそう告げたとき、ケイレブが動き出す。

彼は全力疾走で絨毯の上を進んだ。それはちょうど、マルコムの目に入る。

「私、グレイス・ターナーは、母なる神と父なる神を信仰する者として、」

瞬間、神官たちが愕然とする。あまりの奇行に一瞬目を奪われ、制止することすら叶《かな》わない。

「リアム・クレスウェルと生涯切れることのない縁を結ぶことを、」

残り五歩。フードが外れたケイレブが、血走った目で懐からナイフを取り出した。

「ここに誓いま――」

そしてグレイスが最後の言葉を告げる寸前で、そのナイフがグレイスの背に突き刺さり――

『…………ふん!』

「!?　ぎゃあ!!」

……否。突き刺さる、その前に。

どこからともなく現れた白猫が、ケイレブの顔面を踏み潰した。

……は?

何が起こったのか分からず、マルコムは呆然とする。

そんな中、ケイレブは顔面猫パンチにより、勢いよく後ろに倒れ込んだ。

そのとき、彼の手からナイフが零《こぼ》れ落ちる。

くるくると宙に浮いたそれは、床に落ちる前に誰かの手にすっぽりおさまった。

「ふむ。これは現行犯だな」

それは、神官の一人だ。

しかしその人の声を、マルコムは知っていた──

「え……？　こ、皇帝陛下……!?」

フードの奥から現れたのは、この帝国で最上位に位置する──セオドア・アルボル・ブランシェットその人だった。

＊

優雅に歩いてくるシャルを恭しく抱き上げ回収してから、グレイス・ターナーは婚約式という名のリアム・クレスウェルが作った作戦の成果を眺めていた。

その視線の先には、床に無様に倒れ込み、真っ青な顔をしたケイレブがいる。背後にいるマルコムにもちらりと視線を向けたが、彼も愕然とした表情をしていた。

それはそうだろう。まさかこんな質素な婚約式に、神官に扮《ふん》した皇帝がいるとは思うまい。

しかしさらに残念なのは、この場にいる神官が全員、セオドアが用意した私兵だという点だろう。

つまり、四面楚歌《しめんそか》。絶体絶命の大ピンチ、というわけだ。

それもそのはず。今回の婚約式は、グレイスたち……さらに詳しく言うのであれば、グレイスの案をリアムが上手く組み込み、絶対的な協力者たちを使ってリアムが作り上げた、犯人をあぶり出すための策略だったのだから。

（というよりこれ、完全に茶番劇よね……）

むしろ、茶番劇以外の何物でもない。

同時に、グレイスは改めて、リアムの能力の高さに舌を巻いた。

（絶対に、敵には回したくない……）


そもそものことの発端は、六日前。

クレスウェル邸にてコンラッドとアリアが集まった際に、グレイスが言った一言にあった。

「あの、一つ提案があるのですが……私とリアム様が教会で婚約式を開く、というのはどうでしょうか？」

その一言に、三人は驚いた顔を見せた。

一番に反応を見せたのは、リアムだ。

「グレイス。それはつまり、宣誓を行なう……という意味でしょうか？」

「はい」

するとグレイスは頷いた。

するとリアムが渋い顔をする。

「……グレイス。教会で神の名の下に宣誓をすることの意味は、分かっていますか」

「もちろんです」

むしろそうまでして止められるのか、とグレイスは少しむっとした。

（それに、わたしだって別に考えなしでこの案を出したんじゃないし）

「この案を使えば確実に、デヴィート卿とフィッツ司教は、私を殺そうとするはずです。そして上手く誘導ができれば、宣誓を行なう大聖堂で行動を起こすことだって促せるかと」

「……グレイスさん、その自信は一体どこからくるんですか……」

アリアに思わず呆《あき》れられたが、グレイスはあっけらかんと言った。

「私にはとんと見当がつかないけれど……リアム様がいらっしゃるもの。きっと上手いようにしてくださるわ」

「上手いようにって……」

「できますよね？　リアム様」

そう問いかけると、リアムは少し考える素振りを見せてから、「まあ、できますが……」と頷く。

できるんだ、とでも言いたげな顔をしたアリアが、なんとも言えず印象的だった。

しかしそれでも、リアムの表情は優れない。

「グレイス、それは……」

「……グレイスさんは、死にかけたという自覚がないのですか？」

「……まだ回復もされておりませぬし、今は安静にされていたほうが……」

三者三様の反応だが、やめておけという意見は一致しているようだ。

三人としては、グレイスが死にかけたというのに、また死にかけそうなことをしようとしている、というのが駄目な点のようだ。

しかしグレイスはあっけらかんと言った。

「ですがこの作戦ですと、直ぐ側には必ずリアム様がおります。これほどまでに安全な場所は、ないと思いませんか？」

そう。この作戦の一番のポイントは、グレイスが確実にリアムのそばにいる、という点に尽きる。

言ってはなんだが、リアムがすぐ側にいてグレイスが死にかけるということは、ほぼほぼあり得ないのだ。これはリアムに対しての信頼はもちろんだが、彼がそんなところで手抜かりをするタイプではない、という点もある。

その上で、この案であれば現行犯逮捕が可能だし、何より問題を起こすのが大聖堂という、密室に近い場所に限定できるので、事を大きくしなくて済むのだ。

正直、一石二鳥どころではない利益がある。それをやらない手はない。

——というわけで、この案は無事取り入れられてリアムの手で補強され、形となる。

そして今に至る、というわけだった。


ケイレブが哀れにも私兵たちの手によって拘束されたのを見ながら、グレイスは思った。

（まあ何が恐ろしいって、リアムがケイレブの短絡的かつ直情的な性格を考慮していただけでなく、マルコムの性格をも把握した上で、この作戦を考え付いたってところよね……）

マルコムは慎重かつ狡猾《こうかつ》な司教だ。

しかし代わりに、突発的な事態への対処能力は著しく低い。特にその事態の優先度が高ければ高いほど、作戦に緻密さがなくなり、穴が大きくなる……というのが、リアムの評価だった。

事実、今回コンラッドが「明日、こっそり婚約式を開く」と伝えてからグレイス殺害を企てるまでに、大きなやらかしを三つほど犯している。

一つ目は、マルコムにセオドアがつけた私兵が張り付いていたという点。これにより、マルコムとケイレブの密会場所が判明し、さらには彼らに接点があった、という裏付けが取れた。

二つ目は、ケイレブに殺害を押し付けるためにマルコムが事前に教会内へとケイレブを手引きした点だ。

しかも神官の服まで与えているのだから、内通者がいたということは明らかである。

そして三つ目。それは――今回の婚約式が開かれることを伝えていた教会関係者は、コンラッドとアリア、マルコムだけだった、という点である。

つまり、ケイレブに情報を伝えることができたのは、マルコムだけなのだ。

ケイレブの罪状が明らかである以上、これから行われる茶番劇は、マルコムのためである。

（言い逃れはできないのよね～）

その証拠に、ケイレブの姿はすでにリアムの眼中にない。彼はマルコムのほうを向き直ると、にこりと笑った。

「さて、フィッツ司教。覚悟はできていらっしゃいますか?」

「か、覚悟とは、一体どういう……」

「……察しが悪いようですので、ちゃんと伝えさせていただきます。つまり……すでにあなたが関与しているということは分かっています、ということです。ああ、自白でもなさったほうが、罪が軽くなるかもしれませんね」

暗に「死刑ではなく終身刑くらいにはなるかもしれませんね」と言うリアム。

一方のマルコムは、それを誘導尋問だと捉えたらしい。

「なんのことでしょう……」

そう言ってしらばっくれた。

(さっすが、リアムの本質を理解しないまま、利用しようとしただけのことはあるわね……)

リアム・クレスウェルは、自身の大切なものを傷つけた人間に、決して容赦しない。

だから今回の発言は正真正銘、最終通達——最後の慈悲だったのに。

「……そうですか」

リアムは笑みのままそう言うと、次の瞬間無表情になる。

そして、底冷えした声で告げた。

「マルコム・フィッツ司教。あなたがわたしの伯父と結託し、グレイスのことを殺害しようとしたことはもう分かっています」

「な、何を証拠に……」

「昨日の夜、お出かけになられましたね。まさか、誰もついていないとお思いですか?」

「……え……」

「さらに言うのであれば、この婚約式そのものがわたしたちが仕掛けたものだということは、お気づきでしょうか」

だんだんとマルコムの顔が青くなっていくのを、グレイスはリアムのとなりで見ていた。

何より恐ろしいのは、リアムの口調が疑問形ではなくなってきたことである。

(あ、そろそろ何かくる気がするわ……それも、マルコムのプライドをズタズタにするやつが)

その予想違わず。

リアムが片手を挙げるのが見えた。

すると、大聖堂の扉のそばにいた私兵が扉を開いた。そして一人の少女が入ってくる。

――アリアだった。

「アリアさん……？」

そうマルコムに呼ばれたアリアだったが、まったく反応せず、そのまますたすたと歩いてくる。

そして抱えていた書類をリアムに手渡した。

「クレスウェル公爵閣下。こちら、フィッツ司教が隠し持っていた書類です。貴族たちとの癒着や人身売買に関わっていたことを裏付ける証拠になると思います」

「ア、アリア!?」

「うるさいです、静かにしてくれませんか？　この下種野郎《げす》」

アリアから侮蔑の眼差しを向けられたマルコムは、完全に放心状態になっていた。

（そりゃそうでしょうね……だって今までずっと、下に見ていたんですもの）

そして下に見ていたからこそ、マルコムはアリアが唐突に自身にすり寄ってきたというのに、違和感すら覚えず、彼女を自身の手中に引き入れたのだ。

――マルコム・フィッツの性格を語る上で、もう一つ重要なことがある。

それは、女性――特に少女を下に見ているという点だ。

でなければ、少女たちを懐柔した挙句、売り飛ばして貴族たちの情報を得るために利用する、なんていうおぞましいことは考えない。

マルコムにとって少女たちは、家畜やペットと同じ。物なのだ。

小説内ではロリコン司教とされていたのは、少女好きという部分が切り抜かれていたかららしい。

まあ、これはどうでもいいことである。

とにもかくにも、マルコムはようやく、アリアが意図的に自身に近づいたということを悟ったらしい。愕然としていたが、少しして「なぜ」と口にした。

「アリアも、リボンはつけていたはず……それなのになぜ、君は私に魅了されていない……？」

「……さすがにここまで愚かだとは思いませんでした。簡単ですよ。わたし、神力耐性が強いんです。なのであなたみたいな人が扱う神力なんて、効かないんですよ」

その言葉を聞いて、グレイスはそっと目を逸《そ》らした。

（それはきっと、アリアちゃんが皇太子殿下の『運命の伴侶』だから……）

そしてどうやら『運命の伴侶』というものには神力耐性が備わっているようなので、きっとそれが効いたのだと思う、とは言わなかった。まだどういうことなのか分かっていないからだ。

どちらにせよ、アリアの追撃により、マルコムのプライドは文字通りズタズタに引き裂かれた。

さすがに立ち直れなかったのだろう。マルコムは真っ青な顔をしてその場に崩れ落ち、コンラッドを見上げる。

それは、救いを求める目だった。

しかしもちろん、コンラッドがそれを受け入れることはない。彼は一切、マルコムに視線を向けなかった。

「ふむ、無事に終わったようだな。……連れて行け。もちろん、周りにばれないようにな」

『御意』

哀れなマルコムは、それからセオドアの指示によって私兵に連れて行かれる。

セオドアもそれに続いて去ろうとしたとき、リアムが口を開いた。

「兄上、ありがとうございました。それと……何度も、お手を煩わせてしまい、申し訳ございません。これからは、兄上を頼らずに片づけられるよう、努力します」

なんだかんだと裏方仕事を引き受けてくれ、あまつさえ段取りを整えてくれたのはセオドアだった。今回の件がこんなにも上手くいったのは間違いなくセオドアがいたからだ。

リアムもそう思ったからこそ、最後にそう言ったのだと思う。

しかし振り向いたセオドアの顔に浮かんでいたのは、喜びではなく悲しみだった。

「何を言っているんだ、リアム」

「……あに、うえ？」

「わたしたちは兄弟だろう、兄弟が支え合って何が悪い。……これからは気にせず、なんでも言いに来てくれ」

「え」

「……リアムだけがもう、周りを気にして動く必要はないということだ。いいな？」

「……はい、兄上。ありがとうございます」

リアムの返答に安堵したのか、セオドアはそれから逃げるようにして立ち去ってしまう。

――それからコンラッドとアリアもそそくさと退散してしまい、残されたのはリアムとグレイスだけになった。

「リアム様」

そう呼びかけたが、返事はない。

ただ、わずかに肩が震えているのが見えた。

泣いている。

それがありありと分かったが、グレイスは何も言わない。彼の顔を見ようとも思わなかった。

ただ何かしたくて。そっと、リアムの背中を抱き締める。

それからリアムが落ち着くまで、グレイスは彼の側にいたのだった。

エピローグ

それからグレイス殺害未遂事件、そして一連のリアムを皇帝に据えようとした一件は、ケイレブとマルコムを捕まえたことにより幕を閉じた。

しかしそれ以上に世を騒がせたのは、マルコムを捕まえ神力を使った強制自白により判明した、貴族たちの闇だった。

人身売買、横領、教会関係者との癒着、違法薬物の売買、などなど。とにかく山ほど。

あまりにも余罪がありすぎるため、宮廷内の官僚たちは今阿《あ》鼻《び》叫喚《きょうかん》、大騒動となっているそうだ。

それを聞いたグレイスは、冷や汗を流す。

（小説内でアリアちゃんがマルコムを裁いたときは、これほど大ごとにならなかったはずなんだけど……それってもしかして、アリアちゃんが手を出す前に闇に葬り去られた件があった……ってことかしら……？）

もしそれが事実なのであれば、アリアのためにこの一件を片づけるか迷ったグレイスの選択は、間違っていたことになる。

（確かにあの一件では、反逆罪は適用されていなかったから、強制自白なんていうことにはならなかった……それだけの違いでまさかここまで、大ごとになるなんて）

結果論でしかないが、今回暴いておいて改めてよかったとグレイスはほっと胸を撫《な》で下ろした。

まあグレイスの手柄、なんていうことはなく、大体リアムと皇帝陛下によるものだが。

そしてこの一件で大きく変わったのは、リアムの立場だ。

――今まで極力宮廷内の業務に関わらないでいたリアムが、自ら進んでこの一件により暴かれた貴族たちの闇に介入していったのである。

リアムに目をつけられた貴族たちは軒並み真実を暴かれ、罪を背負うことになった。

もちろん罪の代償は罪状によって様々で、軽くて謹慎、領地の一部返上。重くて死刑。

また軽かったとしても当主の座から退くことを命じられ、次代にその座を譲った者たちは山ほどいた。この辺りは一気にやりすぎると民への影響が計り知れないということで徐々に進めていくらしいが、それでも十二分に多い当主交代になったのである。

この一件は後に『世紀の大神罰』と呼ばれ、帝国史に名を刻むこととなる。

何より貴族たちが恐れたのは、今まで決して政治介入しようとしなかったリアムが矢面に立ち、貴族たちを裁いていったことだ。

そもそも、大多数の貴族たちが、リアムにそのような手腕があるとは思っていなかったのだ。

だからこんなにも優秀でそつなく物事をこなしていく姿に、これは利用できるような人物ではないと判断したのだろう。今までつきまとっていた貴族たちがあっという間にいなくなったという。

そしてそのおかげで、リアムは気軽に兄を含めた家族たちに会いに行けるようになった。

「こんなことになるのであれば、早々に行動しておくべきでしたね」

とは、リアム本人からの言葉である。

だからか。リアムは貴族たちの間で『死神公爵』として畏れられるようになり。

その一方で、国民からはますます『聖人公爵』として尊ばれるようになったとか――

＊

そんなふうに問題解決に勤《いそ》しむ傍らで。――グレイスは、窮地に立たされていた。

それは、事件のこともあり心配した家族をクレスウェル邸に招待したのを機に、自身の体質のことを話そうとしているからである。

それもありここ連日はずっと悩んでおり、昨日は悪夢なんて見てしまった。それもあり、寝不足気味だった。

それでも家族の手前、表面上和やかな雰囲気を保っていたつもりのグレイスだったが、心臓はバックバックとうるさく鳴っている。

（……本当に、どうしましょう）

どのようにして話を切り出したらいいのか、さっぱり分からない。

何より、家族たちに存在を否定されたら、なんて考えると気が気でなかった。

（分かってる、ずっと手紙のやりとりもしてたし、私のことを何より心配してくれている、すごく優しい人たちだって。でも）

その目がもし、嫌悪に歪《ゆが》んだら。そう思うと、喉奥が張り付いて上手《うま》く声を出せなくなる。

となりで寄り添ってくれているリアムが気づかわしげにグレイスに視線を向けていたが、この件は自分で言いたかった。

（じゃないと……リアムのとなりに、胸を張って立てなくなるから）

なんせリアムがマルコム関係で発覚した貴族や教会側の不正を暴いたのは、グレイスのため。同時に、家族との仲を修復するためだった。

その甲斐《かい》あって、リアムは隠れて家族に会うことがなくなり、素の笑顔を見せられるようになる機会が増えたのだ。

そんなリアムのとなりに立つなら、グレイスとてこの体質問題を、自分自身の口で家族に伝えるべきだろう。何より、この件を言うなら今しかないのだから。

（それにしたって、私、どうしてこんなにもこの話を先延ばしにしたのよ……いくら忙しかったからってバカじゃないの!?　時間が経《た》てば経つほど、言いにくくなるなんて知ってたのに！　前世の記憶があっても、こういうところはダメダメなままだわ……）

それでも言い出せず、心の中で自分を罵倒していたときだった。

「……グレイスちゃん、どうかしたのかしら。顔色が悪いわよ？」

「あ……」

そう、ミラベルお母様が心配してくれた。すると、ジョセフお父様も頷《うなず》く。

「言われてみれば……グレイス、どうかしたのかい？」

「えっと、その……」

「……その顔は、何か言いたいことがあるときの顔じゃないか？　グレイス」

最終的にはケネスお兄様が、グレイスの状況をぴたりと言い当てた。

（……言うなら、今しかない）

そう思ったグレイスは、勢いよく口を開く。

「あ、あのね……私、みんなに、言いたいことがあるの」

「あら、どうしたの、グレイスちゃん」

「……私、今、魔術が使えないの」

そう言えば、今まで笑顔だった三人がどういうことなのか、と目を丸くする。

グレイスはそのまま、リアムと会う前に発症したこと、そのせいで魔術を弾《はじ》く体質になってしまったこと。魔術が使えないことで迫害されないために、神術を学んだこと。そして、それを治すために、リアムが今も尽力してくれていることを話した。

話せば話すほど、三人の顔が強張《こわば》っていくのが分かる。

それにつれて、グレイスはどんどん顔を俯《うつむ》かせていった。とてもではないが、正面を見て言えない。怖い、と体が震えた。

そうしてすべてを話し終えた頃、ミラベルお母様が口を開く。

「……グレイスちゃん」

「は、は、い」

「よく頑張ったわ」

え、という言葉は、声にならずに消える。

思わず顔を上げれば、今にも泣きそうな顔をしたミラベルお母様と目が合った。

「ああ、ミラベルの言う通りだ。よく頑張ったね。さすが、わたしの娘だ」

「おとう、さ、ま」

「普通なら、そんな状態になれば冷静ではいられない。それをめげずに、自分にできることをやった。それは誇るべきことだ」

優しい顔でそう言われたからだろうか。じわりと涙がにじんできた。

それでもなんとか泣くまい、と口を引き絞ったとき、ケネスお兄様が口を開く。

「グレイス、おいで」

「っ！」

「よく頑張った!!」

ケネスお兄様からの言葉に導かれるように、グレイスは立ち上がり手を伸ばす。腕を広げたケネスお兄様は、胸に飛び込んできたグレイスのことをめいっぱい抱き締めてくれた。

それにつられて、父だけでなく母もグレイスに抱き着いてくる。

家族の温かさに、グレイスの涙腺はとうとう崩壊した。

わんわんと子どものように泣きじゃくるグレイスに釣られて、ミラベルお母様が泣く。

そんな二人を支えながら、抱き締めるジョセフお父様とケネスお兄様。

それだけで、グレイスの悩みはあっという間に溶けて消えた。

そのあと「でも、もう少し早く教えて欲しかったな」と少し怒られたが、それでも。グレイスが懸念していたようなことはなく、家族の温かさは変わらなかった。

『だから言ったでしょう？』

そうしてふと視界に入ったリアムが、そう言いたげな目でグレイスのことを見ていて。

グレイスはその日ようやく、笑みを浮かべることができたのだった。

＊

（なんというか……すごく、気が抜けたわ）

そう思いながら。

グレイスは、自身の私室のバルコニーから満天の星空を眺めていた。

時刻は深夜。家族を含め大半の者が寝静まっている頃だ。

そんな中グレイスが起きていたのは、ベッドの上に寝転がっても眠気がやってこなかったためである。そのため、気分転換も兼ねてこうして外に出てきたのだった。

あまりも怒濤《どとう》の日々だったせいか、家族に真実を打ち明けたことで一段落ついたこともありすっかり気が抜けている。それもあり、何を考えるでもなく、グレイスはただぼんやりと雲一つない夜空を見上げていたのだった。

(……本当に、夢みたい)

前世の記憶を思い出す前は、まさかこんな展開になるなど、想像もしていなかった。

「……これも全部、夢だったりしないわよね?」

あまりにも意識がふわふわしすぎたせいか、グレイスは思わずそんなことを言ってしまった。

すると、下から声が聞こえる。

「もし夢だというのであれば、わたしが現実にしなければなりませんね」

「……え?」

バルコニーの柵から慌てて見下ろせば、そこにはリアムがいた。いつになくラフな格好をした彼の姿に、グレイスの心臓がどきりと跳ねる。

すると、リアムがそっと両腕を広げてみせる。

「グレイス。おいで」

「え……」

「大丈夫です、受け止めますから」

そうは言っても、今のグレイスに魔術を使って落下速度を落とす、なんていうことはできない。

それもあり、余計逡巡《しゅんじゅん》していたが、リアムが期待の眼差《まなざ》しで見てきたため、覚悟を決める。

（大丈夫、大丈夫、大丈夫……だってリアムだから、絶対に受け止めてくれる……！）

そう信じ、グレイスは勢いよく庭へと飛び降りた。

おそるおそる目を開けば、そこにはグレイスのことをしっかりキャッチして横抱きに抱えるリアムの姿がある。

「……怪我《けが》はなさっていませんか……？」

「もちろんです。それにわたしのほうを魔術で強化していましたから、何も問題ありませんよ」

「な、なるほど……」

確かにその方法であれば、グレイスをこうも簡単に抱きとめられたことにも納得だ。

そんなグレイスを抱えたまま、リアムは庭のガゼボまで歩く。そしてそこの椅子にそっと、グレイスのことを下ろしてくれた。

「ちょうど、グレイスに会いたいと思っていたところなのです。ですから、あなたがバルコニーに現れたときは、神のお導きかと思いました」

「そ、そんな、おおげさな……」

素足だったため、地面に足がつかないよう足をぶらぶらさせながら、グレイスはそっと顔を背けた。きっと夜でなかったら、顔が真っ赤になっているところをリアムに見られていただろう。

そんなグレイスを見てもからかうことはせず、リアムは優しげに微笑《ほほえ》む。

「……グレイス」

「なんでしょう、リアム様」

そう言い、リアムのほうを見たグレイスは、彼がいつの間にかグレイスの前で跪《ひざまず》くような体勢を取っていることに気づき、目を見開いた。

(え、いつの間に)

というより、どうしてそんな姿勢に。

それを問いかけるより先に、リアムはグレイスの足を手に取ると——そっとキスを落とす。

「!?」

あまりのことに言葉を失っていると、リアムがまるで猫のようにすり寄りながら、グレイスの手を恭しく取った。

「グレイス」

「は、はい……っ!?」

「わたしはあなたのことを、心から愛しています」

リアムが、そんなことを言う。そして片手をグレイスの手に絡めながら、そっと手首に唇を寄せ

た。柔らかい感触にびくりと体が震える。

「何を捧《ささ》げてもいいと思っています……グレイスは、どうですか？」

まるで哀願するような、そんな目で下から見上げられ、心臓が跳ねた。

そこでようやく、グレイスはリアムから告白されたのが初めてだったことに気づく。

（なるほど、リアムは私の口からちゃんと、答えが聞きたいんだわ）

ただ、どのようにして求めていいのか分からないからこそ、こんな甘えるようなことをしている。

そう悟り――グレイスは、心臓を鷲摑《わしづか》みにされたかのような衝撃を受けた。

（――かわいい）

そしてふと、そんな感情がこみ上げてくる。

成人男性で、しかも見目麗しいリアムを美しいと感じることはあっても、可愛《かわい》いと感じることなどないと思っていた。

それなのに、本当に可愛い。可愛くて、愛《いと》おしくて仕方がなかった。

女は、見た目では可愛くない男を可愛いと思ってしまった瞬間に沼に落ちるというけれど、あれは本当だなと感じる。

そんな気持ちをすべて込めるために、グレイスはそっと空いているほうの手を伸ばした。

そしてリアムの頰を摑《つか》み、引き寄せ――唇を寄せる。

グレイスがまさかそんなことをするとは思っていなかったのだろう。リアムはキスをしている間も、目を丸くしていた。

そんなリアムを見て独特の優越感に浸りながら、グレイスは微笑む。

「……私も、リアム様のことが……好き、です」

気恥ずかしさもあってか、たったその一言を告げるだけで妙に緊張してしまった。

ただ、次の言葉だけは何があっても断言できる。

「だから。絶対に、独りで抱え込まないでください。――あなたを救うのは、この私なんですから」

小説で、リアムのことを救えた人間はいなかった。

なら彼のことを理解して、そしてこれからもずっとラスボス化を防ぐことができるのは、これからのシナリオも含めて把握しているグレイスだけだ。

だからその部分だけは、自信をもって言った。

すると、リアムはその紫水晶《アメシスト》の瞳を零《こぼ》れ落ちそうなほど見開いてから、顔をくしゃりと歪める。

「……わたしも、すくわれるならばグレイスがいいです」

それくらい好きで好きでたまらなくて、愛していて、離れたくないと、リアムは言った。

それがたとえ破滅の道であっても。

救いだろうと巣食いだろうと、グレイスがいいと、リアムはそう言う。

瞬間、グレイスは自分が悪い女になった気がした。

（……そもそも、私、悪い女だったわね）

そう、小説のグレイスは悪女だ。

そしてその頃から、性質は何も変わっていない。ふとそう思った。

自分勝手で、わがまま。

そして何より、自分が考えたことをリアムならば実現してくれる、と思っている。

つまり、これからリアムが闇堕《やみお》ちするかどうかは、すべてグレイスにかかっているのだろう。そういう女だ。

（でも、リアムには――リアム様には、光の下が似合っているから）

だからグレイスはこれから何があっても、リアムの闇堕ちを防ぐ。

それが、グレイスの今の考えだ。

「ずっと一緒にいましょうね」

そう言って首元に腕を絡めてキスをねだれば、リアムはグレイスの言う通りにしてくれた。

重なる唇が甘くて、心地好《よ》い。

何より、この清らかな人の誰も知らない一面を知っているのが自分だけだと思うと、胸に優越感が生まれる。

そう、これを知っているのは私だけでいい。

だから。

――聖人公爵にラスボスの素質があることは、私だけの秘密なのです。

あとがき

この度は「聖人公爵様」をお読みくださりありがとうございます。

今作は『小説家になろう』にて連載していたのを加筆修正したものになっています。

編集さんと相談した当初は「３５０ページになることはないと思います～」なんて笑いながら言っていたのですが、改稿版をお渡しした段階で二万文字以上の加筆、そしてページ数の超過。半泣きになりながら相談をし、情報を整えたり削ったりをしてなんとか厚みを抑えたことは、今となってはいい思い出です。編集さん、大変お世話になりました……！

そんな「聖人公爵様」ですが、やはり見ていただきたいのは桜花《おうか》舞《まい》先生によるイラストです。もうずっと言っているのですが、額縁に入れて飾りたくなる表紙、口絵。また挿絵のどのシーンもとても美しく仕上げていただきました！　桜花先生のリアムが見られるなら悔いはない！　と思える仕上がりですので、ぜひご覧くださいね！

そして内容も、『なろう』で読んでいた方にも楽しんでいただけるようにたっぷりと詰め込みました。楽しんでいただけたら嬉《うれ》しいです。

それでは、また会えることを願って。

しきみ彰《あき》

次巻予告

破滅予定の悪女に
転生したグレイス。
リアムの闇堕ちを防ぎ、
彼を取り巻く
陰謀も見事解決！

婚約式も済ませ
幸せな時間を過ごす二人。
結婚準備も順調に進んでいたが……
新たなラスボスフラグ発生!?

転生悪女グレイスは
幸せな未来のため、
愛する婚約者のため、
原作知識を使い
再び奮闘する——！

「聖人公爵様がラスボスだということを
私だけが知っている2
～転生悪女は破滅回避を模索中～」

2024年発売予定！

聖人公爵様がラスボスだということを私だけが知っている1
～転生悪女は破滅回避を模索中～

発行　2023年9月25日　初版第一刷発行

著者　しきみ彰
イラスト　桜花 舞
発行者　永田勝治
発行所　株式会社オーバーラップ
〒141-0031
東京都品川区西五反田8-1-5
校正・DTP　株式会社鷗来堂
印刷・製本　大日本印刷株式会社

ISBN 978-4-8240-0611-0 C0093

【オーバーラップ　カスタマーサポート】
電話　03-6219-0850
受付時間　10時～18時（土日祝日をのぞく）

作品のご感想、ファンレターをお待ちしています

あて先：〒141-0031　東京都品川区西五反田8-1-5 五反田光和ビル4階　ライトノベル編集部
「しきみ彰」先生係／「桜花 舞」先生係

スマホ、PCからWEBアンケートにご協力ください

アンケートにご協力いただいた方には、下記スペシャルコンテンツをプレゼントします。
★本書イラストの「無料壁紙」　★毎月10名様に抽選で「図書カード（1000円分）」

公式HPもしくは左記の二次元バーコードまたはURLよりアクセスしてください。
▶ **https://over-lap.co.jp/824006110**
※スマートフォンとPCからのアクセスにのみ対応しております。
※サイトへのアクセスや登録時に発生する通信費等はご負担ください。

オーバーラップノベルスf公式HP ▶ **https://over-lap.co.jp/lnv/**